中国古代诗歌的发展及当代传承研究

何 麟◎著

吉林出版集团股份有限公司
全国百佳图书出版单位

图书在版编目（CIP）数据

中国古代诗歌的发展及当代传承研究 / 何麟著 . -- 长春：吉林出版集团股份有限公司，2022.11
ISBN 978-7-5731-2781-5

Ⅰ . ①中… Ⅱ . ①何… Ⅲ . ①古典诗歌—诗歌研究—中国 Ⅳ . ① I207.22

中国版本图书馆 CIP 数据核字 (2022) 第 220836 号

中国古代诗歌的发展及当代传承研究
ZHONGGUO GUDAI SHIGE DE FAZHAN JI DANGDAI CHUANCHENG YANJIU

著　　者	何　麟
责任编辑	宋巧玲
封面设计	李　伟
开　　本	710mm×1000mm　　1/16
字　　数	240 千
印　　张	14.25
版　　次	2023 年 3 月第 1 版
印　　次	2023 年 3 月第 1 次印刷
印　　刷	天津和萱印刷有限公司

出　　版	吉林出版集团股份有限公司
发　　行	吉林出版集团股份有限公司
地　　址	吉林省长春市福祉大路 5788 号
邮　　编	130000
电　　话	0431-81629968
邮　　箱	11915286@qq.com
书　　号	ISBN 978-7-5731-2781-5
定　　价	86.00 元

版权所有　翻印必究

作者简介

何麟，烟台南山学院基础部系主任，中共党员。毕业于齐齐哈尔大学文艺学专业，研究生学历，主要从事文学鉴赏与批评方面的研究。发表论文7篇（其中一篇sci论文待刊中），主持烟台市社会科学规划课题1项，参编新华出版社专著1篇（第二作者）；荣获第十四届全国多媒体课件大赛优秀奖，2017、2018、2021年度"优秀教师"称号。

前　言

诗歌对中华民族有着不同寻常的影响，其不单纯是文学艺术，更是中华民族在遥远的历史岁月里选择的表达形式，积淀了中华民族整体精神体系、文化结构、思维模式、品格智慧和终极价值等。

中国古代诗歌是中华民族文化的重要组成部分。"诗"与"乐"在中华民族发展史上都占有极其重要的地位。可以说中国古代诗歌自诞生以来便保持了其丰富独特的内蕴，其短小精致但又不缺乏生气。它不追求华丽，但内容却是丰富生动的；它不刻意雕琢，但形式是严谨和谐的；它不媚俗，它的内涵充满了真情实感。它就像我们这个民族一样，兢兢业业，隐忍执着，胸怀博大，感情深沉。它并不打算去追求奢华的声势，总是带着自己超常的想象力与创造力醉心于建构一条自由之路。

纵观中国古代诗歌，历代诗人无不以诗言志，屈原以《离骚》反复强调修明法度、举贤授能等政治理想；曹操以《短歌行》表达渴求贤才辅佐而统一天下的壮志豪情；陶渊明徜徉于东篱之中，悠然吟出"久在樊笼里，复得返自然"的隐逸忠贞；陈子昂长啸"念天地之悠悠，独怆然而涕下"，尽抒力挽狂澜之宏愿与英雄失路之悲壮。

古代诗歌讲究抒情与叙事相结合，言志时以直露为主。但在文学发展的历史长河中，诗赋创作却始终没有中断过对艺术形式和表现手法的探索与创新。诗人要善于运用各种手法来表达自己的思想感情。抒情达意是诗歌创作的最高境界，这是不言而喻的。

本书第一章主要内容为中国诗歌发展综述，共分三节进行叙述，分别是中国诗歌的起源、中国古代诗歌的分类、中国诗歌的艺术特质；第二章主要内容为先秦两汉诗歌研究，共分四节进行叙述，分别是先秦诗歌的内容特点与影响、两汉诗歌与两汉社会、汉代诗歌文体流变研究、两汉诗歌的历史地位与影响；第三章主要内容为魏晋南北朝诗歌研究，共分三节进行叙述，分别是建安风骨与正始诗风、玄言诗与社会背景研究、山水田园诗与代表诗人研究；第四章主要内容为隋唐与五代诗歌研究，共分五节进行叙述，分别是隋与初唐诗歌概述、盛唐诗歌概述、中唐诗歌概述、晚唐与五代诗歌概述、唐诗的历史地位与现代价值；第五章主要内容为两宋诗歌研究，共分三节进行论述，分别是两宋诗歌与唐诗关系研究、宋代理学诗的审美逻辑、两宋的诗派与成因；第六章主要内容为明清诗歌研究，共分四节进行叙述，分别是明代诗歌总体格局与审美风格演变、明代遗民诗与时代背景研究、清代诗歌新风研究、清代诗歌的历史文化价值；第七章为中国古代诗歌当代传承研究，共分五节进行叙述，分别是中国当代诗歌发展脉络、中国诗歌审美传承研究、中国诗歌格律传承研究、中国诗歌思想文化传承研究、新文学教育环境下的诗歌传承研究。

在撰写本书的过程中，作者得到了许多专家、学者的帮助和指导，参考了大量的学术文献，在此表示真诚的感谢。本书内容系统全面，论述条理清晰、深入浅出，但由于作者水平有限，书中难免会有疏漏之处，希望广大读者、同行及时指正。

何麟

2022 年 6 月

目 录

第一章 中国诗歌发展综述 ·· 1
 第一节 中国诗歌的起源 ·· 1
 第二节 中国古代诗歌的分类 ·· 4
 第三节 中国诗歌的艺术特质 ·· 9

第二章 先秦两汉诗歌研究 ·· 17
 第一节 先秦诗歌的内容特点与影响 ···································· 17
 第二节 两汉诗歌与两汉社会 ·· 31
 第三节 汉代诗歌文体流变研究 ·· 43
 第四节 两汉诗歌的历史地位与影响 ···································· 59

第三章 魏晋南北朝诗歌研究 ·· 68
 第一节 建安风骨与正始诗风 ·· 68
 第二节 玄言诗与社会背景研究 ·· 74
 第三节 山水田园诗与代表诗人研究 ···································· 80

第四章 隋唐与五代诗歌研究 ·· 86
 第一节 隋与初唐诗歌概述 ·· 86
 第二节 盛唐诗歌概述 ·· 91
 第三节 中唐诗歌概述 ··· 111
 第四节 晚唐与五代诗歌概述 ··· 122
 第五节 唐诗的历史地位与现代价值 ··································· 123

第五章 两宋诗歌研究 ... 127
第一节 两宋诗歌与唐诗关系研究 ... 127
第二节 宋代理学诗的审美逻辑 ... 136
第三节 两宋的诗派与成因 ... 144

第六章 明清诗歌研究 ... 155
第一节 明代诗歌总体格局与审美风格演变 ... 155
第二节 明代遗民诗与时代背景研究 ... 180
第三节 清代诗歌新风研究 ... 183
第四节 清代诗歌的历史文化价值 ... 190

第七章 中国古代诗歌当代传承研究 ... 195
第一节 中国当代诗歌发展脉络 ... 195
第二节 中国诗歌审美传承研究 ... 200
第三节 中国诗歌格律传承研究 ... 203
第四节 中国诗歌思想文化传承研究 ... 210
第五节 新文学教育环境下的诗歌传承研究 ... 210

参考文献 ... 214

第一章　中国诗歌发展综述

中国素称"诗的国度",中国古典诗歌艺术源远流长,诗人和作品流派林立、数量众多。诗歌艺术在中国历史、社会生活和文化发展中一向占有特别的地位。本章主要内容为中国诗歌发展综述,共分为三节进行叙述,分别是中国诗歌的起源、中国古代诗歌的分类、中国诗歌的艺术特质。

第一节　中国诗歌的起源

诗歌艺术在人类历史上存在已久,其文学形态最为基础,它源于上古时代先民社会生活的劳动号子——民歌,它是由劳动生产、原始宗教、爱情婚姻及其他活动所形成的富有节奏、饱含情感的文学形式。关于诗歌起源的问题,学术界艺术史家和文化学家一直在努力探讨,有"劳动说""模仿说""游戏说""移情说"等多种理论。

一、中国诗歌起源于劳动生产活动

中华民族文明的起源可追溯至五千年之前,早期的诗歌也在此时产生。先秦古籍文献的记载表明,早在文字还没有产生的远古时代,即有口头流传的民间歌谣。远古歌谣产生于原始人的生产劳动过程中,反映了原始社会人类的现实生活,也表达了他们的思想、情感、意志和愿望。远古歌谣是原始社会人类的集体口头创作,并代代相传,它一开始就同舞蹈和音乐密切地结合起来了,所以可看作劳动过程中的运动以及调整劳动步调时声音的重现,起着减轻劳动强度和组织集体劳动的作用。原始歌谣的产生和发展过程是从谣谚到诗歌。谣谚即诗与歌的滥觞,诗为记事之韵语，歌为抒情之曲声；歌是"谣"的发展，诗是"谚"的演进。原始的诗主要功能是记物、记事，是以帮助记忆为宗旨的一种有韵、有节奏感的艺术语言。原始歌谣标志着我国诗歌的起源，在诗歌艺术史上具有重要的价值。

从《诗经》中我们可以看到先民为了生存和繁衍，不仅要从事繁重的体力劳动，而且还要进行广泛的社会活动，以获取生活资料并满足人们日益增长的物质文化生活需求。这种现实要求也必然反映到歌谣中来。这是历史的必然趋势，事实如此，无可辩驳。所以，上古歌谣常常以摹写、再现劳动生活场景的形式出现，内容与原始人的劳动生活息息相关。《击壤歌》即为一种节奏与韵语相结合的诗歌形态。"日出而作，日入而息，凿井而饮，耕田而食。帝力于我何有哉。"此歌表现了帝尧之世天下太平，百姓无事。《弹歌》曰："断竹，续竹。飞土，逐宍。""宍"即"肉"字的古写。据东汉时代《吴越春秋》记载，这首诗歌传说是黄帝时代的，表现劳作者把竹子砍下来做成弹弓，用它把泥制的弹丸发射出去猎获禽兽。

《周易》也记载了一首反映劳动场面的歌谣："女承筐，无实；士刲羊，无血。"牧场里男人剪羊毛，女人则捡拾被剪下来的羊毛，男的剪羊毛的时候不会伤到羊，女的承筐里装满了毛，感觉不到疲倦。

二、中国诗歌起源于宗教祭祀活动

原始宗教信仰也是诗歌艺术发展的源头之一，这是客观的历史情况。

鲁迅曾经考证过：从文艺作品出现的顺序上说，应该是诗在前，小说次之。诗歌始于劳动，始于宗教。在我国，诗歌产生于远古时期。在劳动中，人们边劳动边歌唱，能忘记劳苦，最初的诗就由简单的呼叫演变而来，直发心意与情感，而偕同天然之韵调。原始先民崇拜神明，逐渐因惧而生仰慕之情，因而颂扬它的威灵、颂扬它的功烈，这亦成为诗的渊源。有古籍曾载帝舜时期"击石拊石，以歌九韶，百兽率舞"(《竹书纪年》帝舜元年条)。又如《吕氏春秋·古乐》中记载："昔葛天氏之乐，三人操牛尾，投足以歌八阕：一曰载民，二曰玄鸟，三曰遂草木，四曰奋五谷，五曰敬天常，六曰建帝功，七曰依地德，八曰总禽兽之极。"

葛天氏是传说中的远古部落名，这个部落的诗有许多是描写牛的。舞蹈时也用牛尾巴做道具，因此又叫"牛尾舞"。据文献记载，"牛尾舞"最早出现在春秋晚期，后来逐渐被民间歌舞所取代。但也有人认为，葛天氏与牛尾舞本无关系。它究竟起源于何时，说法不一，难以定论。歌辞虽未传世，但是根据古籍中记载的"玄鸟""遂草木""奋五谷"等推测其内容可能与图腾崇拜、神话传说以及农业生产相关。古代有"玄鸟生商"的说法，商民奉"玄鸟"（燕子）为图腾，这里的"玄鸟"可能也是类似的神话传说。"草木""五谷"显然是有关牧业和农业的事。这些歌辞就是最初的诗，但并不单独存在，一般与音乐、舞蹈相结合。

殷商时，民智未开，人神杂糅，可谓"文化混沌"的时代。《礼记·表记》载："殷人尊神，率民以事神，先鬼而后礼。"生活、社会中事无大小，都以卜筮为决，如同今天某些边远地区保留着原始习俗的民族部落一样。占卜即用龟甲兽骨来预测某事吉凶祸福的活动，其结果需要记录下来。在占卜预测的仪式中往往伴随着歌舞，使卜辞具有了音乐韵律性，也许这也是中国诗歌艺术的一种起源。

《伊耆氏蜡辞》是一首先秦时期的歌谣，出自《礼记》。唐孔颖达注疏谓伊耆氏即神农氏，陆德明又谓伊耆氏即尧帝。蜡辞即年终祭神的祝祷词，表示农人心理与希望。这首歌谣可能是产生于农业和畜牧业分工以后，即母系氏族到父系氏族的过渡时期，是农耕时代祈求丰年的宗教礼仪的唱词。那时由于生产力极低，水涝、蝗虫对农业生产构成了很大威胁，人们迫切希望统治大自然，克服这些自然灾害，受原始宗教意识支配，就想用这有节奏的咒语，让土地、河水、蝗虫、野草等都按人们的意愿去发展，把愿望变成现实。

三、中国诗歌起源于爱情婚姻活动

诗歌艺术在远古发轫时期即有强烈的抒情作用。远古歌谣在古籍中多有记载，有的抒发对美好生活的冀盼，如"南风之薰兮，可以解吾民之愠兮。南风之时兮，可以阜吾民之财兮"（《南风歌》）。有的抒发爱情，如《吕氏春秋·音初》记载："禹行功，见涂山之女，禹未之遇，而巡省南土。涂山氏之女乃令其妾候禹于涂山之阳。女乃作歌，歌曰：候人兮猗！"其中涂山氏之女的一声"候人兮猗"，细腻地展现了男女相思之情。这首优美的情歌堪称中国诗歌史上最古老的一首情歌，亦开抒情诗传统之先河。

《周易》爻辞里也保留着不少关于远古时代先民爱情婚姻生活的诗歌，如"屯如邅如，乘马班如。匪寇，婚媾"（《屯卦·六二》）、"乘马班如。泣血涟如"（《屯卦·上六》），曲折形象，音韵和谐，表现在当时的婚姻制度中，女子常遭抢夺被迫成婚，她们心情悲痛，泪流不止，反映了古代确实存在过抢婚制度。再如，"贲如皤如，白马翰如。匪寇，婚媾"（《贲卦·六四》），表现结婚那天新郎及陪同人士一起骑上各种颜色的马到女方家去迎亲。以上《周易》爻辞中记录的诗歌都还保持了两字节奏的原始形式。

第二节 中国古代诗歌的分类

一、艺术形式上的分类

中国古典诗歌从音律上划分，大致可以分为古体诗与近体诗两大类型。从不同方面对这两种诗体进行比较，会发现二者有相通之处，但也存在着明显区别。古体诗与近体诗在唐代有不同的格律。本文仅就这点作一些分析。

（1）所谓古体诗，指的是以古诗为代表的唐以前的诗歌，包括楚辞、乐府诗在内。"歌""歌行""引""曲""吟"就属于古体诗的范畴。它是我国古代诗歌创作中一种独特的艺术形式，在中国文学史上占有重要地位。古体诗在数量上虽不多，但在内容和形式上都有一定的特点，如讲究对仗与押韵、语言质朴自然等等。我国古体诗主要有诗经、楚辞、汉赋、汉乐府和魏晋南北朝时期的民歌等类型，其中以建安诗歌、陶诗、五言诗为代表，而唐代又出现了一些带有古风的新乐府诗。

首先，楚辞体是在战国时期由楚国屈原在民间诗歌基础上形成的一种新的诗歌形式，它继承了楚地方言和声韵之美，具有鲜明的楚地色彩。后来经过刘向整理成《楚辞》一书，一共有17篇，其中包含了对屈原作品的注释和评论。其次，汉魏六朝赋指魏晋南北朝时期文人创作的赋和骈文。另外，屈原的《离骚》又被称为"楚辞体"或"骚体"。

乐府是指汉武帝时为了配合音乐而创作的诗体，在南北朝时期被称为乐府或乐歌，如著名的《敕勒歌》《木兰诗》等。魏晋至唐代，不少诗人都曾在汉乐府基础上模仿写作，如曹操的《短歌行》、白居易的《新乐府》等等。另外，俗赋是汉代出现在民间的一种文体。它是用拟人、夸张手法来表现现实生活中的事物或人物。这类作品常被称为"俗赋"，有时又叫"讽谏诗"。乐府诗又称民歌，多用于文人之间传唱、吟咏。乐府与拟乐府诗歌有许多相同之处，"歌""行""引""曲""吟"等都是其主要形式。

歌行体是乐府诗的一种类型。魏以前的乐府诗以"歌""行""歌曲"等形式出现，其音节和格律均与五言、七言诗不同，而以杂言为主。初唐以前的乐府诗是在汉魏六朝乐府基础上发展起来的，它继承了乐府的某些特点和规律，但又不拘泥于这些传统，在题材、内容、风格等方面有新的创造，在声律上也有新的突破，从而出现了一些新乐府。其中尤以李贺和李商隐最为著名。他们在继承前人诗歌创作经验的基础上，又有所创新，形成了自己独特的风格。还有散曲体，也叫曲子词或俗乐歌辞，流行于唐代后期，多为文人所作，主要描写男女之情，曲调活泼，节奏明快。在诗歌创作方面，以李白、杜甫最为突出。例如杜甫的《悲陈陶》《哀江头》《兵车行》《丽人行》，另外元稹、白居易的不少作品在形式上都是乐府歌行体的，多为三言与七言交错使用。

（2）所谓近体诗，又称今体诗，其观念与古体诗相对，是在唐代出现的一种格律体诗类型，它有两种不同的格式，在字数、句数、平仄、用韵等方面都有区别，并有一定的规制。

首先，绝句也就是所谓的绝诗，又叫截句或断句，最常见的有五言律诗和七言律诗，对偶格式，要求符合一定的平仄、押韵。绝句的句数是严格的四句，字数为五言的又叫五绝，七言的又叫七绝，是我国古代诗歌创作中最基本也是最成熟的一种形式。它在中国诗歌发展史上占有十分重要的地位，有着广泛而深远的影响。绝句是古诗发展到唐代以后出现的新体裁。

其次，律诗一般为八句左右，八句以上的又称排律或长律。律诗的格律是极严格的，篇目固定（排律除外），句首固定（押韵点固定），字头固定（诗中每个字平仄声固定），联也固定（律诗中间两联一定要对仗）。律诗源于南北朝而成熟于唐初，每首律诗为4联8句，每联字数一定要一致，中间两联要对仗，偶数句要有韵脚，第一句可押韵也可不押韵。这种格式被称为绝句。如根据律诗要求进行铺排，持续至10句或更长，就叫排律，除了首、末二联之外，中间各联均要对仗。

（3）所谓词，即诗余，又有长短句、曲子和曲子词等称谓。其曲调、句数都有严格的要求。句子可以分单音节和双音节两种形式，一般情况下都用一个音，也可用两个音来表达同一个意思。句子中没有停顿的地方就称为句末。词以固定词组为基本单位，它包括成语、惯用语等，句式不一，长短有别，格式各异，字数不等，可分长调（大于91个字）、中调（字数在59~90之间）、小令（字数不超过58）等。词又有单调与双调之分，双调即分为两大段落，两段落平仄、字数均等或近似均等，单调仅有一个段落。词段称为一阕，也称一片。第一段称"前阕"或"上阕"；第二段称"后阕"或"下阕"。

（4）所谓曲，又叫词余。元曲包括杂剧和散曲。杂剧主要产生于北宋后期，而散曲则出现于南宋时期。杂剧发展到元代，才完全成熟起来。散曲由宋词俗化而来，内容多为爱情生活题材，曲调一般比较简单，形式多样，丰富多彩，自成一体，有固定曲型。散曲的特点是不追求字数定格和衬字，以口语为主。散曲分为小令和套数两大类。套数是指一个完整的连贯成套的作品，一般由两曲或几十曲组成。每套用第一首曲牌为整套曲牌名称，整套曲牌须宫调相同且没有宾白、科介，只清唱而已。

二、题材内容上的分类

在中国数千年的诗歌艺术发展中，历代诗人的创作反映了社会历史的各个层面和领域，几乎涉及了人们生活的方方面面，成为社会生活中必不可少的精神食粮。从题材内容上来划分，可有以下种类：

（一）怀古咏史诗

这类诗一般是怀念古代的人物和事迹，托古讽今，抒发昔盛今衰的伤感，抨击社会现实。有的顾影自怜，抒发怀才不遇的感慨，表达自己追慕古贤、意欲建功立业的理想。常用艺术手法有借景抒情、用典双关等。常用意象有黍离、明月、城池、流水、野草、燕子等。咏史怀古诗往往将史实与现实扭结到一起，如左思的《咏史》等。有的怀古咏史诗对历史作冷静的理性思考与评价，表达了诗人的历史沧桑之感，如刘禹锡的《乌衣巷》等。

（二）咏物写志诗

咏物诗在内容上常把某一事物作为描写的对象，把握它的一些特点着意刻画，然后托物言志，由事到人，抒发诗人的精神品格。它有多种艺术手法，比如以物喻情、借物抒情、比兴寄托、情景交融、虚实相生、动静相宜等，其特点为声韵谐调、结构严谨、节奏明快、语言精练、风格多样、意境深远，具有独特魅力和感染力。其表现手法通常采用比喻、象征、拟人、对比等。

（三）山水田园诗

南朝诗人谢灵运的山水诗继承了东晋陶渊明的田园诗传统，到了唐代形成了"山水田园诗派"，代表作家有王维和孟浩然。唐朝诗人杜甫在诗中提出"安得广厦千万间，大庇天下寒士俱欢颜"。他不仅写田园风光，而且写自己的思想和生活道路。这是我国古代山水诗发展史上的里程碑。其意义重大，影响广泛、深远。他们的山水田园诗中，或描写自然风光，描绘农村景物，表达对隐居生活的向往与追求；或寄情于山水，抒发闲适自在生活中的得意之情，同时又体现出对祖国山河的喜爱之情；或者侧面折射出社会之黑暗、官场之凶险。常见艺术手法有侧面烘托、借景抒情、动静结合等。常见意象有溪水、山石、松林、野老、柴门、墟里、桑麻、南亩、五柳、明月、渔歌等。

（四）边塞战争诗

先秦以来，边塞与战争一直是人们关注的话题，到了唐代，特别是盛唐，由于政治、经济、文化等方面的原因，形成了具有浓厚时代气氛的边塞诗创作热潮，出现了许多风格迥异的诗歌流派，如高适、岑参及王昌龄等人的作品。这类诗歌或抒写戍卒思归之苦和战争对人民造成的沉重灾难，或抒写边关将士建功之志和渴望和平之情，风格有的悲壮，有的凄苦，有的豪放。这些作品在当时和后世都产生了深远的影响。边塞诗大多取材于古代历史事件，如《史记》中有关"匈奴"的记载就是其中之一。另外还有一些反映边疆地区社会生活的诗篇，也很脍炙人口。借事抒情、借景抒情和用典是其常用的艺术手法。常见意象有关山、明月、烽火、羌笛、长城、冰雪、羽书、刁斗、瀚海、楼兰、单于等。

（五）行旅闺怨诗

久宦在外、流离漂泊、久戍边关是人们思乡怀人的主要原因，在诗歌创作中表现为羁旅之思、征人思乡和闺中怀人；但从诗歌内容来看，大多是抒发思妇的愁苦和离别之苦，也有少数作品写的是游子对故乡的眷恋之情，如《江雪》等诗。其艺术手法主要表现为：第一，以景抒情，即写景抒情；第二，托事言志；第三，感时生情、因梦寄情。闺怨诗大都描写女性形象，"怨"是这类诗的基调。常见的意象有杨柳、明月、鸿雁、杜鹃、鹧鸪、双鲤、尺素、梅花、燕子等。其中闺怨诗还可分为闺怨诗、宫怨诗、征妇怨诗、商妇怨诗四类。

（六）离情别绪诗

古时因交通闭塞、通信很不发达，亲人朋友常一别几载很难见面，所以古人对离别尤为重视。他们或折柳相送，或吟诗话别，抒发离情别绪。这类诗歌大多是描写游客浪子在外因风景所引发的对于远方家乡或亲人的怀念之情。这些诗一般都是以"别"为中心，通过写景抒情来表达自己的情感和思想。有的借物言志，寄托情怀；有的借山水景物表达思乡之感；有的寄情于物，寓意深远。离情别绪诗形式多样，丰富多彩，各具特色，各有情趣，或直抒离别之情，或一吐胸中积愤，或以写行旅中的艰难困苦为重点，或侧重于劝勉和慰藉。常见的艺术手法为借景抒情，常见的意象有鸡鸣、车铎、板桥、山路、鸿雁、落日、秋风、孤帆、阳关、长亭、南浦、柳岸等。

（七）谈禅说理诗

从魏晋到唐宋，由于佛教文化的盛行，很多诗歌阐发禅理玄机，表达对人生的某种顿悟。诗人把自己类似禅宗的顿悟或对事理的体察诉之于诗中。常用手法有借景抒情、直抒胸臆、对比衬托、设疑质问等。常见意象有鸣钟、流水、空城、烟云、芭蕉等。

（八）游仙诗

兴盛于魏晋时期的游仙诗，多展开神奇的想象力，写入仙山琼阁，与神仙交游，借景抒情，表达祈求长生不老之意，或借在仙境的超脱来反衬对现实的不满和无奈。常见意象有醉酒、梦境、蓬莱、仙人、深山、怪石、松鹤、棋枰。

（九）题画诗

在传统文化之中，诗画一家。在中国画的空白处，往往由画家本人或他人题诗落款，这种题在画上的诗就叫题画诗。题画诗来源于画面，但又不为画面所拘束，而往往是从画面的景色或其一点内容生发开去，借题发挥，即所谓"诗传画外意，贵有画中态"。题画诗或抒发作者的感情，或谈论艺术的见地，或咏叹画面的意境。诚如清代方薰所云："高情逸思，画之不足，题以发之。"（《山静居画论》）

第三节　中国诗歌的艺术特质

一、中国古典诗歌艺术的抒情性

诗歌是出现较早的以抒情为主的文学体裁之一。它起源于远古时期先民们对自然万物的观察与思考，并在此基础上形成了自己独特的艺术形式。中国古代诗歌创作历史悠久，内容广泛，形式多样，具有鲜明的民族特色。中国古典诗歌有其自身的特点：第一，节奏美，体现在音韵和旋律上；第二，抒情性强，意境深远，韵味悠长。它是根据一定的音节、声调、韵律要求，以凝练的语言、丰沛的情感、丰富的想象高度集中展示社会生活与人们精神世界的活动，以富于节奏感和韵律美的语言表达思想感情。陆机《文赋》言："诗缘情而绮靡。"白居易《与元九书》谈到诗歌的本质时说："根情，苗言，华声，实义。"我国现代诗人、文学评论家何其芳先生认为，诗是一种最为集中地体现社会生活的文学体裁，它饱含着大量的想象和感情，经常以直接抒情的形式来表现，并且在精练、和谐以及鲜明等方面，不同于散文的语言。因此，研究诗歌的性质，首先必须从界定其基本特征入手。什么是诗歌，诗歌的本质特征是什么，要回答这两个问题，就要对诗歌的概念进行辨析。诗歌的特征有四个方面：第一，具有高度概括性。第二，抒情言志，情感强烈。第三，特征鲜明，包含了作者独特的想象力。第四，语言凝练，节奏鲜明，声韵和谐，富于音乐美。

中国诗歌艺术创作及其相关理论具有悠久的历史和丰硕的成果。关于中国诗歌艺术特质的观念起源于"诗言志说"，在诗学上强调了诗人的主体地位，突出了诗的本质——情。这种理论是中国古典诗学理论体系中最重要的部分之一，把诗作为一个整体来看待，认为诗是人的生命的本源。诗以"情动而辞发"为核心范畴，从而形成了一种独特的审美意识和美学追求。情感是文学的灵魂，这是无可争辩的事实，问题在于如何理解。中国诗歌艺术自始就蕴含着作者主观情绪和客观现实碰撞所迸发出的思想感情。

二、中国古典诗歌艺术的韵律美

诗为有声之画，画为无声之诗。诗和音乐都是通过声音来表达情感的艺术形式。诗以情为美，而音乐则以声为义，二者相辅相成，相得益彰。诗与乐这对孪生姐妹，形影不离，息息相关，自产生以来便紧紧相连。

诗歌是用书面文字写出来的，而音乐则是通过吟诵、歌唱诉诸听觉来表达情感的。中国古代第一部诗歌总集——《诗经》中的每一篇都可以和乐歌唱。《诗经》中风、雅、颂的区分也是由于乐调的不同。《诗经》中有许多篇章是与音乐有关的。我国诗歌选集《楚辞》里有大量关于音乐方面的论述，其中就包括了对诗歌与音乐关系的认识，也可以从这个角度出发来考察《诗经》和《楚辞》之间的内在联系。由于诗歌与音乐之间的联系是如此紧密，诗人在进行创作时就自然而然地注重了声音与节奏的安排，既要运用语言所蕴含的深意来影响读者的情感，也要调动文字音调来触动其内心，从而使得诗歌作品具有音乐审美效果。押韵是古今中外诗歌艺术的共同要素，中国古典诗歌韵律美的构成还有以下两项元素：

（一）节奏

合乎规律的重复形成节奏。自然界以及劳动生产活动中所体现的种种韵律节奏，可以给人一种愉悦和美感，符合人生理、心理等各方面的需要。全新的回环每次反复出现，都给人似曾相识之感，从而带给人愉悦和美感。一个新节奏为人们所熟知后，人们就有了期待心理，期待中就有了满足感。这种现象就是我们所说的"节奏感"。它是通过音乐语言来表现的。它不仅反映在旋律中，而且还体现在歌词之中。歌曲作为艺术形式之一，它最本质的特征在于节奏。节奏是乐曲生命之所在。速度越快效果越好，力度越大音色越亮。节奏能使个人获得统一，差异达到和谐，散漫趋于集中，节奏本身就具有一种魅力。

语言也可以形成节奏感。诗歌的语言是在语言自然节奏的基础上经过加工形成的，自然节奏是人们对生活中的各种事物和现象所产生的强烈的节奏感，它不像其他艺术那样被定型化了。同时，音乐是一种高度发展着的艺术形式，既具有一般美的特征，也有自身特有的规律和风格。音乐与其他艺术一样，有着自己独特的韵律美。这是一个十分重要的问题。因此，中国古典诗歌在格律方面有自己独特的风格和规律，它是以节奏元素为基础形成的具有民族特点的格律。

在中国古典诗歌中存在着两种不同的节奏：一是音节之间的配合。所谓一个音节，就是汉语中的一个文字。比如，四言诗每句都由四个音节组成，五言诗每句由五个音节组成，七言诗每句以七个音节组成。二是句首与句末的衔接关系。句尾有顿式，也有定式，但无论哪一种，都离不开"顿"这个重要元素。所谓顿式，即表示连续，定式则表示间隔。两者可以结合运用。如诗词中，四言二顿，即每顿两音节；五言三顿，即每顿的音节是"二二一"或"二一二"；七言四顿，即每顿的音节是"二二二一"或"二二一二"。顿未必指声音停顿的位置，吟诵诗歌时不一定要拖得很长。顿的分割不仅要考虑到音节是否工整，还要考虑到意义是否圆满。

押韵是构成中国古典诗歌节奏的重要因素之一。押韵就是字音里韵母的部分反复出现，也就是同一个韵母按规律反复出现在特定的地方。中国诗歌韵脚在句末，恰是意义和声音停顿较多的地方，可以产生很强的节奏。将涣散的声音形成一个整体，使人们在阅读前句时可以联想到后句，产生审美心理期待，并在阅读后句时对前句音韵产生回味。这就是古人所说的"随文而歌，不逾声而不违律""诗无达诂,犹鱼无活水"。因此,押韵不仅能增强语言的表现力,还具有音乐性。诗句语言平仄相间,相辅相成。音同则谐调相生,相得益彰,合拍成篇。正像乐曲里重复的主音一样,全曲都能被主音所渗透。格律诗的声调和押韵也是如此。声韵是格律诗的"乐谱",也是节奏美的基础。韵脚借助了规则使整首诗联句间互相照应,让整首诗具有了整体性和稳定性;韵脚借助了规则使貌似参差混乱的音节贯通为一整首曲调。同韵脚的音声间隔性显现,来回响应,让人听来悠扬婉转,形成了和谐回环之美。也是借助带有规则的韵脚,人们读起诗来才朗朗上口,同时更加容易吟诵记忆。

(二)声调

在中国古典诗歌中,音调多借助于平仄来安排。在语言运用中,平仄起着非常重要的作用,它能使句子具有节奏感,同时还能增强语句感情色彩。因此,要提高学生对诗词美的感受能力,就必须重视对音韵的研究。作诗要做到声律和谐,节奏鲜明,韵律整齐,富有美感。平仄在一定程度上决定了字音声调的高低和长短,而这种高低和长短又直接影响到读者对诗句的理解和欣赏,所以说,对平仄的把握十分重要。其主要作用在于通过字词声音之间的整体关系,构成一首诗整体音调的和谐。关于声调平仄的区别,音韵学家持不同意见——或说是长短之分,或说是高低之别。

在齐梁之前,语言文字学者都没有注意声调上的差异,直到齐梁之时,才发现了汉语声调中的平上去入。《南齐书·陆厥传》有载:"永明末,盛为文章。……汝南周颙善识声韵。约等文皆用宫商,将平上去入四声,以此制韵,有平头、上尾、蜂腰、鹤膝。……世呼为'永明体'。"《梁书·沈约传》有载:"约撰《四声谱》,以为在昔词人,累千载而不寤,而独得胸襟,穷其妙旨,自谓入神之作。"《梁书·庾肩吾传》有载:"齐永明中,文士王融、谢朓、沈约文章始用四声,以为新变。"可见当时就已经认识到了声音上存在着差异和对立。从语言发展规律看,这种现象是可以避免的。南齐《书品序》说:"诗者,音之祖也。"这说明古人已注意到这个问题,并且开始注重对它进行系统和全面的分析。其中尤以刘勰的成就最为突出。他的理论主要包括四个方面:一曰音系说,二曰调类说,三曰五言说,四曰音律说。刘勰的理论皆从字义入手，自成一家。周颙侧重于对四声的研究，而沈约则专事诗歌中四声的应用。沈约在《宋书·隐逸传》中有这样一段话："四声为诗之总纲领，欲使宫羽相变，低昂互节，若前有浮声，则后须切响。一简以内，音韵尽殊。两句之中，轻重悉异。妙达此旨，始可言文。"所谓宫羽、低昂、轻重皆是平仄的范畴。也就是要求在一个句子内或者在两个句子间，声调都必须发生合乎规律的改变。平仄、押韵和对偶是近体诗区别于其他诗体的主要标志之一。

近体诗平仄格律的基本法则是，句中平仄相间，联内平仄相对，联间平仄粘连，句末三平声不能显现。其实总体原则只有一个，即贯彻艺术辩证法对立统一的法则，寓变于整。《文心雕龙》说："同声相应，同气相从，异音相随。"所谓"同"，指声音相同，节奏一致；"异"，指声调不同，节奏变化。诗人在创作中必须遵循这一法则。这是矛盾对立的两个方面。要使二者协调，必须求其平、求其正、求其变、求其合。总的来说，要求声音在一定范围内要保持一定的秩序，整齐划一中有变化、抑扬相间、反复出现，形成一种和谐的音调。和谐的音调能使诗的思想内容与艺术达到完美统一，从而增强作品的感染力。

古典诗歌除平仄外，往往借助于双声词、叠韵词和象声词等获得声调上的谐调，既增添音乐美，又增强抒情艺术效果。

三、赋比兴的表现手法

（一）关于"赋比兴"理论的传统研究

诗歌艺术有很多种表现手法，在我国首先盛行并一直沿用到今的是"赋、比、兴"这一传统表现手法。《周礼·春官·宗佰·大师》最早记载"六义"之说：大师"教六诗，曰风，曰赋，曰比，曰兴，曰雅，曰颂；以六德为之本，以六律为之音"。《毛诗序》说："故诗有六义焉：一曰风，二曰赋，三曰比，四曰兴，五曰雅，六曰颂。"此"六义"，"风、雅、颂"指代《诗经》诗篇类型，"赋、比、兴"则为《诗经》的表现手法。诗和其他文学样式一样有其共同特征。然而在中国古代诗歌发展过程中，不同历史时期由于政治、经济、文化等方面因素的差异，诗也产生了自己独特的风格特点，其中尤以汉代最为突出。汉代诗歌分为五言古诗与七言律诗两大类，二者有别，殊途同归。唐代学者孔颖达在《毛诗正义》对此解释说："风、雅、颂者，《诗》篇之异体；赋、比、兴者，《诗》文之异辞耳。……赋、比、兴是《诗》之所用，风、雅、颂是《诗》之成形。用彼三事，成此三事，是故同称为义。"

历代对"赋比兴"的论述，莫衷一是，大致有如下三个阐释角度：政治角度、情感角度和技巧角度。

1. 政治角度

许多学者都曾以儒家政治观点为出发点，把"赋比兴"视为政治观点、态度的表达方式。郑玄注释《周礼》之"六诗"时说："风，言圣贤治道之遗化也。赋之言铺，直铺陈今之政教善恶。比，见今之失，不敢斥言，取比类以言之。兴，见今之美，嫌于媚谀，取善事以喻劝之。雅，正也，言今之正者，以为后世法。颂之言诵也，容也，诵今之德，广以美之。"郑玄注中的"赋、比、兴"实际上就是政治思想和政治观念的反映。而政治观又可以分为三个层次，即王道政治观、霸道政治观和民本政治观。这三种政治观在郑玄这里都有所体现。这是一个整体，缺一不可，不可分割。郑玄把"赋比兴"与政治、教化、美刺等相结合，纯粹从政治的角度来剖析。

唐代孔颖达在郑玄见解的基础上作了新的解释："'赋'云铺陈今之政教善恶，其言通正、变，兼美、刺也。'比'云见今之失，取比类以言之，谓刺诗之比也。'兴'云见今之美，取善事以劝之，谓美诗之兴也。其实美刺俱有比、兴者也。……'赋'者，直陈其事，无所避讳，故得失俱言。'比'者，比托于物，不敢正言，似有所畏惧，故云见今之失，取比类以言之。'兴'者，兴起志意赞扬之辞，故云见今之美以喻劝之。"（《毛诗正义》）孔颖达继承了郑玄的观念，将"赋比兴"和政治结合起来，把诗歌作为政治活动的一种形式。

2. 情感角度

一位学者则尝试从诗歌创作者主观情感和客观物体之间相互关系的角度解释"赋比兴"的实质意义，其要点如下：

刘勰在《文心雕龙·诠赋》篇中说："赋者，铺也，体物写志也。"这里所说的铺陈和写志是同一种文体的两种不同表现形式。所谓铺陈，即通过事物或现象来表现作者所要表达的思想感情。这是一个重要概念。同时他在《比兴》一篇中认为："比者，附也；兴者，起也。附理者切类以指事，起情者依微以拟议。起情故兴体以立，附理故比例以生。"

钟嵘在《诗品序》中说："文已尽而意有余，兴也；因物喻志，比也；直书其事，寓言写物，赋也。"

唐代皎然在《诗议》中说："赋者，布也。匠事布文，以写情也。""比者，全取外象以兴之，西北有浮云之类是也。""兴者，立象于前，后以人事喻之，《关雎》之类是也。"

3. 技巧角度

古代也有学者对"赋比兴"的解释是从诗学艺术自身出发的。晋挚虞在《文章流别论》中指出："赋者，敷陈之称也；比者，喻类之言也；兴者，有感之辞也。"这里就把赋、比、兴这三种修辞手法联系起来了。但是，这种解释是不够全面的，它忽略了赋体发展过程中出现的一些其他修辞现象，如借物言志等。其实，赋就是借物抒情。比则不然，比有寄托，寓情于景，表意深刻。后来朱熹在创作技巧上重新阐释了"赋比兴"，他的这一观点得到了后世很多人的认同。

赋：一种对事物直接表述的表现手法。它起源于先秦，成熟于两汉时期。汉代以后，由于社会政治、经济和文化生活等方面的发展变化，赋有了新的含义和形式。朱熹在对《诗集传》的注释中云："赋者，敷陈其事而直言之也。"如《诗经》中的《葛覃》《芣苢》等。

比：是用比喻的方法描绘事物，表达思想感情。朱熹说："比者，以彼物比此物也。""比者，以彼状此。"用此法写成的诗歌有《诗经》中的《螽斯》《硕鼠》等篇。

兴：是托物起兴的一种写法，也就是借由某件事物开端引出正题所要叙述的内容，并表达思想感情。托物起兴法是我国古代一种重要的写作手法。它起源于先秦时期的散文创作，后来逐渐发展为一种常见的表现手法。托物起兴可以用来描写景物，抒发作者的感情，也可用于议论抒情。这两种用法都很普遍。唐代孔颖达的《毛诗正义》说："兴者，起也。取譬引类，起发己心，《诗文》诸举草木鸟兽以见意者,皆兴辞也。"朱熹也曾说过:"兴者,先言他物以引起所咏之辞也。""兴者,托物兴词。"又说:"兴,则引物以发其意,而终说破其事也。"如《诗经》中的《关雎》《桃夭》等篇就是用"兴"的表现手法。

(二) 20 世纪对 "赋比兴" 的新探究

1. 诗歌创作前的谋篇立意技巧

兴的功能多以物之触引为先,心情之感发为后;比之功能,多为既有心情在先,借比事以表在后。因此,兴和比应属两种不同性质的触发方式。兴主要依靠情感上的联想或想象,而比主要靠理智的分析与思考。二者虽各有所异,但却具有一定的共性:它们都离不开情、感、意。兴的感发多因感性的直觉触引而不需要理性之思索安排,比的感发多包含理性之思索安排。

2. 诗歌创作中的结构布局技巧

赋是一种叙述、描写方式;比是一种对比、模拟方式;兴是一种联想。在前人研究的基础上,本文对三者进行了探讨和分析。一是通过比较来揭示它们之间的关系;二是以《诗经》为例,说明其内在联系与发展脉络。也有学者提出了另外一种看法,认为比是静态而单一的比喻,兴是动态而整体的比喻,"赋比兴"三位一体形成了诗歌创作完整的理论,它们分别表征了把诗深化时交织和重叠着的三个阶段。

3. 诗歌创作后的阅读诠释技巧

此外,还有一些学者认为,"赋比兴"具有一定的教化作用和政治伦理思想,但三者在作诗方法上又有所不同。有研究者将《毛诗郑笺》中关于"赋"和"比"的解释作为分析诗作内容的依据,还有人提出"兴"就是"赋"的说法,还有人把赋、比、兴称作古人赋诗言志之三法,等等。这些观点都有待商榷。

第二章 先秦两汉诗歌研究

本章主要内容为先秦两汉诗歌研究,共分为四节进行叙述,分别是先秦诗歌的内容特点与影响、两汉诗歌与两汉社会、汉代诗歌文体流变研究、两汉诗歌的历史地位与影响。

第一节 先秦诗歌的内容特点与影响

一、《诗经》

中国第一部诗歌总集《诗经》收录了从西周初年到春秋中叶500多年间的305首诗歌。它内容丰富,思想深邃,艺术手法高超,在中国文学史上占有极其重要的地位。其主要特点表现为:一是揭露黑暗现实,二是描写人民生活和爱情悲剧,三是歌颂劳动人民,四是讽喻统治者,五是描绘自然风光,六是抒发爱国之情,七是讴歌英雄人物。《诗经》反映了当时社会剥削、徭役、战争、婚姻等诸多现实生活。有些作品在揭露统治者对人民残酷的剥削和压迫时,表现了劳动人民的无比愤怒、誓死反抗的情绪、追求光明的信心和决心。《诗经》是四言诗的一个高峰,采用赋、比、兴的表现方法,并用口语入诗,大量用叠字重复的修辞和句法,语言准确生动,形象明晰,声调和谐,是一部思想性和艺术性高度结合的优秀作品,也是现实主义诗歌创作的开端。

(一)国风的思想内容与艺术特点

国风中所要表达的思想内容主要通过以下几个方面实现:

（1）反映劳动人民艰苦生活和反对剥削压迫的作品

这部分作品抒写了人民为不被剥削、压迫而斗争，为美好生活而奋斗的坚定信念，这是中国第一部现实主义诗篇。《七月》这篇诗歌具体生动地写出了劳动人民在剥削者的压迫和剥削下，终年辛劳地创造财富，却过着饥寒困苦的生活，展示了西周初年人民与剥削者之间尖锐对立的社会现实。这篇诗歌较长，共有八段，现摘录前三段于下：

七月流火，九月授衣。一之日觱发，二之日栗烈。无衣无褐，何以卒岁？三之日于耜，四之日举趾。同我妇子，馌彼南亩，田畯至喜。

七月流火，九月授衣。春日载阳，有鸣仓庚。女执懿筐，遵彼微行，爰求柔桑。春日迟迟，采蘩祁祁。女心伤悲，殆及公子同归。

七月流火，八月萑苇。蚕月条桑，取彼斧斨，以伐远扬，猗彼女桑。七月鸣鵙，八月载绩。载玄载黄，我朱孔阳，为公子裳。

读了上面这三段，便可以想象当时劳动人民充满血泪的生活。由其中"春日迟迟，采蘩祁祁。女心伤悲，殆及公子同归"的描写，更是令人联想到那时劳动者不仅终日替贵族做农活、杂务，而且连身体也为贵族所占有，任凭他们践踏和糟蹋。

（2）反映征夫征女互相思念的作品

由于沉重的兵役、徭役给人民带来了无限的痛苦，于是产生了这方面的诗歌。如《东山》（《国风·豳风》）便是写一个参加周公东征的士卒在还乡路上的思乡之情。在此类诗歌中，以这篇最为著名，记录于下：

我徂东山，慆慆不归。我来自东，零雨其濛。我东曰归，我心西悲。制彼裳衣，勿士行枚。蜎蜎者蠋，烝在桑野。敦彼独宿，亦在车下。

我徂东山，慆慆不归。我来自东，零雨其濛。果臝之实，亦施于宇。伊威在室，蠨蛸在户。町畽鹿场，熠耀宵行。不可畏也，伊可怀也。

我徂东山，慆慆不归。我来自东，零雨其濛。鹳鸣于垤，妇叹于室。

洒扫穹室，我征聿至。有敦瓜苦，烝在栗薪。自我不见，于今三年。

我徂东山，慆慆不归。我来自东，零雨其濛。仓庚于飞，熠耀其羽。
之子于归，皇驳其马。亲结其缡，九十其仪。其新孔嘉，其旧如之何？

诗中主人公从东征起到回家的漫长岁月里反复吟咏对家乡、亲人的怀念，用事实陪衬，写出怀乡思念之情，感人至深，真有一唱三叹之感！

（3）反映男女爱情的作品

对爱情的歌咏，是《诗经》的第一主题，特别是在国风中，占有较大的比重。如《关雎》(《国风·周南》)，这是一首爱情诗歌，是男人向女人求爱之诗。由于列在诗三百篇之首，占有了重要位置，是《诗经》的代表作。从孔子到朱熹，都把此诗神化了。孔子曰："《关雎》乐而不淫，哀而不伤。"朱熹认为此诗是"咏后妃之德"。现在看来，古人为了重"纲纪"和"教化"的原因，把这首诗提到这样的高度，也有一部分是出于政治的需要。事实上，在广大人民群众心中，它首先是一首追求爱人的情诗。此诗音乐和谐悦耳，动人心魄。原诗如下：

关关雎鸠，在河之洲，窈窕淑女，君子好逑。
参差荇菜，左右流之。窈窕淑女，寤寐求之。
求之不得，寤寐思服，悠哉悠哉，辗转反侧。
参差荇菜，左右采之。窈窕淑女，琴瑟友之。
参差荇菜，左右芼之。窈窕淑女，钟鼓乐之。

又如《周南·桃夭》是婚礼进行时的祝福歌，所以反复歌颂，祝愿新人幸福。旧俗出嫁，女人家门楣上都贴有"之子于归"或"宜其室家"的横批，便是祝福的意思。或是《木瓜》，是一首情人之间相互赠答，表示永久相爱的诗歌。

（4）反映弃妇情怀的作品

弃妇诗是爱情诗的余续，女人因夫妻感情破裂，或家庭发生不幸，常常一生痛苦。在男尊女卑的封建社会里，女性被践踏、被遗弃是很普遍的事。

国风里的《氓》便是一篇最典型的弃妇之诗。它叙述了一个劳动妇女在婚姻

上的不幸遭遇,揭露了私有制造成的男女不平等,表达了受压迫妇女的愤慨之情。现录之如下:

  氓之蚩蚩,抱布贸丝。匪来贸丝,来即我谋。送子涉淇,至于顿丘。
匪我愆期,子无良媒。将子无怒,秋以为期。
  乘彼垝垣,以望复关。不见复关,泣涕涟涟。既见复关,载笑载言。
尔卜尔筮,体无咎言。以尔车来,以我贿迁。
  桑之未落,其叶沃若。于嗟鸠兮,无食桑葚!于嗟女兮,无与士耽!
士之耽兮,犹可说也。女之耽兮,不可说也。
  桑之落矣,其黄而陨。自我徂尔,三岁食贫。淇水汤汤,渐车帷裳。
女也不爽,士贰其行。士也罔极,二三其德。
  三岁为妇,靡室劳矣。夙兴夜寐,靡有朝矣。言既遂矣,至于暴矣。
兄弟不知,咥其笑矣。静言思之,躬自悼矣。
  及尔偕老,老使我怨。淇则有岸,隰则有泮。总角之宴,言笑晏晏。
信誓旦旦,不思其反。反是不思,亦已焉哉!

  这是一首用赋的手法,叙述一个女子从恋爱、结婚到被丈夫遗弃的全过程的叙事诗。诗中叙述了一个女子被一个貌似忠厚的青年所追求,心动了,约他秋日来迎娶。此后她便每日盼望着这个青年,从此坠入情网,不能自拔。谁知结婚不到三年,丈夫就厌弃了她。事件过程的叙述虽然简单,但是措辞用语甚是形象,内心活动十分丰富,读了感人至深。

  (5)反映对统治者荒淫无耻的痛恨和讽刺的作品

  《诗经》中对统治者表示痛恨和讽刺的诗歌也不少,诸如《邶风·新台》《陈风·株林》《齐风·南山》等。百姓们通过这些诗,揭露统治者的恶行,鞭挞其丑陋心灵,表现出对统治者的极度鄙视。这类诗歌就是人民群众进行反抗斗争的有力武器,但它们又有很大区别:一是讽刺性质不同,二是描写对象不同,三是艺术手法不同。如《鄘风·相鼠》,认为统治者连鼠也比不上。

相鼠有皮，人而无仪！人而无仪，不死何为？
相鼠有齿，人而无止！人而无止，不死何俟？
相鼠有体，人而无礼，人而无礼！胡不遄死？

在这咄咄逼人的口吻里，显示出人民群众的极大义愤，也显示出对统治阶级的清醒认识。

古代劳动人民在长期的社会实践中，逐渐形成了对是非善恶的正确判断能力。他们在描绘生活画面时，往往从社会现实出发，反映时代的政治、经济、文化等方面的内容。现实主义是《诗经》诗歌创作中最重要的原则之一。写实与写意相结合的艺术表现手法是《诗经》最明显、最经常、最基本、最有效力的表现手段，对后世的诗歌创作积累了经验。《诗经》中描绘了大量的现实生活题材，其中不乏一些富有典型意义的描写。这些作品都有很高的艺术性和审美价值。例如《七月》就以素描手法描写了劳动者一年来的紧张劳动生活，犹如一幅风俗画，逼真而生动地将劳动者受压迫、受剥削的境况展现给了读者。如《黄鸟》通过对用活人殉葬的暴行的描述控诉了统治者的滔天罪恶。国风的艺术特点如下：

（1）句式长短变化多

国风在形式上绝大多数是四言一句，隔句用韵，也有杂用其他字数的形式，比如《伐檀》一诗就是一首错落有致的杂言诗，它语言平易，句式灵活多变，可以把读者引入一种想象空间里去。此诗读来朗朗上口，使人感到亲切自然，令人产生无限遐想。这主要在于其韵律美、平仄和谐。虽是杂言，却并不拗口，而是感觉错落有致，富有韵律。

（2）重章叠句

各章复叠，为国风的又一特色。所谓复叠式，就是把诗中的几个不同篇章（或段落），按照一定的规律组合起来。它是诗歌艺术手法之一。这种方法也可称为一种结构方式。国风中的诗篇几乎都可以歌唱，歌唱不是唱一遍便结束，要反复吟唱，才能增加韵味，激起感情，达到舞蹈歌唱的最高潮。例如《芣苢》这首诗就是女子在采野菜时唱的歌，整首诗三章十二句，其间只变换六个动词，描写的却是采摘从少至多、大家集体唱歌的热烈场面。因此，这首诗有很高的艺术价值,历来受到人们的重视。诗歌里变换的这些词是诗人对生活进行了比较深刻的观察体验而产生的一种特殊感情。这种情感就是恋爱之情。《采葛》是在多次叠唱中抒写对情人思念之情,"一日未见,如隔三秋"这一千古佳句就是从中而来的,至今我们仍在运用。总之,国风之所以用重章叠句表现各篇诗章,原因就是为了适应歌唱和乐曲的需要。至今,我国许多少数民族还保留有不少这种反复叠唱的音乐歌舞。

（3）双声、叠韵、叠字多

国风均采取口语入诗,有些字今天看来深奥,不常用,但在当时是最普通的口头语言和最浅显的文字。这些语言精准优美,形象鲜明。它们都是经过艺术加工而成的典范之作。国风是中国古代诗歌中最有特色的体裁之一,它对我国文学史上的诗歌创作产生了巨大影响。《诗经》中有许多关于国风的作品。其中不乏佳句,脍炙人口,流传千古。国风用叠字很多：状情如"信誓旦旦",拟声如"坎坎伐檀",绘形如"雨雪霏霏",摹态如"言笑晏晏"。其还大量使用双声叠韵,双声如"玄黄""参差",叠韵如"逍遥""辗转"。这样更觉形象鲜明,声调和谐,增添了诗的形象性、音乐性和感染力。

（4）表现手法多

《诗经》有风、雅、颂、赋、比、兴六义。风、雅、颂是按音乐的曲调和地域来分类的,赋、比、兴则是按表现手法的不同而归类的。关于赋、比、兴,朱熹说得比较确切和全面。他说："赋者,敷陈其事而直言之也。""比者,以彼物比此物也。""兴者,先言他物以引起所咏之辞也。""赋",即陈述铺叙。在雅诗、颂诗的诗篇中运用了大量的"赋"。

周代民歌比兴手法是我国诗歌最重要的表现手法之一。它以"以物喻人""借景抒情""托事言志"为主要方法,把现实与理想统一起来,同时还广泛地运用比喻、象征等艺术手段来表现主题,表达情感,具有高度的概括力,含蓄蕴藉,意境深远,富有情趣与美感。这一技巧在中国历代诗歌创作上都得到了传承和发展,这也是周代民歌对于后世文学创作所产生的巨大作用。

（二）雅、颂的思想内容与艺术特点

雅诗与颂诗同为统治阶级特定情况下使用的乐歌。这些作品大部分是史官和乐工制作或加工出来的，劳动人民的口头之作较少，一般以政论性为主，表达统治者的政治主张和意图，但是它们之间也存在着很大差异。主要表现为：第一，题材不同。雅诗多取材于历史故事；颂诗则多用神话传说。第二，体裁不一，形式各异。第三，风格迥异，形式多样，内容丰富。因为这些诗多少也反映了那个时代社会生活中的一些状况，所以在今天来看仍有学习与了解的价值。

"雅"诗共105篇。根据乐曲的不同，分为"大雅"31篇和"小雅"74篇。"大雅"的大部分和"小雅"的少数篇章，和"周颂"一样都产生在周初的繁荣时期，其作品也多是歌颂周初太平盛世的篇章，不过其中也有部分已注重描写统治者的生活和社会现实了。尤其是"大雅"中的《生民》《绵》《大明》《公刘》等叙事诗。《生民》和《公刘》则明显区别于其他，在叙事上也有很大不同。这主要表现在三个方面：一是时间顺序，二是故事内容及结构方式，三是主题意义。这些诗歌记述了从周代先祖后稷立国到武王灭商所经历的整个历史过程。有些篇章写得比较具体鲜明，有感染力。现在从"大雅""小雅""商颂"中选出一些代表作介绍给读者，便能知道这些作品的内容和写作技巧。

采薇（小雅）这是《诗经》中的名篇之一，经常被选入大学、中学的课本中作为教材。这首诗歌追述了西周后期，周人抵御狎狁侵扰的艰苦情况。诗中描写出征士兵在归途中回顾同狎狁作战时的艰苦情况，表现了狎狁侵扰给人带来的灾难和诗人忧时伤事之情。

采薇采薇，薇亦作止。曰归曰归，岁亦莫止。靡室靡家，狎狁之故。不遑启居，狎狁之故。

采薇采薇，薇亦柔止。曰归曰归，心亦忧止。忧心烈烈，载饥载渴。我戍未定，靡使归聘。

采薇采薇，薇亦刚止。曰归曰归，岁亦阳止。王事靡盬，不遑启处。忧心孔疚，我行不来。

彼尔维何？维常之华。彼路斯何？君子之车。戎车既驾，四牡业业。岂敢定居？一月三捷。

驾彼四牡，四牡骙骙。君子所依，小人所腓。四牡翼翼，象弭鱼服。岂不日戒，狁孔棘。

昔我往矣，杨柳依依。今我来思，雨雪霏霏。行道迟迟，载渴载饥。我心伤悲，莫知我哀！

西周的统治，自周昭王、周穆王以后，日益腐朽。到周懿王时，北方的狁不断骚扰中原地区，曾进占过周京畿的焦获和泾、洛之间，并进犯过京师等地。《采薇》这首诗，就是写一个服役士兵艰苦的戍边生活及思家恋土与保家卫国的复杂心理，反映了被压迫者的思想感情。

本诗的艺术特色有两点：第一是运用叠字和叠句的表现手法。本诗叠字很多，大都用来言情状物，如"依依"描写的是柳枝的袅娜柔软，"霏霏"描写的是雪花的纷扬稠密，"迟迟"是形容步伐缓慢艰难。叠句的例子如前三章头四句，都是用"采薇采薇，薇亦作止。曰归曰归，岁亦莫止"的格式反复吟咏，只是每章调换二三个字而已。这样，思想感情被表现得更加细致曲折。

第二点是情景交融。特别是末章四句，"昔我往矣，杨柳依依。今我来思，雨雪霏霏"，写得情景交融，十分感人，所以才能成为千古名句，传诵至今。

现在再举"大雅"中的《生民》这一篇，看看它与"小雅"的内容和写法有哪些异同。这篇诗歌记述了周人的始祖后稷诞生到发明种植和从事农业生产的创业史，歌颂了他的功德和业绩。其中包含了不少古代传说，有着浓厚的神话色彩。本诗共八章，现录前四章于下，可见一斑：

厥初生民，时维姜嫄。生民如何？克禋克祀，以弗无子。履帝武敏歆，攸介攸止。载震载夙，载生载育，时维后稷。

诞弥厥月，先生如达。不坼不副，无菑无害。以赫厥灵。上帝不宁，不康禋祀，居然生子。

诞寘之隘巷，牛羊腓字之。诞寘之平林，会伐平林。诞寘之寒冰，鸟覆翼之。鸟乃去矣，后稷呱矣。实覃实訏，厥声载路。

　　诞实匍匐，克岐克嶷，以就口食。蓺之荏菽，荏菽旆旆。禾役穟穟，麻麦幪幪，瓜瓞唪唪。

"大雅"的文字技巧不如"小雅"，也比较难懂。"大雅"中有一篇《公刘》，是歌颂周人的祖先公刘率领本族众民迁居的事迹，反映了周初发展和繁盛的历史状况。公刘是后稷的曾孙，公是周人对他的尊称，刘是名。这篇诗歌的文字写作技巧较《生民》为好，原诗共六章，现录第五章于下：

　　笃公刘，既溥既长，既景乃冈。相其阴阳，观其流泉。其军三单，度其隰原，彻田为粮。度其夕阳，豳居允荒。

上面所举章节，字数比较整齐，与国风措辞用语有相近之处，特别是句尾用韵，既自然又流畅，出于口语，未加雕饰。明人陈第在《读诗拙言》中说："《毛诗》之韵，动乎天机，不费雕刻。"其言中肯，这确是《诗经》文采中的一大特点。

"颂"分《周颂》《鲁颂》《商颂》，共40篇，大部分是庙堂文学。《周颂》31首，均为西周时期所作。它是吸收了大量其他古代音乐文化因素而形成的一种新形式的民间歌舞体裁。它起源于商晚期，兴于西周时期，盛于春秋和战国时期。其曲调丰富多样，旋律优美动听。它们是周王朝祭宗庙时的舞曲，有着极其浓郁的宗教气氛，用板滞的形式和典重的语言，歌颂周王朝祖先的功德。如《周颂》中的《武》《桓》《赉》等篇便是歌颂武王灭商的"大武舞"。还有一部分是"春夏祈谷，秋冬报赛"用来答谢神灵的祭歌，例如《臣工》《丰年》《载芟》等等，但是从中可以了解到西周初年农业生产、人民生活等方面的各种状况。

《鲁颂》4首，《商颂》5首，分别为春秋前期鲁国与宋国在朝廷与宗庙中使用的乐曲，多为宗庙的祭歌，不过写作技巧却比西周的作品有了较大的进步。

现在举《商颂》中的《玄鸟》来说明"颂"的大致内容。这篇诗歌讲述商的始祖的诞生，歌颂商的先王的威烈和功绩，含有神话传说的成分。

天命玄鸟，降而生商，宅殷土芒芒。古帝命武汤，正域彼四方。

方命厥后，奄有九有。商之先后，受命不殆，在武丁孙子。武丁孙子，武王靡不胜。

龙旂十乘，大糦是承。邦畿千里，维民所止，肇域彼四海。

四海来假，来假祁祁。景员维河。殷受命咸宜，百禄是何。

前面已经说过，"颂"多数是宗庙的祭歌，从上面所举《商颂·玄鸟》这一篇便可以看出后来子孙对祖先的歌功颂德已经达到了极点，"龙旂十乘，大糦是承""邦畿千里，维民所止"，多么盛大的场面，这是统治者的自我颂扬。

（三）《诗经》的历史地位与影响

《诗经》是我国诗歌的光辉起点，在我国乃至世界文化史上都占有极高的地位。《诗经》是一部了解周朝社会的大百科全书，里面涉及了周代社会的各个领域，如政治文化、经济商业、思想道德、农事生活、军事外交、礼节祭祀、习俗服饰等。所以它也是一部历史教科书，是一部先民的史诗。

《诗经》的思想内容广泛，艺术成就辉煌，因此它对后世的影响极大。从大的方面来说，有下列两点：

（1）《诗经》的现实主义写作方法一直为后世诗歌写作所继承

《诗经》民歌部分的"饥者歌其食，劳者歌其事"的写实作风对后世影响最大。白居易的"文章合为时而著，歌诗合为事而作"的写作主张便源于《诗经》。诗歌应该反映国家命运、人民疾苦，并不是仅仅用来吟风弄月、消遣闲情。自汉魏乐府到近现代歌谣，无不深刻地反映着这一现实主义创作精神。

（2）《诗经》写作的艺术性一直影响历代诗歌的创作

真正意义上的诗歌最先由劳动人民所创造，这就强烈地促使后代作家对民歌的关注和对民歌的研究，他们学习人民的口语，了解人民的思想感情。《诗经》是四言诗的高峰，其间也有杂言诗，句子长短参差，错落有致。《诗经》采用赋、比、兴的表现方法，又使用了大量的叠字，并且采用了双声、叠韵、状形、拟声，声调和谐，形象鲜明，使诗歌的形象性、音乐性和感染力得到加强。在句式上，《诗经》中使用最多的是叠字式，而这也正是造成其语言特色的重要因素之一。另外，其偶数句末尾押韵之法，也是中国民歌最早的特点。这些创作方法和修辞技巧都一直影响了中国后来诗歌的创作。

但是这里还需说明一点，有人说《诗经》高于《楚辞》，《楚辞》又高于两汉魏晋的诗歌，好像一代不如一代，这种说法是不全面的。要知道每一时代的诗歌都有它的特点，不能说得太笼统。当然，每代诗歌有其优点，也会有其缺点。诗歌的发展也会有回旋与曲折，这是事物发展道路上不可避免的现象，不能据此即否定事物的发展。总之，从《诗经》到《楚辞》，到唐诗、宋词、元曲，虽然各个时期的文体不同，但诗歌的发展总是随时代的前进而不断向前发展的。

二、楚辞

楚辞是公元前 4 世纪（战国后期），在我国南方出现的一种新的抒情诗体。楚辞形式的创造者和代表作主要是楚国的屈原和他的诗作。

"楚辞"之名西汉初期已有，后刘向校勘古籍并将屈原和宋玉的著作辑录成册。东汉班固在他的著作《汉书·艺文志》中，对"楚辞"也有明确记载。王逸完成《楚辞章句》以后，便以"楚辞"作为书名而出现了。自那以后，"楚辞"才成了总集之名。其特点为："记楚之风俗、记楚之地理、记楚之人物、记楚之制度、记楚之文字"。

汉代的"楚辞"与之有很大区别。称之为"赋"，这种理念是错误的，因为"楚辞"与汉赋是相对立的概念，"楚辞"指诗歌，"汉赋"指散文。二者在内容上有许多共同之处：一是抒情，二是写景状物。同时又存在着明显的区别：其一，体制不同；其二，语言风格迥异；其三，表现手法有别。两类作品在句法形式、结构组织和押韵规律等方面均属两种不同类型。但是由于汉赋是直接受到"楚辞"影响所形成的一种文体，所以汉代人习惯上多称辞赋。今天，若将屈宋之辞与枚乘、司马相如之赋画等号，则十分不妥，不应混为一谈。至于后人"风""骚"并称，是指两种文体都属于有名的作品，并没有认为两种文体是一样的，所以"风骚"连称，自然没错。

楚辞在楚国出现不是偶然的，它深深植根于楚国悠久的历史文化及现实生活的土壤里。楚辞出现前,南方和楚地的民间诗歌、乐曲是它的先声,而楚国传统的祭神诗歌和巫舞,也对楚辞有深刻的影响。特别是春秋战国时期,南北方文化的交流,也有助于楚辞的形成和发展。在这些基础上,屈原以他深刻的思想、丰富的政治斗争经验和卓越的艺术造诣承前启后,融会贯通,在诗歌上创造了楚辞这一崭新的诗体,为古典诗歌的发展开辟了一个新的时代。

楚辞具有浓厚的楚地地方特点和神话色彩。它突破了《诗经》的四言句式,以一种适于表现复杂思想感情的、较为灵活的和在节奏和韵律上独具特色的句式出现。它的出现,表明我国诗歌的发展大大地向前推进了一步。楚辞想象丰富,神话连篇,表现了神奇怪异的色彩,这种浪漫主义的诗风影响了历代很多诗家的创作,与《诗经》的现实主义诗风形成了诗歌历史上的两大流派。

楚辞的代表人物除屈原外,比较重要的还有宋玉、唐勒、景差等。他们也都是楚国人,可惜其作品流传下来的很少。

三、《离骚》

《离骚》作为屈原的成名作和中国古典文学最悠久的抒情诗,共373句,堪称光耀千古的浪漫主义名作,是世界文化宝库中的珍品。《离骚》写于屈原生命的后期,它多方面揭示了楚国社会的重重矛盾,集中反映了楚国没落时期先进与保守、革命与反动势力之间的尖锐矛盾和激烈斗争。《离骚》集中阐述了诗人渴望明君贤相、变法图强的美政理想和为实现这种理想而进行的不懈斗争。《离骚》是诗人忧国忧民、政治抱负不能实现的血泪之作,诗人的理想是使祖国走上繁荣昌盛之路。屈原作为著名爱国诗人,他罗列了在历史上兴国之圣君、亡国之昏君,并期望楚王效法"遵道得路"之尧舜、引戒"捷径窘步"之桀纣,使楚国成为强盛之国,同时提出"举贤才而授能兮,循绳墨而不颇"的政治革新主张,但结果反被驱逐,忠君强国的主张无法实现,只好"既莫足与为美政兮,吾将从彭咸之所居",最后走上投江自杀的道路。

就其创作方法来说,《离骚》是积极的浪漫主义。它通过丰富的想象、巧妙的比喻、瑰丽的语言,构成了一幅幅奇丽的画面。它还通过上天下地、乘云临风、天国人间的变幻,饱满酣畅地抒发了诗人深沉炽烈的思想感情。

《离骚》的含义，历来有多种解释。现依汉班固所说，"离，犹遭也。骚，忧也。明己遭忧作辞也"，那么"离骚"就是遭遇忧愁的意思。

全诗在结构上可分前后两段：由起首至"岂余心之可惩"是前段，由"女嬃之婵媛兮"至篇尾是后段。

在前段中，诗人回顾过去的历史。他的家世出身、生平事迹、性格经历以及他在政治改革中所起的作用等都在书中有所记载，这些都为我们研究这位伟大的人物提供了丰富的资料。诗人自早年汲汲自修，博学多才，素质卓越，立志强国富民。他曾经向楚王进言："不抚壮而弃秽兮，何不改乎此度？乘骐骥以驰骋兮，来吾道夫先路！"在这一思想指导下，诗人为实现自己的理想而奋斗。因此，他的诗作表现出鲜明的爱国激情，这些都是值得肯定的。后部分主要是对楚国现实的揭露和批判，而爱祖国、爱人民的诗人则因为触犯旧贵族集团利益而招致沉重迫害与打击。他们不分黑白地进行诬蔑诽谤，终使昏君放逐了屈原。屈原苦心培养起来的人才也变了质。《离骚》后一部分是描写诗人对未来道路的探索："路漫漫其修远兮，吾将上下而求索。"诗人被排斥出走后，面对未来，忧郁苦闷，何去何从，到底选择什么样的道路呢？首先，要明哲保身。而诗人则对重华陈词，剖析古往兴亡之史，否认这一消极逃避的思想。为此，他又去叩问天阍，天阍却闭门不理；他又下求佚女以通天帝，结果也无所遇。所谓天上，实际是暗指再度争取楚王的信任，但最终也落空了。迫不得已再次寻找灵氛和巫咸占卜降神，让他们指示道路。屈原说："我的前途是一片光明！"巫咸说："你的命运是一条暗河……"屈原听了，心中很不是滋味。他决心弃官归隐。灵氛劝说他到别的国家去远行，另择地方发挥才能，巫咸劝说他暂时留在楚国待机行事。诗人觉得时不我待了，待在暗无天日的楚国很难求得发展，便下决心离国出走。但是这一决定，与热爱祖国的心情又起矛盾。正当他升腾远逝时，看到祖国山河，又不忍远离："陟升皇之赫戏兮，忽临睨夫旧乡。仆夫悲余马怀兮，蜷局顾而不行。"于是他便留下了。在这留则无计可施，走又违背爱国良心，进退两难之时，他痛苦万分，只好以身殉国，以死殉志："既莫足为美政兮，吾将从彭咸之所居。"

屈原诗歌艺术的特点如下：

第一，编织幻想境界和采用夸张手法。

诗人擅长驰骋想象,把神话传说、历史人物、自然现象等糅合在一起,以此为素材来写诗。这些素材使其诗歌充满神奇瑰丽的色彩,给读者以强烈的艺术感染力量。作者善于运用借景抒情,抒发对祖国山河无限热爱之情。《诗经》是我国最早的一部抒情诗集,其中不乏幻想类作品,生动形象,引人入胜,感情真挚,意境深远。正如《离骚》里有关神游的段落所写,诗人朝发苍梧而夕至县圃时,望舒、飞廉、鸾皇、凤鸟是侍从仪仗,上叩天阍,下求佚女,想象丰富离奇,情景瑰丽雄伟,强烈地显示出诗人追求浪漫主义理想的气概。另外,诗人还经常运用夸张来凸显事物特点。例如,对诗人性格的刻画:"擥木根以结茝兮,贯薜荔之落蕊。矫菌桂以纫蕙兮,索胡绳之纚纚。""高余冠之岌岌兮,长余佩之陆离。芳与泽其杂糅兮,惟昭质其犹未亏。"

第二,比兴手法的广泛运用。

《离骚》虽然继承了《诗经》的比兴传统,但又进一步发展了这种手法。例如诗人自比女人,从这个角度来说,他用男女关系来对比君臣关系,用众女妒美来比喻群小嫉贤,用求媒比喻求通楚王,用婚约来比喻君臣遇合等,以香草象征品格高洁,以驾马比喻治理国家,以规矩绳墨比喻国家法度等,广泛地运用了比兴手法,更使全诗显得生动形象,丰富多彩。

第三,铺张艳丽的描写、对仗音韵的讲求影响了后世诗词曲赋的写作。

屈原是《诗经》的改革和创新者。"楚辞"语言的婉转优美,感情的深邃入微,构思的奇特美妙,前无古人。所谓"其言甚长,其思甚幻,其文甚丽,其旨甚昭"的情况,本书在前面所举的屈原作品中已分别作了一些提及。所谓其言甚长,第一是指楚辞的篇幅都较《诗经》的篇幅长很多,《诗经》最长的篇幅如《氓》《七月》每篇不过百句,而《离骚》则长达373句;第二是指楚辞的句式一般都较《诗经》的句式为长,内含的意思也较《诗经》一般的四言句为多。其思其幻是指屈原作品极富幻想,想象又十分奇特,风伯月神无不供其驱遣,上天入地无不显其神通。这与《诗经》大部分属于写实作品不甚相同。其文甚丽首先是指语言的瑰丽,这是楚辞最大的特点,篇中造句遣词无不如此。其次是句子讲求对仗音韵,朗朗可诵,十分优美动听。如"朝饮木兰之坠露兮,夕餐秋菊之落英"两句中"朝饮"对"夕餐","木兰"对"秋菊","坠露"对"落英",词性对得十分工整,平仄声韵也对得无懈可击。这种精湛的艺术手法是后世诗歌辞赋创作的滥觞。特别这种绚丽的词句影响了汉赋的体式。其旨甚照"主要是指屈原的政治理想和爱国爱民的高贵品质。屈原一生深以"蝉翼为重，千钧为轻。黄钟毁弃，瓦釜雷鸣。谗人高张，贤士无名"为恨，以实现"美政"为终生抱负。这种忠君爱民的伟大思想一直影响了后世杰出的诗人，如李白、杜甫、白居易、苏东坡等人。

第二节　两汉诗歌与两汉社会

"时运交移，质文代变。"两汉诗歌的出现和两汉王朝的确立同时起步。汉武帝即位之后"罢黜百家，独尊儒术"，这就使得儒学成为汉代社会意识形态中最主要的一种思想力量。在这种情况下，两汉诗坛上出现了前所未有的繁荣局面。汉兴以来，文章日新。从高祖回乡第一次唱起《大风歌》起，中国诗歌史就伴随着汉朝而翻开了崭新一页。正像《诗经》是西周封建领主制社会的诗歌一样，汉诗是两汉大一统封建地主制社会的文学。它用艺术的形式，把一个时代的生活面貌反映出来，并由此形成了汉诗独特的艺术成就和艺术风格。因此，要对整个汉诗作出比较准确公正的评价，必须首先从认识两汉诗歌与两汉社会现实的关系开始。

一、汉的统一强盛带来了汉诗创作的繁荣

纵观中国的历史，和汉一样威声赫赫的王朝并不多。从汉武帝元狩六年（公元前117年）至东汉末年共300多年里，西汉王朝就曾取得过一个又一个辉煌的成就。这一时期是中国封建社会最强盛的时期之一。其原因就在于经济文化繁荣，国力增强，基础巩固。汉是我国历史上继亡秦以后，第一个真正实现大一统的封建王朝。这种大一统局面是在经历了从春秋战国起数百年间进步和落后、分裂和兼并、血与火洗礼之后形成的。汉代封建地主专制的确立，使封建领主制社会生产关系发生了变化，全国大一统带来政治稳定，在客观上为生产发展做出了贡献。自汉初开始推行的与民休息政策，也促使经济出现了空前的繁荣。从此，中国历史迈入了一个新的阶段。汉朝的统一强盛，促进了汉诗创作的空前繁荣。

然而堂堂两汉400年，只传下来数百首诗，这几百首诗里不少是断章残简和童谣俗谚，所以实在是个可怜的数目。然而，从西周至春秋五六百年间，流传下来的《诗经》只有305篇，但是专家学者却不认为当时"诗思消歇"。为什么会这样呢？首先，《诗经》本身就具有蓬勃的生命力，是古代最伟大的诗歌总集，是人类文化宝库中一颗璀璨明珠。再者，那时距今年代久远，很多东西难觅源头，无从寻找，能够传世的诗篇也只能算是屈指可数。而这些诗作又都集中在春秋战国时期，当时社会上盛行着一种以讽喻为主要内容的诗歌形式——歌谣。"言之不足，歌以咏之。"可见，《诗经》言不足也。据《汉书·艺文志》记载，刘歆编纂的《七略》中记载西汉乐府中保存的诗歌多达28家，共314首。从篇目上看，这314篇既不包括我们上面所列的大部分西汉著名的诗篇，也不包括那些杂歌谣辞。可见，这些诗篇经过几次历史浩劫，大部分已经不复存在。现今留存的两汉诗歌只是社会口头流传演唱和历史文献散录的很小一部分。然而，汉王朝在文学方面取得的巨大成就却不可抹杀。汉代诗人创造了光辉灿烂的中国古代诗歌史，对后世产生了深远而广泛的影响。他们的诗作已成为后代创作和欣赏的典范，这是不容置疑的事实。在留存下来的诗篇中，我们可以看到两汉诗歌的特点和艺术成就。这些诗歌对后世诗歌在一定程度上起着承前启后、继往开来的作用。这种意义上的继承和发扬，对于后代诗人来说，无疑具有特殊意义。当然，这是一个长期过程，不可能一蹴而就。汉朝的繁荣为两汉诗歌的大发展奠定了基础。推动汉诗进步的首要因素，就是文化上的团结和互动。这可以通过和《诗经》对比来讨论。

《诗经》15篇国风基本上以地域分类排列，说明《诗经》收集和编辑范围之广。汉建立后，对先秦时代遗留下来的大量文献进行了整理和研究。《诗经》不仅反映着我国古代诗歌发展的一个侧面，而且还体现着中国文学和诗学从早期到晚期不断向更高阶段演进的轨迹。而这种演变又以汉魏时期最为显著。这一时期的诗歌创作尤为繁盛。民歌大量产生，作品浩如烟海，丰富多彩，蔚为大观。在这样一个大背景下，《汉书·艺文志》收录了大量的西汉歌诗，这些作品与《诗经》相比，有很大不同。其中包括了"吴楚汝南歌诗""淮南歌诗""南郡歌诗"等与《诗经》相关的地方歌诗。由于各民族存在着共同的祖先和某些共同的生活方式，因而在音乐方面必然会有一些相通或相近之处。

汉立国后，伴随着社会经济发展，在开始进行对外交往时，外来诗歌艺术亦随之传入。在这些外来音乐舞蹈文化的刺激下，汉代诗人创作出大量反映当时生活风貌、风俗民情以及历史人物事迹等内容的诗作。而其中最为著名的要数《孔雀东南飞》一诗了。这是一首具有代表性的诗篇。值得关注与研究的是这一源于西域和北狄的乐种对于两汉诗歌创作所产生的影响并不限于一般对于外来乐种的鉴赏，而是将其融入汉乐并运用于多种场合之中。汉武帝时，李延年"因胡曲更造新声二十八解，乘舆以为武乐"。随着外来音乐的传入，汉乐在汉代文学艺术创作中占有重要地位。两汉正史虽然没有明文记载关于"鼓吹署"，但对鼓吹的适用场合多有记载。由这些记载，我们也可以更清楚地看到外来音乐对中国诗乐创作的影响。

今存《汉鼓吹铙歌十八曲》，乃是受外来影响的一组风格特殊的诗作，艺术水平较高。前人论及《汉鼓吹铙歌十八曲》，或者只看到它与军乐的关系，或者以其内容不尽军中之事便误认为是"汉杂曲"，却都没有注意到，《汉鼓吹铙歌十八曲》的产生，一开始就不仅仅局限于军乐，当然也就不能从更广泛的意义上理解外来音乐对两汉诗歌的影响。《汉鼓吹铙歌十八曲》中的《战城南》《有所思》等诗作，一直以来就被人们所推崇，恰恰是与其较高的艺术水平和独特的艺术特点分不开的。

诗歌创作受地域及外来影响较大。两汉大一统之后，随着文化交流的加强，两汉诗歌创作呈现出多样化的局面。汉代大一统时期诗歌创作繁荣的背景、汉乐府民歌的兴起及其对后世产生的影响是本文重点阐述的问题。诗歌的繁荣当然有着许多错综复杂的因素，但两汉大一统时期的文化和民族交往无疑是一个基本条件。现今存世的《汉鼓吹铙歌十八曲》形式上多为五言和杂言，亦迥然不同于我国先秦传统诗骚体，这一重大历史转折已标志着两汉并非"诗歌中衰之时"，而是我国诗歌形式变革活跃之时。

二、汉代的商业繁荣促进了汉诗创作的发展

如果说两汉的文化统一和民族交往为汉诗发展提供了客观的条件，那么大

一统形势带来的经济发展和商业繁荣又为两汉诗歌创作提供了最为基础的物质条件。

新兴地主阶级政权的建立是随着两汉社会生产关系的变革和生产力的提高同步进行的,汉初采取了一些积极有效的政治措施,如"约法省禁,轻田租,十五而税一,量吏禄,度官用,以赋于民"。这些措施在一定程度上推动了武帝初年的经济发展,对两汉社会产生了深远的影响,经济繁荣推动着商品生产的交流和扩展,从而推动着商业繁荣。"汉兴,海内为一,开关梁,弛山泽之禁,是以富商大贾周流天下,交易之物莫不通,得其所欲。"在这种形势下,汉代商品经济得到进一步的发展。汉王朝对土地和货币的大量征调,使封建国家获得了更多的财政收入,同时也增加了农民的收入,加速了人口增长,提高了劳动生产率。商业繁荣激发城市发展,据《盐铁论》所记:"自京师东西南北,历山川,经郡国,诸殷富大都,无非街衢五通,商贾之所臻,万物之所殖者。"其大者,"燕之涿、蓟,赵之邯郸,魏之温、轵,韩之荥阳,齐之临淄,楚之宛丘,郑之阳翟,三川之二周,富冠海内,皆天下名都"。

城市发展给汉代社会生活带来巨大改变。诗歌创作上出现了大量反映商品生产和城市与农村关系的作品。两汉时期的都城大都集中在洛阳和长安之间,其人口密集、商业繁盛,成为当时最繁华的都市之一。这些繁华都市进行的商业活动,对诗歌产生了深刻而广泛的影响。多数商业中心同时还是政治文化中心和官僚贵族及富商大贾集中之处,社会财富也汇集在这里。城市与农村的这种区分,同时也是生产与消费的进一步区分。被剥削的农民、小手工业者等从事生产,而地主官僚、富商大贾则是主要的消费者,从而导致劳动和享受的分化。统治阶级和普通人民对奢侈品的追求,使人们的生活发生了巨大的变化:以感官为中心的诗歌艺术在城市中盛行。到唐初,统治者已不再满足于物质财富上的积累,而是要对百姓进行精神文化方面的陶冶和培养。这时出现了一个特殊群体——文人阶层。皇亲国戚、富商大贾为了满足自己的需要,不惜以"何其民食之寡乏也"为代价。文景盛世时,"间者岁比不登,民多乏食,夭绝天年",百姓生活贫困。城市里有许多专门为艺人演出提供服务的场所,因此形成了一个特殊的行业——歌舞业。这类艺人称为乐工,也称歌伎、歌师。歌舞艺伎也是富贵荣华的象征,故李延年和他的妹妹李夫人的社会地位很高。而大部分歌舞艺人大多为即席演唱，不受时间和地点限制。

在两汉社会中，有相当数量的专业艺人，他们大多为官僚富贵阶层提供服务，这些人不仅能歌善舞，而且具有一定的文化修养，在音乐舞蹈方面表现出相当高的造诣。他们的乐工职业身份又决定了其作品大多带有浓厚的地方色彩。因此，他们的创作题材十分广泛，内容丰富多彩，形式多样。与此同时，由于生计所需，他们还须不断改进技艺，自觉收集各地区白话文学并对其进行艺术加工，由此使得两汉诗歌创作得到长足发展，以"相和"为主要特征的汉乐府诗风格逐渐演变。相和歌是我国特有的演唱样式之一，它不同于民间谣谚，包括"相和引""相和曲""吟叹曲""平调曲""瑟调曲""楚调曲""大曲"七大类，其中又以大曲最为常见。相和大曲中的代表性歌辞包括《东门行》《艳歌罗敷行》《西门行》《艳歌何尝行》《白头吟》《九曲》等等。这些作品在演唱形式上既有歌曲又有舞蹈，成为两汉诗歌艺术表演中不可缺少的组成部分。

两汉社会中出现了许多有才华的专业艺人，他们为城市商人及官僚贵族阶层服务。这反映出当时人民对音乐审美需求的迫切提高，同时也反映出汉王朝对民间文艺活动的重视与支持。它不仅表明汉代音乐文化已达到相当高的水平，而且标志着我国音乐史上一个新时期的开始。两汉社会中，有相当一部分具有一定创作才能的歌舞艺人属于被剥削的阶级。他们的"手"和"脑"，代表着为统治阶级从事体力劳动的工具，也反映着统治阶级对他们的私人占有和精神生活的控制。

三、汉代专业艺人的涌现推动了汉诗创作的发展

两汉诗歌艺术创作兴盛并不只限于专业艺人大量出现，更体现在由他们带动的社会性诗歌创作得到进一步的推广和发展，从而形成歌舞艺人之外其他阶层诗歌创作的群众性活动。

汉代的诗集，经过多年的流传，已经达到了经典化的程度。但由于种种原因，它们未能很好地保存下来，只是散见于民间的口头流传。再者，汉末浩劫如此严重和突然，以至于人们还来不及系统地收集、整理和保存汉诗。这一切都给后人留下了许多难以破译的谜。因此，对于汉诗的研究就成了中国文学史上一个重要

课题。然而两汉存世各类型诗歌仍有数百首之多，从中可和历史记载相互印证，也显示了两汉诗歌创作之兴盛。

（一）新的生活面貌在汉诗创作中的体现

汉朝大一统的局面带来汉诗创作上的繁荣景象，与此同时，社会生活的新面貌也充分地体现于汉诗创作之中。

从历史的发展进程来讲，秦汉地主阶级政权的建立，不但结束了多国纷争的战乱局面，使中国走向统一，更重要的是，这标志着封建地主阶级对封建领主阶级夺权斗争取得胜利，是新的生产力要求生产关系变革的结果。从这一点上讲，这种斗争也是具有历史进步意义的。因而，新兴地主阶级对中国的统一，在当时也是人心所向。这一点，贾谊说得很清楚："秦灭周祀，并海内，兼诸侯，南面称帝，以养四海，天下之士斐然向风，若是，何也？曰：近古之无王者久矣。周室卑微，五霸既灭，令不行于天下。是以诸侯力政，强侵弱，众暴寡，兵革不休，士民罢敝。今秦南面而王天下，是上有天子也。既元元之民冀得安其性命，莫不虚心而仰上。当此之时，专威定功，安危之本在于此矣。"然而，秦王朝并没有迎合这种人心所向的历史趋势去"专威定功"，而是"怀贪鄙之心，行自奋之智，不信功臣，不亲士民，废王道而立私爱，焚文书而酷刑法，先诈力而后仁义，以暴虐而为天下始"，终于自取灭亡。于是汉初统治者一改亡秦覆辙，由横征暴敛转而与民休息，安定了社会局面，同时也促进了生产发展。到"孝惠高后之间，衣食滋殖"。经文景之世至武帝，汉代社会达到了空前的繁荣与统一。

由此可见，汉的繁荣与强盛，乃是新的生产关系促进生产力解放的必然结果。同时，它也标志着新兴地主阶级政权强大的生命力和与历史发展相适应的程度。在这种情况下所创作的两汉诗歌，必然首先表现这种新的时代面貌。产生在汉初的《安世房中歌》，我们显然应该从这一角度给它以重视，无论这些诗章出于怎样为汉朝统治者歌功颂德的主观目的，都不能脱离客观的现实基础。百姓在亡秦后归附汉王朝，确有百川朝海、景仰高贤的寓意。但如果将这一现象仅仅归结为秦亡所致，则会造成对历史认识的片面性和局限性。事实上，"德化天下"的思想与实践是中国古代政治文化中最重要的组成部分，其意义不可低估。"德"是人心所向，也符合汉初的执政方针——亡秦后要实行无为而治的政策，无为而治的根本在于与民休息，使全社会欣欣向荣。

两汉诗歌呈现大一统的新时代繁荣气势，不仅仅表现在对神明的祭祀颂歌中，而且还表现在其他诗歌创作中。生产力的发展，经济的繁荣，民族间的文化交往与融合，使两汉诗歌从各个角度呈现了这种统一局势。汉武帝征讨四方，《郊祀歌》中不但有"图匈虐，熏鬻殛"（《朝陇首》）和"九夷宾将"（《惟泰元》）的歌颂，《汉鼓吹铙歌十八曲》中也有"游石关，望诸国，月支臣，匈奴服"（《上之回》）的赞美，东汉白狼王唐菆所作诗歌三章《远夷乐德歌》《远夷慕德歌》《远夷怀德歌》就艺术水平而言虽不高，但它们所渗透着的对汉王朝的畏服和褒扬之情，道尽汉人标榜本国统一强盛之心。班固《东都赋》中《明堂诗》的写作也是如此，如他自己在序中所言，"臣窃见海内清平，朝廷无事……作《两都赋》，以极众人之所眩曜"。这种对大一统局面的肯定与歌颂，如果没有现实的社会基础是不可能产生的。从历史的发展过程来讲，两汉的统一强盛与繁荣，是中华民族向心力增强的一个表现。这不仅因为汉代是一个大统一时期，还因为汉王朝在政治、经济和文化诸方面都取得了辉煌成就。更重要的是，汉建立以后所形成的中央集权制社会结构，也成为中华文明发展进程中辉煌的一页。这是无可辩驳的事实。也正在这一意义上，颂扬两汉大一统作为两汉诗歌的一个崭新内容，就具有了重要的时代意义。

（二）两汉社会生活中的群众性诗歌创作

如果说以宗庙郊祀之乐章为主的赞美诗用宗教艺术的形式歌颂了两汉大一统的时代局面，那么，作为两汉诗歌主体的群众性创作，则表现了两汉社会生活转变后的一些新内容。

封建地主制社会的建立，在不同程度上打破了西周宗法制社会的伦理政治关系、经济关系和世袭尊卑等级关系，取而代之的是相对独立的以个体家庭为主体的农民与地主的经济关系，并在此基础上形成新的政治制度。这种情况对汉诗创作内容的影响是巨大的。最突出的就是由以贵族生活为主体的宗法制社会内容向以平民生活为主体的地主制社会内容的转化。

众所周知，西周封建领主制社会的主要阶级是封建领主与农奴。二者在经济上的依赖关系同时体现为一种较强的人身依附性，并且用血缘关系联结起来，从而形成了"君子"与"小人"之间的等级差别。其他社会各阶层基本上隶属于上述两类人中。这样，在社会的各种活动中，多以封建家族为单位出现。作为家族首领的各级大小贵族，自然成为各种社会活动的中心人物和代表人物。这样就决定了作为封建领主制社会文学的《诗经》的内容。以宗庙祭祀为主的"周颂"和主要反映贵族政治生活的"大雅"固不必说，就是"小雅"和"国风"，其中尽管"多本室家、行旅、悲欢、聚散、感叹、忆赠之词"，其表现范围也大多局限在贵族生活圈内，以"君子"和"士"作为诗中的主要人物，真正表现农奴和其他下层人民生活的诗并不占多数。仅以《周南》为例就可以看出：《关雎》中提到"君子"，他幻想与"淑女"成婚时"琴瑟友之""钟鼓乐之"；《葛覃》中提到"师氏"，《毛传》注为"女师"，专教贵族子女妇德妇言妇功妇容；《卷耳》中写"我马""我仆"；《樛木》中提到"君子"和"福履"；《兔罝》中的"武夫"是"公侯干城""公侯腹心"；《汉广》中提到"之子于归，言秣其马""言秣其驹"；《汝坟》中写了"君子"和"王室"；《麟之趾》歌颂的是"公子""公姓""公族"。《周南》11篇中，有8篇描写的都不是下层人物与农奴生活，其余3篇《螽斯》《桃夭》《芣苢》，也难以断定是写下层人物和下层生活。这是一个值得我们注意的现象。汉代以地主与农民为主要社会阶级，二者间没有封建领主与农奴那么强的依附关系，宗族血缘上的联系也不那么紧密，阶级间的个人具有更强的相对独立性。整个社会上层建筑是在此基础上形成的地主官僚机构，而不再是封建宗法制下的世袭等级制度。因而，两汉社会是在政治上打破贵族专制而呈现官僚政治的平民化社会，除了封建皇族之外，文人士子、地主与农民以及商人阶层等，都各以其比较独立的政治身份出现在社会舞台上。两汉社会在诗歌创作方面，与先秦相比已发生了很大变化。由贵族人物为中心的宗法社会逐渐向平民化转变，平民化首先体现在题材上，它的第一个特点就是生活表现面宽。《诗经》作为两汉诗歌的源头之一，在内容上反映了贵族社会对"君子"和"士"的向往与追求，以及文人对理想的向往与追求。第二个特点就是对下层民众生活的关注与刻画。汉乐府民歌中出现了许多反映平民生活状况的作品。这些作品大多取材于民间日常生活，真实地反映了当时人民群众的疾苦与需求。第三个特点就是语言朴实自然，通俗易懂，生动形象，富有感染力与表现力，抒情色彩浓厚。它将笔触更深入细致地伸向社会生活的方方面面，写平民百姓悲欢离合，载歌载舞，同时又写自己人生的种种际遇。如描写孤儿的诗有《孤儿行》，描写穷汉的诗有《东门行》，描写游子的诗有《巾舞歌辞》，描写病妇的诗有《妇病行》等，叙述性强，内容丰富，语言生动形象，反映了人们在日常生活中的真实感受和体验。较有代表性的是《妇病行》，诗人用最朴素的语言描绘出当时平民生活的真实图景。诗中写的是一个普通家庭不幸的命运，长年患病的女子在临去世时交代丈夫要照顾好膝下几个孩子，泪流不止，言语痛切。妻子死后，贫困的父亲养活不起孩子，无穿无吃，便把孩子扔到家中，到集市上乞讨。回到家中，看见孩子还在哭着要妈妈。这样详细的贫民生活描写，这样细致地把笔触深入普通平民中去，它表现生活的范围比《诗经》时代要大得多。从历史发展上看，汉代的诗歌在题材内容、艺术技巧等方面都有了很大进步，取得了相当高的成就，对后世产生了巨大影响，具有承前启后的作用。不但如此，伴随着汉朝疆域的拓展、交往范围的扩大，两汉诗中还有边远地区普通百姓生活的描写。

四、社会生活矛盾促进了两汉诗歌创作发展

两汉诗歌与两汉社会的关系，不仅要从社会的繁荣与统一、生活方式与风俗习惯变化等方面的描绘中去考察，更重要的是从社会的生产方式和阶级关系的变革所引起的社会生活矛盾中来认识。

从本质上说，秦汉地主阶级政权的建立，标志着反封建领主制斗争的胜利。两汉社会的主要矛盾，当然是地主阶级与农民的矛盾。这种矛盾对两汉社会各阶级生活的影响最为巨大，也是对两汉诗歌创作内容产生了巨大的影响。汉承秦制，统治者在刚刚夺取政权尚未稳固之时，不得不对农民采取相对让步的措施。这种对农民的让步，和嬴秦的横征暴敛比较起来，显然是符合人民利益、深得民心的。因而，在汉朝初年，农民与地主的阶级矛盾相对缓和，具体表现为汉诗对无为而治的颂扬，比如《画一歌》等，就是颂扬农村安逸生活的典范。如《郑白渠歌》："田于何所？池阳谷口。郑国在前，白渠起后。举锸为云，决渠为雨。水流灶下，鱼跃入釜。泾水一石，其泥数斗，且溉且粪，长我禾黍。衣食京师，亿万之口。"

但是即使在汉初，这种矛盾的缓和也并不意味着矛盾的消失，而是预示着矛盾在逐渐发展。汉建立之后，土地名义上属于国有，皇帝是全国最大的地主，下设郡县亭乡，以民之贫富及占田多少征收赋税。同时，为巩固封建制统治，皇帝又把土地按军功分给功臣贵戚，使无数农民变成了他们的食户，遭受着双重剥削。其后，随着土地兼并日益严重，两汉社会的阶级矛盾越来越尖锐。这些反映在汉诗中，就是描写农民贫困、官僚贵族奢华，如《长安百姓为王氏五侯歌》《桓帝初城上乌童谣》，反映贪官污吏敲诈勒索，如《刺巴郡郡守诗》，以及反映百姓群起反抗，如崔寔《政论》中所引一首小诗："小民发如韭，剪复生。头如鸡，割复鸣。吏不必可畏。从来必可轻。奈何欲望平！"从这些措辞激烈的诗篇中，我们不难看到两汉社会阶级矛盾所能达到的尖锐化程度。同时，我们也可以注意到两汉社会阶级矛盾表现形式上的特点。

如同分封制和世卿世禄制为封建领主剥削农奴提供了可靠的保证一样，封建专制主义为地主阶级对农民的剥削也提供了可靠的保证。封建专制主义的核心是皇帝集权与官僚政治。皇帝是地主阶级的最高代表，百姓都是皇帝的子民，而官僚则是代表皇帝管理百姓的具体实施者，他拥有皇帝给他的权力，参与政权管理、征收赋税、执行法令。因而，封建官僚机构一方面是地主压迫农民的最有力工具，同时，也是维系地主与农民正常关系，即皇权与农民正常关系的纽带。因而，封建社会中地主阶级与农民阶级的矛盾（不是指某个地主与某个农民的矛盾）便比较集中地体现到贪官或者廉吏和农民的关系上。由此，我们便可以看出汉诗与《诗经》在反映阶级矛盾方面的不同。

两汉社会新的经济制度，打破了封建领主与农奴的这种依赖关系。受新的生产关系制约，反映两汉社会阶级斗争内容的新诗篇，主要表现农民同地主阶级及其官僚政治之间这种新的社会矛盾与斗争。对清官廉吏的歌颂与对贪官污吏的批判的歌谣俗谚，则成为这一时期反映阶级斗争内容的主要诗歌形式。仅《史记》《汉书》《后汉书》中，这一类的歌谣俗谚就记载了不少。清官廉吏所维系的是地主阶级与农民阶级的正常关系，他们把地主阶级对农民的剥削，控制在农民可以忍受的范围之内，客观上有利于生产的发展，也有利于农民和地主双方面的利益。因而，对清官廉吏的歌颂，客观上表现的就是地主与农民两个阶级间关系的平稳与和谐，如汉初的《画一歌》、元帝时《上郡吏民为冯氏兄弟歌》、东汉初《渔阳民为张堪歌》、章帝建初中《蜀郡民为廉范歌》等等。而那些贪官污吏之所以遭到农民阶级的反抗，也是因为他们出于贪婪的本性，利用手中的权力，无止境地对农民进行巧取豪夺。中国有句俗话叫"官逼民反"，所指的也是那些贪官污吏把两个阶级的矛盾推到了激烈化的程度。这就会产生像前面所引的"小民发如韭"那样的诗篇。这些诗篇向我们生动地揭示了封建社会的阶级剥削关系，反映了社会的基本矛盾，具有巨大的历史认识价值。

两汉社会人与人之间的斗争和先秦宗法制社会的情况不同，这种斗争也影响到诗歌创作中新的题材的选用。在这方面，两汉文人诗的产生就是一个极典型的例证。文人不是一个独立的阶级，而是依附于封建官僚政治的一个阶层。它是随着西周封建宗法制下的社会政治机构的破产而产生的。在西周宗法制社会中，维持整个社会政权的政治制度是宗族血缘关系下的分封制。组成周代统治机构的，是大大小小的各级贵族。

战国以后，随着新兴地主阶级逐步取得政权，打破了封建宗法制等级关系，各国君主谋富国强兵之策，逐渐从社会各个方面选拔、延揽人才，因功任官，这种新的选官措施是适应新兴地主阶级政权需要发展起来的。

西汉初年，官僚制度承袭秦制，所任官吏也大都是功臣将相，如萧何、曹参、周勃、夏侯婴之属，以及各种封建关系的举荐援引，基本上仍是选官制，而不是世卿世禄制。同时，为了封建政权的稳固，逐步建立了一套选拔官吏的制度。汉初就设立了选拔官吏的学童之科。至武帝时，除选举贤良方正外，又设博士官、明经、明法之科和选举孝廉。这样就建立了一个由"孝悌""读书"出身和经由推荐、考核而构成的选官制度，从此形成了中国特殊的政教体系。这是一个在新的社会条件下产生的事物。参与这个政教系统的，是不同于西周贵族士大夫的新兴阶级。他们大部分是中小地主中的知识分子，或者是豪门贵戚的各类子弟。他们投身于社会政治中，进行的是一场新的人与人之间权力的斗争。他们把这种人与人之间的斗争通过诗歌的形式表现出来，于是两汉诗歌自然形成了不同于先秦诗歌的新的社会内容。

由此可见，文人诗的产生乃是封建地主制社会的一种特殊现象。这种特殊现象是随着新兴地主阶级官僚政治体系完善化和固定化开始的。从现存的两汉文人诗中,我们不难发现,其中大部分作品,表现的都是在这种政教系统左右下的个人生活经历、认识与感受,这是一种和先秦贵族完全不同的生活经历、认识和感受。他们在这种新的人与人之间的斗争当中,或者是胜利者,或者是失败者。宦海沉浮,穷达异路,形诸歌咏,或者是对官场黑暗的抨击,如赵壹《刺世嫉邪诗》,或者是遭受排挤的痛苦,如张衡《四愁诗》,或者是因权势而忘却朋友的世态炎凉,如《明月皎夜光》,或者是对郁郁不得志的愤懑,如《今日良宴会》,或者是弃家远游之苦,如《涉江采芙蓉》,或者是知音难遇的悲哀,如《西北有高楼》,或者是对祸福无常的感叹,如《满歌行》,或者是厌弃政治的及时行乐,如《西门行》,等等。总之,这些诗篇从各种不同的角度,反映了两汉文人士子在新的社会政治中的各种遭遇,是新的阶级关系下人与人之间贪欲和权势欲斗争投射到个人身上的不同缩影。由此才构成了和《诗经》中各类贵族政治诗完全不同的内容。《诗经》中也有对现实政治的批判,如《小雅·雨无正》《大雅·瞻卬》,也有个人的失意之作,如《小雅·小弁》,也有抒发不平之慨的,如《小雅·北山》。然而,正因为西周是在严格的宗法血缘基础上的等级政治,人与人之间的关系都控制在"礼"的范围之内,相互间的斗争采取的是完全不同的形式,远不如两汉社会那么激烈与公开化,因而,相应的诗歌内容也远不如两汉文人诗的内容丰富多彩。

综上所述,作为认识生活、表现生活的基本方式,两汉诗歌向我们展示的是中国历史由封建领主制社会转向封建地主制社会的面貌。它向我们说明,两汉诗歌的创作繁荣有着深刻的历史背景。新的大一统的封建社会统一了文化,加强了交往,使先秦以《诗经》、楚辞体为主的诗歌艺术,经过各民族的交往进行了新的发展与融合。经济的繁荣与商业的发展,为专业艺人的出现和歌舞艺术的繁荣,提供了广阔的天地,同时也开辟了更加广阔的诗歌创作市场,使两汉诗歌内容向平民化和世俗化的方向发展。丰富的诗歌内容不但表现了新兴王朝的繁荣强大,同时也揭示了当时新的生活方式,其所描写的社会生活范围达到了先秦诗歌艺术远未达到的地步。在它的后面,则是经济基础变化后的阶级斗争和人与人争夺权力与财富的斗争。这些斗争冲破了西周封建领主制社会在家族血缘关系、人身依附关系以及世卿世禄政治上的旧的法网,代之以更加公开化的形式和前所未有的新内容。

正是这一切,构成了两汉诗歌与两汉社会生活的基本关系。它开创了中国诗歌发展史上的新时代,它向我们说明,从汉代开始,中国的诗歌,不再是封建领主制社会下的诗歌创作,而是封建地主制社会下的诗歌创作。新的诗歌形式、新的生活内容以及文人诗的发展,都为后代中国诗歌的发展奠定了基础。这是我们认清两汉诗歌在中国诗歌发展史上处于什么位置的关键所在。

第三节 汉代诗歌文体流变研究

这里所说的汉代诗歌,指的是从公元前206年至公元195年这400年间,也就是从西汉高祖元年到东汉献帝兴平二年之间的诗歌。从历史朝代的更替来讲,东汉的最后灭亡要算到公元220年,即汉献帝延康元年。

汉代社会的历史巨变对汉代诗歌的影响是全方位的。无论是新的创作主体的产生、诗人心态的变化,还是诗歌内容与诗歌体式的更新,都与秦汉以来的社会历史巨变息息相关。所有这些巨变,最终都体现在汉代诗歌文体的流变方面。因此,要对汉代诗歌以及其在文学史上的地位有一个清晰的认识,我们首先要从辨体开始。

一、歌诗、诵诗的区分与诗赋辨体

汉代诗歌的概念有广狭之别。班固在《汉书·艺文志》中分别将"歌诗"和"赋"分为两类,认为汉代诗歌是由汉诗发展而来的,而不是由汉赋发展而来的。在我国诗歌发展史上,汉赋是汉代诗歌中最重要、最有代表性的诗歌体类之一。汉赋既不同于散体大赋,也不同于诗歌,它具有自己独特的文体特征和风格,并对后世各种文体产生了深远的影响。从魏晋南北朝到唐宋元明清,诗歌和散文都是文学方面最重要的文体之一,因此也就形成了一部完整意义上的赋体文学史。汉代诗歌(包括汉赋)也不无例外地受到了汉诗概念的影响。所以,我们对汉代诗歌进行分类时,不能只注意到它本身具有的一些特点,而更重要的是从整体上来把握其文学价值所在。这是一个很值得重视的问题。在当代出版的《中国文学史》和其他一些汉代诗歌总集以及各种选本中，对汉代诗歌的研究也是如此。

从另一方面来思考，中国诗歌发展过程本身也是个动态过程，而这一动态发展变化更明显地反映在文体兴衰更替之中。四言诗、骚体诗、乐府诗、五言诗和七言诗等都经历了由诗与赋、诗与词到词与曲相融合的演变过程，而这其中又以诗与赋为最重要的文体。这些相互交融的因素都对整个诗体文系产生了深远的影响。可以说，无论是汉代还是魏晋南北朝时期，诗与赋的分合始终贯穿于中国诗歌发展过程中，而且其影响力也非常之大。这一点毋庸置疑。汉代在中国诗歌发展史上占有十分重要的地位。通过对这一时期诗歌史中诗与赋的分合关系的考察可以揭示汉代诗歌发展中的一些重要问题，并由此进一步探讨中国诗歌体式流变的规律。

就赋体文学创作而言，可以知道下列两点：

首先，"赋"具有独特的文体特征：一是"不歌而诵"，二是从"古诗"中脱颖而出。"赋"最早出现于先秦时期。但是从春秋时期开始，"赋"才成为一种独立的文体。这是一个重要的变化过程，标志着我国文学进入了由抒情为主向叙事为主的发展阶段。"赋"是在《诗经》时代产生的一种文体，也是一种特殊的表达方法。在《诗经》以前，人们主要是用乐歌来表达感情。春秋时代的诸侯卿大夫在一些重要的政治和外交场合，往往会用大量的称引诗歌来表达自己的意愿或抒发自己的情感，这就是所谓的"赋诗言志意"。称引活动最初是用来表示对音乐或其他事物进行诵读的意思。春秋时，由于礼崩乐坏，"聘问歌咏"之风盛行，各诸侯国纷纷请楚臣屈原和孙卿作赋，以达到"赋诗言志""不歌而诵""贤人失志于此"的目的，于是"赋"便应运而生。这一文体为后来宋玉、唐勒、枚乘和司马相如所效法。

其次，从中可以得知，尽管后世眼中赋与诗已存在巨大的文体差异，但汉人眼中两者之间仍有着千丝万缕的联系。赋在汉代虽已不能演唱，但仍负载了上古诗歌的一部分作用。在汉武盛世中，出现了大量的文人，其中有许多人是以作诗为职业的，他们通过写作诗歌来表达自己的情感和思想，这就产生了新的文学体裁——赋。它是由当时的一些公卿大夫所创作出来的，具有"或以抒下情而通讽喻，或以宣上德而尽忠孝"作用的文体。另外，从文学发展史来看，先秦时期的赋和汉以后的诗歌有着密切的联系，汉代的赋又直接继承并发展了这一传统。因此，二者具有相同的渊源。从赋的角度来分析，两者存在一定程度的差异。因此，它们从性质上说仍属诗歌，可称为"赋体诗"。

汉人对古诗"不歌而诵"的态度和汉人的诗歌观念有很大关系，"赋"在汉代诗歌史中占有重要地位，它不仅影响了汉代诗歌的发展方向，而且对中国诗歌史产生了深远的影响。

今人对汉诗概念的理解有很大差异，他们认为汉诗就是汉代诗歌，从文体发展的角度来看，在对汉代歌诗与赋进行研究时，往往会将二者混为一谈，即把"诗"当作"赋"，而把"赋"作为"诗"的附庸，从而造成了对汉代歌诗与赋的误读。这种观点有其合理之处，但不能完全反映出汉代诗歌与赋之间的真实关系，存在着顾此失彼的问题。因为在汉代，歌诗与赋同属于一种诗体形式，而且两者存在着密切的联系。但是就具体的情形来看，它们之间并不是完全统一的。歌诗与赋是两种不同性质的文体，但在汉代却存在着同质的现象，有着"歌诗与赋并行"的说法，这就使人们产生了这样一个疑问："汉代为什么会出现歌诗与赋并存的局面呢？"所以我们需要根据汉代诗歌的发展状况来重新探讨这一课题。而此尚须从班固《汉书·艺文志》谈起。

按班固在《汉书·艺文志》中把赋分为四类，一为屈原赋之属，二为陆贾赋之属，三为荀卿赋之属，四为杂赋之属。何以对赋做出这种分类，班固没有说明，这引起了后人的多种猜测。但无论如何，这充分说明了赋这种文体在汉代表现形态的复杂性。从后世的观点来看，汉赋是一种独立的文体，不属于诗的范围。

从风格特点出发来审视，赋基本包括两个部分：一部分是以屈原的《离骚》和骚体抒情诗为代表的汉人"赋"，另一部分则是以宋玉、唐勒、枚乘及司马相如等人的散体赋为代表的一种文体。骚体抒情诗和散体赋是汉人创作的两大类型。汉代的赋家多认为"赋"就是诗歌或散文，其实这只是一个笼统的看法。汉代的"赋"并不是指诗歌创作而言，而是泛指一切文学形式。具体到抒情方式上则又可细分为言志和咏物两大类。二者并不相同，各有侧重。司马迁以屈原、宋玉的作品为代表，对"赋"作了较详细的论述。司马迁虽将这些著作统称为"赋"，但他对宋玉和屈原的评论是："均好辞而以文见称。"表明司马迁已意识到"辞"

和"赋"两者的不同。根据汤炳正先生考证，《楚辞》之名的建立和《楚辞》编辑者有着直接联系，其最早编辑者大概是宋玉，起初篇目仅《离骚》和《九辩》，汉人几经增益后，逐渐加入屈原其他著作，他们认为，骚体抒情诗是一种抒情言志的文学体裁，它不仅具有一般诗歌所共有的艺术表现功能，而且还兼有一定的思想内容。散体赋也是这种文学体裁。这两种文体各有其独特之处。汉人编选《离骚》时，在内容和情感表达上都比较自由，在文体形式上则比较固定。汉人对屈原的"赋"的认识和研究，主要集中在它作为一个独立的文体所具有的情感表达上。无论汉人将其称为"楚辞"还是"赋"，其在中国诗歌史上的地位都无可替代。

散体赋在其初始阶段也有明显的诗体特征。如宋玉的《神女赋》一篇，除了运用许多骚体的句式之外，其他句式也同样有诗的韵律："其始来也，耀乎若白日初出照屋梁；其少进也，皎若明月舒其光。须臾之间，美貌横生。晔兮如华，温乎如莹。五色并驰，不可殚形。详而视之，夺人目精。其盛饰也，则罗纨绮缋盛文章，极服妙采照万方。振绣衣，被袿裳，秾不短，纤不长，步裔裔兮曜殿堂。忽兮改容，婉若游龙乘云翔。"很明显，宋玉这一类作品也有强烈的诗意和节奏。汉兴以后，随着枚乘、司马相如、扬雄、班固、张衡等人对散体大赋、歌诗的大量创作，这一类文体得到了进一步发展。这类散文体式在两汉时期就已经形成了，它不仅在我国文学史上占有重要地位，而且对后来的文学体裁变化产生了巨大影响，但到魏晋南北朝时又发生了重大转变，且这一演变过程一直延续到唐代才结束。这是一个漫长的历史阶段。正是基于这一文体流变的史实，必须将骚体抒情诗与散体赋割裂开来，将骚体抒情诗歌仍归入汉代诗歌史讨论范围，散体赋则被视为汉代发展出的与诗歌无关的新型文体。

歌诗、诵诗的区别与骚体抒情诗、散体赋的分合是汉代诗歌史上的重要现象，它说明中国诗歌的发展到汉代以后有了重要的变化。如果说在先秦时代可以歌唱是诗歌的重要特征之一，那么到了汉代，有一部分诗歌已经逐渐脱离音乐而走上了一条独立的发展道路。

汉代的骚体抒情诗是一种独特的四言诗，如西汉韦孟的《讽谏诗》《在邹诗》、韦玄成的《自劾诗》《戒子孙诗》和东汉傅毅的《迪志诗》等。当然，汉赋四大家中只有司马相如才具备了真正的诗名和地位。由于汉代四言诗的文体本是自

《诗经》中直接承袭而来，不论其能否歌咏，汉代仍称其为"诗歌"，后世对于这类诗歌的归属并无异议。至于汉代出现的五言和七言诗不论能不能歌咏，一如既往地被认为是诗。时人对这些诗歌名称的使用，也反映了他们对中国传统诗歌体式的认识。

由此看来，以能否演唱为标准，汉代诗歌可分为如下两种：

（1）赋诵类：包括汉代的四言体诗歌和骚体抒情诗等各种诗歌体式以及文人五言诗、七言诗等。

（2）歌诗类：主要指在汉代已经可以歌唱的乐府诗和以歌为主的诗骚体，以及其他能够歌唱的诗歌形式，如汉代的杂言诗、五言诗等。

汉代是我国诗歌发展中非常重要的一个时期，"歌"与"诵"的区别是一条贯穿于整个中国诗歌发展动态过程的重要线索。中国诗歌发展从先秦时就已经出现了"诗与歌合一"，但直到汉代才真正实现了"诗与歌相兼"。先秦时《诗经》与楚辞基本能唱，但汉代除从它们中分化出一种不歌而诵的新文体——散体赋外，就连诗歌自身也发展成为以唱为特征的诗和以诵读为特征的诗（尤其是文人案头创作的作品）两大新体。这一点与先秦完全不同。它们之间有着密切的关系，但又各有侧重。由此可见，诗歌作为词的载体，自汉代之后就逐步循着歌和诵两条线路并行不悖。此后，歌诗和诵诗又成了我们考察中国诗歌史时必须考虑的两方面问题，不只汉代有之，魏晋六朝之后亦有之，不能偏废。

二、作者群体的分流和诗歌功能的改变

歌诗、诵诗之分不仅表现在表达方式上，更表现在作者群体分流、诗歌功能变化上。这也是我们理解汉代诗歌不可忽视的方面。为阐明问题，将大体可考的汉代诗歌按照类别、作品体裁、作者、内容及年代等次序作了排比分析，发现汉代的赋诵类诗歌主要集中在汉武帝时期，其中有汉武帝、班婕妤及徐淑等人所创作的一些作品，剩下的作品都是汉代文人士大夫所创作的。《楚辞》中的几篇代屈原立言的抒情之作以及汉代的一些骚体抒情诗如汉武帝的《李夫人赋》、司马相如的《长门赋》等等，都是生不逢时或怀才不遇或思念感怀的作品；四言诗与骚体诗之间也存在着一定程度上的联系，如秦嘉、徐淑的赠答诗中多表现文人的

生活情感。张骞出使西域时创作的《和亲赋》，不仅表现了当时汉匈之间政治军事斗争的情况，而且反映了汉廷对边塞人民生活的关心。这一事实与当时的社会实际状况十分吻合，很值得研究。而《古诗十九篇》中的文人五言诗和文人赋诵类诗篇，则更多地表现了游子思妇对人生短促的感叹以及对自己命运的担忧，表现出了对人生的悲悯和对生命的热爱之情，同时也反映了汉乐府的世俗化倾向。所以说，汉赋是属于唱诵体的，而非抒情性很强的诗；汉乐府则是属吟咏体的，即所谓"唱酬"的性质。它们之间还是有明显区别的。七言诗在文人的创作中占有相当大的比重，如汉武帝时张衡、马融的"七言诗"，它们有一个共同特点：以诵读为主，兼有歌唱和抒情。

首先，楚歌在汉代帝王的歌诗中也是一类重要形式，这些楚歌大部分被保存下来。比如高祖唐山夫人的《安世房中歌》，不仅在当时宫廷内部流传甚广，而且在《史记》及《汉书》中均有记载。同时，它又提示人们：汉代诗歌艺术生产与消费存在着一种特定的运作系统——汉代君主对歌诗拥有最大的消费特权，而汉代朝廷乐府机构实质上就是为其服务，它还占据着艺术生产最重要的物质与人才资源，因此唯有它才能随时将所创作的歌诗拿去配乐传唱。在这些歌诗中，首先出现的是一些民间流传下来的作品——楚歌，还有一些歌诗虽然没有直接反映现实，但是却有着一定的意义。再有就是四言体歌诗的创作，这些歌诗都属于用传统歌诗形式来表现严肃的歌诗内容，其中城阳王刘章四言歌诗和政治斗争相关。

其次，用五言及杂言方式创作的有主名的歌诗，在内容方面与文人诵诗具有一致性，例如杨恽、马援及梁鸿等三位诗人的创作。这些歌诗作品中既有对现实人生的感慨，也有对理想生活的追求。因此，这几首歌诗具有鲜明的时代特色。汉魏时期的文人诗歌丰富多彩，各具特色。这几首歌诗所反映出的内容，都与五言诗有着密切的联系。这说明了在汉代，文人对五言歌诗有很高的造诣，并且他们也很喜欢这种世俗化的情感表达方式。

最后，在对汉代众多民间"无名氏"的乐府歌诗作品进行分析后，可以归纳出两个特点：其一，这些歌诗中所写的内容主要集中在表现世俗生活，抒发世俗之情，只有《郊祀歌》是例外；其二，这些歌诗大多属于杂言体或五言体，其中又以琴曲歌辞为最多，几乎没有四言体和楚歌体，也就是说它们所描写的主要不是理想中的人事，而是日常生活中的种种琐事。也正是因为这样，它们才具有较高的现实艺术价值和史料意义。关于民间流传的杂歌谣辞，存世者多在各类史书的著录中出现，基本为民间百姓对时政的美刺以及对各级官员的品评等，属于史官对史事记载和评说的资料，存在很大片面性，不能代表民间歌谣的全部含义。

总的来说，通过对上述诗歌进行分类和比较，可以清楚地看到汉人尽管对这些诗歌文体及其作用并没有作出清晰的解说或遗留有关的文献记录，但在实践中已较为清晰地将所唱的歌诗和赋诵类诗歌区别开来，将它们视为两种不同类型的艺术，它们担负着截然不同的职能，参与主体的社会身份迥异。汉辞赋作为一种文学样式，在中国文学史上占据着重要地位。这主要是因为，汉辞赋具有丰富的内涵，能够直接反映出当时政治、经济、文化、民族心理等等方面的信息。同时，它还是文人抒情的有效手段之一。音乐因素是其中不可忽视的。以骚体抒情诗和四言诗为代表的诗歌形式对人们的思想情感有着重要影响，而以"楚歌""乐府""宗教礼仪"等为代表的诗歌则更多地体现出了供汉代统治者娱乐的目的。汉代诗歌在其发展过程中形成了一个庞大的作者群体，并且随着时代的变迁，诗歌的内容和形式都发生了很大变化，从最初单纯的情感表达逐渐演变为多种文体并存的局面，并最终形成了自己独特的文体。

汉人在文体功能上对赋诵类和可以歌唱的诗歌存在不同态度，因此这两类诗在发展过程中分别选择了不同路径，形成了不同的轨迹。

从赋诵类的诗歌来看，这种诗歌形式与《诗经》和楚辞等不同，它反映了汉代社会对诗骚精神的追求和向往，也是诗骚体诗歌产生的基础。西汉时代，出现了以班婕妤的《怨诗》为代表的五言、赋诵类诗歌以及以诗骚体为主的诗歌。与此同时，诗骚体形态已基本定型，我们可以看出这两种诗歌形态在汉代总体上并没有太多发展和改变。但是从建安时期开始，随着文学观念的转变以及人们审美意识的提高，"赋"作为一种独立的体裁出现在文坛上。这时，四言古诗开始大量涌现，而五言古诗却寥寥无几。东汉以后，随着社会的进步和经济的繁荣，文人创作了大量的五言诗，并形成了自己独特的风格。受现存汉代文人五言诗的限制，至今我们尚无法较为细致地还原这种文体发展的历程，但这里仍应注意下列三点：

首先，因为汉代文人抒情是以诗骚体为载体进行的，尤其骚体抒情诗创作，更是汉代文人抒发个人情感的一个主要方式，因此我们不应该将这些作品从汉代诗歌史中剔除出去。若将这些著作剔除在外，则对于汉代诗歌史总体的叙述是不够完整的。从整体上看，汉代文人的文学成就不是特别高，但是对两汉时期的诗歌进行研究是非常有必要的。当代的学者对汉代诗歌的概念理解比较狭义，因此他们对汉代诗人的评价有片面性，常常断定汉代文人诗情匮乏，这是值得重视的问题。正如有人言，"汉代乃是诗思消歇的一个时代"，"那时文人的歌咏是没有力量的"，《诗经》之后约400年的汉代正处于中国诗坛上"衰微而寂寥之时"。这种看法是不正确的。从广义上讲，汉代文人是一种特殊的群体，他们是研究汉代诗歌需要特别注意的方面。

其次，自西汉末年到东汉末年，出现过两次大规模的战争。在这期间，两汉文人创作了大量的抒情之作，这在一定程度上反映了汉代文人诗歌创作的繁荣景象，但是留存下来的不多。汉代是"诗之一体"，属于诗歌范畴的只有散体赋，而赋体文学则是汉代文人诗歌创作中最重要的形式之一，它以铺陈咏物、颂美歌功为主要内容，兼有抒情言志的作用。西汉成帝时，就出现了160多篇作品，而到了东汉，班固和张衡更是对赋体文学进行了系统研究，并提出了写作推知的理论。东汉著名学者范晔在《后汉书·文苑列传》中记载：杜笃、王隆、夏恭、傅毅、黄香、李尤、苏顺、刘珍、葛龚、王逸、崔琦、边韶、张升、赵壹、边让、郦炎、高彪、张超等人都有诗赋的作品，而且汉代还出现了许多优秀的诗人和作家。其中，王逸一人就曾经"作汉诗百十三篇"，由此可见，汉代文人诗创作十分兴盛。

最后，对汉代赋诵类文人诗歌进行考察，不能把汉代文人五言诗排除在外。汉代的诗歌文体虽然很丰富，但是像西汉的枚乘、李陵和苏武等人所创作的五言诗却很少见。通过对汉末诗人刘琨和王融的创作情况进行分析，我们发现，他们虽然都曾作过五言诗，但不是真正意义上的五言诗家。五言诗的流行时间很短，很难考证。五言诗作为一种独立的诗体在汉代已经出现了，汉初高祖的戚夫人创作的《春歌》、李延年创作的《北方有佳人》和汉成帝时的《长安为尹赏歌》《黄雀谣》等几首作品都是西汉时期的五言乐府诗，但这些五言诗并没有成为真正意义上的歌诗。这说明当时五言诗还没有形成独立的诗体。但研究汉代赋诵类的文人诗歌时，我们不能忽略汉代文人五言律诗。综合两汉各种诗歌文体的发展看，所谓西汉时期枚乘与李陵、苏武都曾经作过五言诗的传言，很可能是虚构的。由此我们得出结论：西汉时代文人写五言诗概率很小，在东汉之后，形势大为改观。从整体来说，五言诗已经成为一个相对稳定的文学体裁，而且其内容主要表现在两个方面：一是通过对自然景物或社会生活的描绘来表达作者内心的感情；二是对现实进行讽刺和批判，这一点最为明显。抒情体则在班固的《咏史诗》后才真正形成，并在东汉前期达到了高峰。文人五言诗受诗骚体影响较深，诗骚体则更多地表现了文人的政治情怀，因此，从这个意义上讲，五言诗更能体现文人的世俗情感。这从《古诗十九首》等文人五言诗和骚体抒情诗的对比中就可看出。

再来说歌诗类作品。所谓"歌"，就是人们在歌唱中表达自己对生活、社会的看法和思想感情的一种文学形式；诗则是用来抒情言志的一种文体。诗歌类作品就是具有歌唱功能的诗篇，与后世定义的狭义汉诗不太一样，必须联系其演唱特点加以探讨。

这种诗歌不同于赋诵类著作，它在汉代有着较为显著的重大发展和变化。就时序而言，汉代最盛行的歌诗莫过于楚歌。汉高祖出生于楚地，喜爱楚声，汉初的帝王也喜欢楚歌。这时盛行的歌诗体式亦多为楚歌，其中汉初高祖唐山夫人创作的《安世房中歌》亦为楚声之作，这说明楚声在汉初歌诗特别是宫廷歌诗中产生了很大的影响。一直到东汉后期，汉灵帝刘宏《招商歌》、汉少帝刘辩《悲歌》和唐姬《起舞歌》等均为楚歌体作品。楚歌在两汉宫廷有着特殊而重要的作用。但汉初歌诗中又出现了新的变化，如高祖戚夫人所作《舂歌》就属五言形式。此外还有一些乐府民歌，如王粲《咏怀辞》就是一种常见的民间歌谣；又如贾谊《过秦论》等，其中大部分属于古诗或短句，少数则多为长篇叙事文，但亦不乏散文体。另一首流传至今的《薤露》，则属于杂言诗作。

自汉武帝时代以来，歌诗体式经历了一个重要的转变。这一转变以《郊祀歌》十九章、《汉鼓吹铙歌十八曲》及《北方有佳人》等为标志，宣告战国以来娱乐占统治地位的新声已逐步取代传统雅乐，成为支配汉代诗歌的一种新格式，其中以李延年《北方有佳人》为代表。此篇歌辞虽然不是真正意义上的乐府民歌，但却包含着深刻的思想内涵，属"新声变曲"。作者在创作时主要运用了比兴手法来抒发自己对生活的热爱之情。这与李延年的出身有着密切的关系。其诗体亦与诗骚体全然不同，为五言。李延年还曾为汉武帝配乐新曲《郊祀歌》，汉代宗庙音乐也被汉武帝纳入新声俗乐之列，促使李延年在诗体上有一大转变。《郊祀歌》十九章诞生于武帝时，不是一时之作，前后有数十年之差，早期乐歌主要是四言与骚体，但在晚期，又融合五言与杂言。至于受外来音乐熏陶而诞生于武宣之世的《汉鼓吹铙歌十八曲》，也彻底转变为以杂言为主体。这一状况表明，从春秋战国开始，所谓雅乐对郑声、古乐对新声的斗争，最终以"新声变曲"的成功而告终，推动这一变化的是汉朝大一统的强大与社会经济的繁荣昌盛。与此同时，多民族文化相互交融又给新诗体带来了活力。

上面就是我们对于汉代诗歌体式发展和演变的一个简单叙述。总的来说，汉代诗歌有两大基本类型：赋诵体和歌诗体。赋诵类的诗歌创作又以《诗经》为代表，以汉赋为基础。而歌诗作为一种独立的文学样式，则出现于西汉晚期至东汉初年。两者虽同属同一文体类别，却存在很大差异，它们各具特色，自成体系。两者虽然存在某种交叉关系并相互影响，但从整体上看，它们分属两个不同的诗歌传统并担负不同的职能，同时又具有不同的创作和消费群体。赋诵类诗歌多承载汉代文人抒情之功，主要生产者和消费者均为当时的文人；歌诗类作品多承载汉代宫廷贵族及社会各阶级观赏娱乐之功，其生产者为汉代社会歌舞艺术人才，消费者以宫廷贵族为主。前者和汉代文人阶层的产生有着直接联系，后者和汉代社会歌舞娱乐风气之盛息息相关。因此，探究我国诗歌发展与变迁，汉代诗歌体式流变是一个很好的切入点。

三、乐府歌诗的生成环境与生产特征

汉代诗歌体式的流变为我们把握汉代诗歌史提供了很好的切入点，同时也让我们可以更好地认识歌诗与诵诗这两种诗体不同的发展过程。

（一）从宫廷到民间的歌舞娱乐盛况

汉代社会歌诗艺术的兴盛与经济的繁荣紧密相关。歌诗艺术就其本质而言就是诉诸感觉，其主要作用是为了适应大众娱乐消遣。为了让这一艺术形式能够发展下去，其前提应该是具备足够的物质条件。秦始皇统一中国后，将六国之乐聚集于咸阳，并对各地区歌诗音乐进行了荟萃与整理，一方面创造了为秦王朝歌功颂德之音乐与歌舞，同时也以满足感官享受为主，形成了秦代歌舞艺术之兴盛。近年来的考古发掘特别能说明问题。1977年出土于秦始皇陵旁的秦代错金甬钟（上镌"乐府"二字），这是秦代有乐府机构存在的最为可靠的佐证。1999年，秦陵考古队在墓地封土东南的内、外城墙间再次发掘出11个彩绘半裸的百戏陶俑，这些陶俑造型不一。这又从实物材料上再次论证秦代歌舞艺术的总体发展程度。

秦王朝歌诗艺术的发展为中国诗歌艺术的发展奠定了基础，向人们宣告了新一轮歌诗高潮一定会伴随着新社会制度的繁荣。除西汉末年及东汉末年的战乱，两汉约400年社会基本稳定，西汉武帝及东汉明章两朝，也是我国历史上罕见的繁荣盛世。经济发展推动商品生产交流，促使商业繁荣，刺激城市发展。这种繁荣景象在汉代都城长安表现得尤为突出，出现了大量具有时代特色的大型歌舞剧场。一些大型商业名都，也同时成为政治文化中心，成为官僚贵族和富商大贾生活的重要场所。这也导致城市和农村之间存在着较大的差别，主要表现为生产与消费之间的差别以及劳动和享受之间的差别。广大农民创造的财富不能为自己所用，而是不断流入统治者的手里，统治者将劳动者辛苦制作的奢侈品据为己有，摆放在身边以培养感官，使歌舞艺术消费需求量大增。

近400年歌舞升平孕育了几乎完备的汉代诗歌的生产与消费系统，同时也催生了构建汉代歌舞艺术生产与消费体系的两个主体：一是在消费者层面，以宫廷皇室及公卿大臣、富豪吏民为主体的庞大消费群体；二是在生产者层面，以歌舞艺人为主的艺术生产者群体。

汉代社会，宫廷皇室既是歌诗艺术最主要的消费者，又是支撑歌舞艺术产生的最重要的经济实体。从开国皇帝刘邦开始，汉代的帝王大多喜欢歌诗乐舞的艺术形式，皇宫里的后妃也有很多能歌善舞之人。汉代诸侯王赵王刘友、城阳王刘章、广川王刘去、汉武帝二子燕王刘旦及广陵王刘胥也非常喜欢歌诗艺术。就是这些汉代统治者依靠自己的政治特权，以此来掠夺平民百姓的财富，才能养得一大批歌舞艺人供他们欣赏消遣，同时也从客观上推动了汉代歌舞艺术发展。

汉代社会达官显宦、富商大贾对歌舞艺术的偏爱丝毫不比皇室贵戚逊色。早在汉初，他们便蓄养歌优俳倡、放纵歌舞。身份地位越是显赫的人，蓄养的歌优俳倡就越多。到了汉武帝时，更是达到极盛地步。那时进入上层社会的文人对歌舞娱乐的享乐方式非常喜爱。

汉代社会宫廷贵戚、达官显宦、富商大贾和市民百姓对歌舞艺术享乐消费的需要，在客观上要求有一支规模较大的歌舞艺人专业队伍。据《汉书·礼乐志》记载：汉哀帝初登帝位后，朝廷乐府中的各类歌舞艺人有829名，而太乐中的人数还未计算在内。那些达官显宦和富商大贾蓄养的歌伎少则数人，多则数十人、上百人。在民间，以歌舞为业的乐户更是为数众多。朝廷为宗庙祭祀、宴飨庆典和日常娱乐豢养的歌舞艺人更是不计其数。通过对这些数据的研究，就能设想出在整个汉代专门从事歌舞艺术的人员的数量是非常庞大的。

歌诗专职艺术家在两汉社会主要来源于从民间或宫廷音乐机关中的乐官那里代代相传，以及官僚贵族子弟中比较有歌舞天赋的。其中对汉代社会歌舞音乐艺术的发展起较大促进作用的是来自民间进行俗乐新声创作的歌舞艺人。因国力强盛、城市兴盛、市民富裕、宫廷豪华，汉代歌舞享乐之风大盛。为了满足人们的精神需要，当时一些具有一定文化素养和知识水平的文人士大夫也加入到了歌舞表演队伍中来。从事歌舞音乐活动是这一形势下形成的社会大产业。一些区域的老百姓甚至把它作为谋生手段，从而形成了某一区域独特的民风与传统。其中，以燕赵中山之地最为典型。除燕赵中山有大量的歌舞艺伎外，其他地区歌舞艺人的数量规模也都很庞大，大多数人都是由乡村向城市流动。因为地位不高，史书上多难以留下姓名。不过即使如此，也能在史籍中窥见蛛丝马迹，由此可推知当时的盛景。这对于研究当时的社会历史文化以及音乐艺术发展有着重要意义。这些资料主要来源于正史和地方志中。

汉王朝的乐工队伍相当庞大，例如《汉书·礼乐志》记述汉哀帝罢乐府时不经意间留给我们的珍贵清单，这些人中包括邯郸鼓员、江南鼓员、淮南鼓员、巴俞鼓员、楚严鼓员、梁皇鼓员、临淮鼓员、兹邡鼓员、沛吹鼓员、陈吹鼓员、东海鼓员、秦倡员、楚鼓员、蔡讴员等。

两汉社会对歌舞娱乐（主要是宫廷皇室、达官显宦和富商大贾）的消费需求促使汉代社会出现了一大批依靠歌舞演唱谋生的艺术生产者。汉代社会对歌舞艺术生产关系的调整，使两汉社会的歌舞艺术生产出现了"相和"现象，"和为贵"思想在汉乐府中得到体现，从而促进了歌舞艺术的繁荣。每一次阶级社会的变革都会引起艺术与社会生产之间关系的变化，这种变化遵循着一定的规律。汉代社会是一个特殊的社会，它不仅具有一般生产关系所共有的特点和规律，而且还表现出了不同于其他社会的独特的艺术生产关系。物质生产与艺术生产是相辅相成的，二者共同为人们提供精神享受。艺术生产要以一定的经济条件为前提，而且两汉社会物质财富多为宫廷皇室、达官显宦和富商大贾所拥有，因此他们理所当然地成为这一社会歌舞艺术最主要的消费对象，广大民众也因此失去了与统治者一样的艺术消费，只能终日劳碌，为生存奔忙。作为一种经济现象，它不仅受到当时生产力水平的制约，而且还受到其他各种因素的影响。艺术家与统治者之间的关系也日趋紧张，他们一方面为满足自身的需要，一方面又要为满足社会对文艺的需求而从事各种歌舞享乐的活动，从而在漫长的艺术生涯中处于十分尴尬的地位。它不仅取决于生产力的状况，而且同社会的政治、经济以及文化等方面的因素有着密切的联系。而这些又往往不是人们主观意志所能决定的，而是由当时特定的生产方式和历史条件所决定的。随着社会的发展和物质生产水平的提高，两汉社会中出现了大量从事歌舞艺术创作活动的专门艺术家，但这些人只能从事专业表演，而不能进入社会上层，更无法进入社会的核心。而广大的劳动者则只能从事一些简单的业余的歌舞艺术表演活动。正是这一特定的生产与消费关系使得我们在考察与理解汉代诗歌生产时，不可能不将目光更多地投向宫廷贵族，而真正具有较高水准的大众艺术与市民艺术在当时尚不多见。

与西周封建领主制社会相比，两汉地主制社会在历史发展中终究有所进步，突破了世卿世禄社会的等级藩篱，新兴地主阶级兴起，庞大的封建官僚社会机构产生，城市商人增多，市民阶层产生，等等，使得汉代社会中加入歌舞艺术消费队伍中的人数超过了先秦。从另一个角度讲，因为全社会生产力发展了，物质财富增加了，才能让更多人参与歌舞艺术。此外，政治上的安定与经济上的恢复与发展，也为舞蹈艺术创造提供了良好的环境，而且国家统一，各民族文化大融合，前代艺术遗产得到较多传承，等等，这些也都在不同程度上丰富和促进两汉社会歌舞艺术的生产与发展。正是这些，才促成两汉社会歌舞艺术的繁荣景象。

(二) 乐官制度的建设与"乐府"兴废

两汉社会从宫廷到民间歌舞娱乐的繁荣，带来了汉代诗歌艺术的大发展。在这一过程中，汉代的一个礼乐机关——乐府——在其中起了重要作用。班固在《汉书·艺文志》说："自孝武立乐府而采歌谣，于是有代赵之讴，秦楚之风，皆感于哀乐，缘事而发，亦可以观风俗，知薄厚云。"因此，后代的学者往往把汉代那些"歌诗"称之为"乐府"或者"乐府诗"。

我们知道，自汉代以来，特别是周代社会礼乐文化建立之后，礼乐制度就成为中国古代封建社会政治制度的重要组成部分。但是到了秦汉时代，由于自春秋后期和战国时代以来俗乐的兴盛和礼乐制度的破坏，国家的礼乐机构建设则发生了一些变化，根据音乐在社会生活中所扮演的角色，分由太常和少府两个机构来负责。其中太常掌管国家用于宗庙祭祀和各种礼仪中所用的雅乐，少府掌管宫廷内部所用的仪式用乐和娱乐用乐，分工十分明确。但是到了汉武帝时代，这一格局却发生了重大变化。《汉书·礼乐志》说："至武帝定郊祀之礼，祠太一于甘泉，就乾位也；祭后土于汾阴，泽中方丘也。乃立乐府，采诗夜诵，有赵、代、秦、楚之讴。以李延年为协律都尉，多举司马相如等数十人造为诗赋，略论律吕，以合八音之调，作十九章之歌。以正月上辛用事甘泉圜丘，使童男女七十人俱歌，昏祠至明。夜常有神光如流星止集于祠坛，天子自竹宫而望拜，百官侍祠者数百人皆肃然动心焉。"

由此可知，为配合郊祀之礼，汉武帝起码做了以下几件事情：第一，他任命当时著名的以"新声变曲"而闻名的音乐家李延年掌管乐府；第二，令司马相如等数十位大文人来制作新的通神歌诗，"略论律吕，以合八音之调，作十九章之歌"；第三，他又派人采集各地歌诗，"召七十人演练歌舞，作二十五弦及箜篌琴瑟"。在中国历史上，王者功成而作乐的事情并不少见，中国后世封建社会的每一个朝代，几乎都有新的宗庙祭祀礼乐的制作，可是为什么独独汉武帝为配合郊祀乐的制作而对乐府进行扩充这件事，后世的学者特别关注呢？其原因有以下几点：

（1）汉武帝利用"新声变曲"为郊祀之礼配乐，客观上等于承认了从先秦以来就一直难登大雅之堂的世俗音乐——新声（郑声）的合法地位，这为其在汉代顺利发展铺平了道路。

新声在战国以来的社会上虽然广泛流行，可是由于受儒家正统观的影响，却难以登上大雅之堂，因此它的发展一直受到很大的限制。汉武帝立乐府的一条重要措施，就是任用歌舞艺人李延年为协律都尉，用新声为朝廷的宗庙祭祀歌诗配乐。我们知道，制礼作乐本是朝廷极其隆重的大事，自先秦至汉以来的国家宗庙乐，所演奏的都是雅乐，其乐舞也皆选用良家子弟。但是，汉武帝立太一天地诸祠，既没有选用雅乐与之相配，也没有用一班儒生去进行复古的论证和仿造，而是起用出身低微的歌舞艺人李延年作"协律都尉"，为本来属于雅乐范畴的郊祀歌配上"新声变曲"。这在客观上标志着自从春秋末年以来的"雅乐"与"新声"的斗争，随着新兴地主阶级的兴起和汉朝的繁荣昌盛，而终于以雅乐的衰微、"新声"的兴盛并取得合法的地位而宣告结束。

（2）汉武帝利用"新声变曲"为郊祀之礼配乐，从艺术生产的角度讲，是借助于官方的力量，推动了从先秦以来就已经产生的世俗音乐——新声（郑声）的发展。

按艺术生产理论，封建社会的宗教歌舞艺术其实也是当时艺术生产的重要组成部分，而且是一种比较特殊的部分。之所以如此，是因为在封建社会中，宗教艺术在朝廷中本来就占有相当重要的地位，特别是像汉武帝定郊祀之礼这样重大的宗教歌舞礼仪创设，在客观上对于一个时代歌舞艺术的发展起着相当大的推动作用。

（三）汉代诗歌艺术生产的基本特征

两汉社会的诗歌艺术生产是在先秦社会艺术生产的基础上发展起来的，它继承了先秦时代诗歌生产的一些传统。由于受生产力水平相对低下和财富分配制度不平等的影响，在两汉时期，国家的宗教政治需要与统治者的享乐仍然是社会诗歌艺术消费的主要方面，相对应的艺术生产方式仍然以歌舞艺人的寄食式（或统治阶级的官养制）为主。当时寄食于朝廷的雅乐人才有这样几个方面：第一是世代相承的乐家，第二是沿袭秦政而新建的乐府机构里的官员与音乐人才，第三是为了纪念刘邦这位开国之君而特设的宗庙歌舞艺人。这是一个比较庞大的队伍。这支队伍经过武宣之世的发展，人数已经非常可观。其具体人员数，据《汉书·礼乐志》记载，哀帝初即位时，仅仅是乐府已达829人，还不包括太乐与掖庭乐人。这段重要的材料不但告诉了我们当时寄食于朝廷的音乐人员人数，同时还包括这些歌舞艺术人员所担任的职务，不仅有从事器乐演奏的，有专任舞蹈歌唱表演的，还有其他相关的服务人员。

和先秦时代不同的是，以俗乐生产为主的寄食式生产方式，在汉代社会得到了较大的发展。这是因为在汉代，除了寄食于宫廷的歌舞艺人仍然保持着较大数量之外，寄食于达官显宦之家的歌舞艺人也有了明显的增加。寄食式是汉代社会诗歌艺术生产方式的主流。同时，随着汉代城市的繁荣和商品经济的发展，另一种诗歌艺术生产方式——卖艺式，也已经有了初步的发展，这是值得我们注意的。

两汉社会是否有了以卖艺为生的演出团体？汉代社会中，有些达官显贵、富商大贾之家能够培养出专门为己所用的歌舞倡优之人，但也有较多中下层商人和地主不一定能培养出这种为自己服务的私倡，若是想要满足这个群体对歌舞音乐的需求，最佳的解决途径无非是聘请民间歌舞团体为其演出。根据对现存文献记载及出土文物研究发现，汉代歌舞艺术表演时场面之大、剧目之多是让人叹为观止的，这些表演并非都是由私家倡优完成的，其中还包括许多民间艺术团体的表演剧目。

除寄食式、卖艺式等艺术生产方式外，自娱式也成为汉代艺术生产中的一种重要途径。这种以自我为中心、以自我欣赏为目的的艺术生产方式，在中国古代艺术史上具有十分重要的意义。原本就艺术生产之源而言，自娱式艺术生产是一种最古老和原始的艺术生产方式。先民艺术生产一开始就是一种自娱式生产。但自阶级与社会分工出现之后，寄食式成为主流，然而自娱式并未就此销声匿迹，反而以一种新的方式不断推进：一是广大人民群众自娱式诗歌艺术的创作，二是宫廷贵族和官僚文人自娱式歌唱。

日益发展的寄食式、初具规模的卖艺式和抒发世俗之情的自娱式是汉代诗歌的三大生产方式和基本特点。其中，卖艺式和初次出现于西汉中期的自娱式对诗歌创作具有重要影响，而以抒写世俗之情为特征的自娱式诗歌则在两汉后期开始兴起并逐渐成为主流形态。它们在不同的层次上推动了汉代诗歌生产前进的步伐，并共同推动了汉代诗歌的兴盛。

以上,我们从汉代诗歌发展盛况、汉武帝立乐府的意义、汉代诗歌艺术生产的基本特征等三个方面,对历史文化转型后的两汉诗歌生产总况进行概括论述。它说明,作为一种社会生产门类的两汉诗歌,它的发展与以文人士大夫为主所作的诵诗的确具有不同的特点。在这里,我们特别强调两汉社会诗歌艺术生产,是因为从生产和消费两个方面的分析,对于我们认识汉代诗歌有着重要意义。从生产者的角度来讲,我们可以把汉代的诗歌分为帝王贵族诗歌、文人诗歌、民间诗歌和无名氏艺人诗歌四种,其中,无名氏艺人的诗歌占有主体地位,而这正是艺术消费的重要特征之一。按消费目的的不同,我们则可以把汉代的诗歌分为主要用于祭祀燕飨的宫廷雅乐诗歌和主要用于社会各阶层艺术消费的俗乐诗歌两大部分。从音乐形式上,我们则可以把它们分为先秦雅乐、楚声和在战国新声基础上发展而成的新乐(包括相和歌辞、琴曲歌辞、舞曲歌辞、杂曲歌辞)和从域外输入的外来音乐(包括横吹曲和鼓吹曲)四种类型。两汉乐府诗歌的发展,以诗歌类作品来讲,我们也可以从这一描述中发现其兴衰交替的大致脉络。就相和歌本身来讲,从西汉到东汉又有一个逐渐发展变化的过程。大体来讲,西汉是相和曲为主的时代,而东汉则是其他相和诸调曲大发展的时代。

第四节　两汉诗歌的历史地位与影响

一、汉代诗歌的历史地位

我国诗歌自汉代以来便踏上了崭新的独立发展之路,其主要标志是诗歌脱离"礼"之羁绊而成为真正意义上的独立艺术。不论是对社会生活的反映,对社会现实的批判,还是对个人情感的表达,无一不凸显着诗歌的审美特征并将对美的追求置于更为重要的地位。而这"美"又不符合周人所追求的"中和之美"的理想。正是这种"美质之美"才使汉代诗歌达到了一个前所未有的高峰,为后世诗歌的发展奠定了基础。汉代诗歌之所以具有如此高的美学价值,在于其自身独特的艺术风格。其思想表达中个人意识之强化,有别于周人重群体意识;其表达极乐和极哀之情，不合周人重"乐而不淫，哀而不伤"之审美情趣；其"辞采求富丽华美，异于周人所谓文质彬彬"之雅乐风范。所有这些都在两汉诗歌各流派中表现得淋漓尽致。

以乐府为主的两汉诗歌创作，一开始就是从战国的郑声新乐中发展而来的。它突出的娱乐色彩，从本质上就是和儒家诗教、诗骚传统相对立、冲突的。在汉初，统治者也曾有意仿效先秦"王者功成而作乐"的传统制礼作乐，叔孙通"遂定仪法"，但是"未尽备而通终"，其后文帝时贾谊建议"定制度，兴礼乐"，"而大臣绛、灌之属害之，故其议遂寝"；与此同时，一些儒家学者固守着先秦礼乐传统，试图重建雅乐体系，一些缙绅还在那里做着兴微继绝的工作（如河间献王），但雅乐的衰微已经是不可挽回的定局，它在朝廷中不过是"岁时以备数"而已。至汉武帝立乐府制作新的颂神歌，并重建所谓的"采诗制度"，表面上似乎是复古，但是他不用河间献王那些好古博雅的儒生，却偏偏起用李延年那样的倡优艺人配制新曲，以至于"今汉郊庙诗歌，未有祖宗之事，八音调均，又不协于钟律，而内有掖庭材人，外有上林乐府，皆以郑声施于朝廷"（《汉书·礼乐志》）。这实际上也就等于宣判了先秦雅乐的死刑，标志着适应新兴地主阶级娱乐欣赏需要的新声俗乐已经彻底战胜了先秦雅乐而成为汉代新的主要艺术形式，甚至连宗庙祭祀音乐也出现了世俗化和娱乐化的倾向。如《郊祀歌》十九章中明言"造兹新音永久长"，新声之入耳，听起来叫人感动。而祭祀歌舞场面之大则是"千童罗舞成八溢，合好效欢虞泰一。九歌毕奏斐然殊，鸣琴竽瑟会轩朱"（《郊祀歌·天地》）；其表演之美则是"众嫭并，绰奇丽，颜如荼，兆逐靡。被华文，厕雾縠，曳阿锡，佩珠玉"（《郊祀歌·练时日》）。汉武盛世时的祭祀场面尚且如此豪华富丽、娱人耳目，其他嘉宾燕飨等场合所表演的世俗之乐自然更不必说，它更以纵情享乐为目的了。

汉代诗歌正是这种新声发展的产物。我们看这些诗歌和由此而流变出的五言诗中，多处提到歌舞娱乐，如诗歌中常用的"今日乐相乐，延年万岁期"（《艳歌何尝行》），"堂上置樽酒，作使邯郸倡"（《相逢行》），"丈人且安坐，调丝方未央"（《相逢行》），"燕赵多佳人，美者颜如玉。被服罗裳衣，当户理清曲"（《古诗十九首》），"四坐且莫喧，愿听歌一言"（四座且莫喧）等，就可以知道诗歌与娱乐之间的关系。这些以娱乐和抒个人之情为创作目的的新的诗歌艺术，固然有儒家所讽刺的片面追求耳目口腹之欲的弊病，而且它的情感表现为极乐或极哀，无所节制，也不符合儒家以礼节情的观念，但是对诗歌本身的发展，这却是一条必由之路。之所以如此，是因为艺术本身总是诉诸审美的，是具有一定的观赏性和超功利性的。而它对社会生活的反映或表现，也应该是合乎艺术规律的。儒家的文艺观念由于片面强调诗的社会功利性，要把诗变成政治的附庸，实际上也就歪曲了诗的艺术本质。两汉诗歌的发展恰恰是要挣脱这种外在束缚而确立自己的独立地位。所以我们看到，汉代诗歌虽然挣脱了以道制欲、以礼节情的功利主义观念束缚，但是这些"感于哀乐，缘事而发"的诗歌，对社会生活的反映与表现乃至颂美与批判仍然具有其广泛性和深刻性，同样没有泯灭它的社会价值，"亦可以观风俗，知薄厚云"（《汉书·艺文志》）。正因为如此，两汉诗歌所开辟的这条独立发展的道路，才为魏晋所继承。

以乐府为代表的诗歌是汉代诗歌发展的主流，它与汉大赋走了完全不同的路。汉大赋虽然是汉代最有代表性的文学形式，但是因为它更多地继承《诗经》雅颂传统并脱离了音乐，所以其发展方向与诗歌越来越远，逐渐走上了一条散体化的道路。汉代诗歌却以其新乐特征和文体优势代表了汉以后中国诗歌发展的新方向。如果说在汉代，赋和歌诗作为当时文艺创作的两大主流并驾齐驱，而西汉时期尤以大赋为重要的话，那么自东汉以后，文人士子则明显地在歌诗创作中投入了越来越多的力量。东汉诗歌中文人诗的比例逐渐增加，而且从乐府中逐渐流变出五言这种新诗体，成为魏晋六朝以后中国诗歌的主要形式。中国中古以后的诗歌发展之路从汉乐府走来，这是我们认识汉以后中国诗歌发展史的关键。

两汉诗歌产生于中国历史完成了从先秦封建领主制到秦汉封建地主制转变的历史阶段。秦汉社会制度的创设，改变了中国先秦时期的生产关系，解放了生产力，促进了生产力的发展，结束了从春秋战国以来漫长的动乱与纷争，为中国历史开辟了新的纪元。同时，也正是秦汉制度的创设，结束了春秋战国以来百花齐放的思想争鸣。完成于这一历史时期的两汉诗歌，也正是以艺术的形式对这一历史巨变的记录和反映。汉朝的统一强盛所带来的社会繁荣，各种社会矛盾的发展所引起的新变，丰富多彩的社会生活，各色各样的人物形象，以及两汉社会人们新的审美意识、精神风貌等，都在汉代诗歌中得到了生动展现，并且出现了一批不可多得的诗歌艺术珍品。同时，也正是两汉社会的巨变，改变了中国诗歌的形式。同样，如果不是汉代社会的建立和思想意识的变革，中国诗歌也绝不会突破先秦礼教的束缚而走上一条新的独立发展之路。总之，正是这一切，决定了汉代诗歌在中国诗歌史上所取得的成就和历史地位，它以其自身的创作成就，为魏晋六朝以后的诗歌发展树立了典范，为唐诗的繁荣奠定了基础。它结束了一个大的历史时期，开创了中国诗歌史上一个新的时代。

二、艺术审美观念的变化

我们都知道先秦儒家艺术理想具有"中和之美"的特征，它的实质就是封建宗法制社会制度和这一制度对人们的思想、行为规范渗透在艺术之中所给予人们的感情熏陶。这就要求在艺术创作时既要注重形式美感又要讲究内容美的创造，即强调"和而不同"，追求"中庸之道"。而这正是中国古代美学的一个基本特点。所以这"美"就有了特指。周人崇尚的艺术美是具有十分明显政治功利目的之美。文艺创作与鉴赏的过程也是在"礼"的规范下修身养性的过程。

"中和"之美的艺术审美观念既概括了周代的文艺审美观念，又具有历史继承性。虽然其宣传的"中和"与原始社会的内涵截然不同，包含着强烈的阶级等级意识，但它的主导精神却是从原始社会起就高扬群体主义大旗。在这个意义上说，"中和"既是一种审美原则，又是一种价值观念，更是一种道德规范。它不仅是中国古代文艺美学思想中一个十分重要的范畴，而且具有鲜明的时代特征。这一审美观念的基本特征是把展现社会共同利益作为最高理想。举凡周人阐释"中和"，都是着眼于此。周人在祭祀、燕飨和其他种种艺术表演场合中，均反对个人放纵享乐。从中我们不难发现，两汉时期艺术审美观念之所以有别于先秦，根本之点仍在于社会意识发生了重大转变，导致封建社会早期个人主义思想倾向有所上升。就两汉社会艺术审美活动而言，个体主体意识显著增强，而就汉人以娱乐抒情为特征的创造与鉴赏而言，"礼"已不再是艺术审美的首要准则，取而代之的是以表现个体一己之悲欢离合为目标的创造与鉴赏。因此就其实质而言，两汉社会崭新的文艺审美观念是新兴地主阶级以一种全新的个人意识来审视与创造艺术的产物。

两汉社会以娱乐抒情为主要内容的诗歌创作活动与汉人这一新的艺术审美观念有着密切的关系。如果说汉的大一统和繁荣为汉诗的兴盛提供了客观条件与雄厚的物质基础，那么这一新的艺术审美观念又为汉诗兴盛提供了审美欣赏的心理基础。这两种因素互相交织，共同促成了汉代诗歌的繁荣局面。在这个过程中，文人的地位起着至关重要的作用。而且，也只有后一种情况，使那些专业艺人和各个阶层在诗歌创作上，不会按照先秦的审美去进行创作，而是在艺术审美类型上开拓出新的意境。这种意境在诗歌内容方面是以富有个性的人物形象和审美理想来展现的，在艺术效果方面则是以满足个体鉴赏需求的目的来追求的，用悲喜交加或极乐极哀或吟咏讽诵来体现艺术自身以满足个体鉴赏的意趣、展示个体的心胸和寄托，诗歌并非教化和讽喻之工具。从这个意义上来说，两汉时代是中国诗歌发展史上的重要时期之一。在这一时期里，人们不仅普遍接受了汉文化精神的熏陶，而且还自觉或不自觉地继承和发扬了这种传统。汉后，中国诗歌基本沿袭了汉代诗歌发展轨迹。中国诗歌理论在魏晋之后发生了历史转折，而这一转折的原因则是这一文学审美观念在两汉以来得到的发展。我们看汉后诗论家在论诗与文艺时，对于艺术自身趣味之关注，便可对比其与汉前诗论家在实质上之差异。曹丕在《典论·论文》中提出"诗赋欲丽"，在此将文学作品悦目之"丽"加以凸显，恰恰从理论上概括出两汉诗歌创作及鉴赏重视艺术自身非功利性审美效能，这与儒家文艺观念、《毛诗序》教化讽喻说的意见是不一致的。这在一方面提高了诗歌的非功利审美效能，另一方面也是把诗歌文艺放到自己本身的位置上，不再把它与经史子集这些理论学术著作混为一体。所以曹植尽管作了那么多的诗赋，仍然说"辞赋小道，固未足以揄扬大义，彰示来世也"（《与杨德祖书》）。所以，诗歌本身的好坏优劣，主要也不在于它的美刺讽喻的性情之正，而要达到"期穷形而尽相"的目的。吟诗作赋的乐趣，不是由此使人"反人道之正"，而是"课虚无以责有，叩寂寞而求音。函绵邈于尺素，吐滂沛乎寸心。言恢之而弥广，思按之而愈深。播芳蕤之馥馥，发青条之森森。粲风飞而猋竖，郁云起乎翰林"。也就是说，是为了自身的欣赏，是要在诗赋创作中领略那种超功利的审美意境，从而达到一种心理上的满足。这种新诗歌理论的发展，到了六朝齐梁时代，就是刘勰的巨著《文心雕龙》和钟嵘的《诗品》的出现。在《文心雕龙》中，刘勰突出的贡献是详细探讨了文学创作过程和文学批评问题。"夫文心者，言为文之用心也。"而在这里，刘勰虽然提出了以"本乎道，师乎圣，体乎经，酌乎纬，变乎骚"为"文之枢纽"的主张，看出他对儒家文学传统的继承，但是，和曹丕、陆机等人一样，刘勰更加强调的仍然是文学本身的特点。所以，他不但从创作论的角度专题研究了像神思、风骨、情采、比兴、隐秀等表现文学审美特征的诸问题，还从批评论的角度指出了文学创作的成功与否同作家的才略气质以及时序变化之间的关系。钟嵘的《诗品》所称许的上品诗人，绝不是因为这些诗人的品德地位与诗歌内容合乎一定的功利目的，在他看来，"至乎吟咏情性，亦何贵于用事"，只要能够达到"穷情写物"的目的足矣。昭明太子萧统编辑《文选》，其入选文章，就以"赞论之综辑辞采，序述之错比文华，事出于沉思，义归乎翰藻"（《文选序》）为标准。其后，唐人司空图《二十四诗品》，则完全不讲诗篇的具体内容，只讲艺术欣赏中使人领略的各种审美境界，如"雄浑""冲淡""沉着"等。自宋以后的历代诗话，或论一诗之味，或讲一句之美，甚至于诗人创作、娱乐、赠答、聚会时的各种趣闻逸事，等等。总之，所论述的也都是这种超功利的诗歌审美趣味。至近代王国维先生，仍然坚持美必然是超功利性的理论观点。他说："故美术之为物，欲者不观，观者不欲。艺术之美所以优于自然之美者，全存于使人易忘物我之关系也。"严格来讲，中国美学理论的基本范畴，诸如美与善、文与质、乐与悲、形与神、雅与俗、美与真等等，在先秦时代就已基本建立，可是，真正把文学创作当作非功利性的、以审美为目的艺术形式来加以认识，却是从汉代以后开始的。

三、艺术语言形式的发展

先秦以来的功利主义诗学观念，虽然强调文质并重，可是，在艺术创作和批评时，还是把艺术的"质"放在突出重要的位置之上，言文的目的，不过是为了使艺术的"质"得到更好的表现。"言之无文，行而不远"，"文"是为了"言"之"行"，为了达到一定的功利目的，而不是为了审美的目的。两汉社会以娱乐与审美欣赏为目的的诗歌创作，必然要重视形式美本身的追求，追求超于功利目的之外的诗歌本身形式的完美表现。所以，后人所谓的"周代尚文，汉人尚质"

的"文"与"质"的概念,并不属于同一个层次范畴。周代所尚的"文",是附庸于"质"的"文",而汉代所尚的"质",本身就包含着"文"。汉诗的质朴是指它的感情表现得直抒胸臆,并不是"质木无文";它要追求的不是先秦功利主义美学观下的文质并重,而是超功利目下的文质并重。所以我们看到,两汉诗歌的创作,自汉代初年起就开始了对艺术形式美的新的追求。所谓"郑声"的兴起与外来音乐的引入,最主要的原因之一就是它们赏心悦目,能给人五官感觉上的审美快感。而作为这种形式美追求的主要结果,就是杂言诗与五、七言诗的兴起,尤其是五言诗。

对于中国古典诗歌形式美的追求,我们可以从两个方面去理解:其一是对于一首诗的整体艺术审美效果的把握,其二是语言本身的节奏韵律之美。这二者本来密不可分,但是为了阐述问题方便起见,我们分别各有侧重地加以探讨。

对于一首诗整体的艺术效果的把握,严格来讲,是与诗的内容密切相关的。内容决定形式,内容是决定作品艺术效果最根本的内在要素之一。但是,我们也不能由此否定形式的审美作用,这种审美作用就是指形式符合作品内容的表现程度。当两汉诗人的主体意识以及相应的诗歌内容发生变化之后,它必然对形式提出新的要求。所以,对于两汉诗歌审美形式的发展,我们首先应该从这个角度去认识。五、七言诗和杂言诗的产生,就是在突破诗骚体传统的基础上形成的。特别是杂言体的《汉鼓吹铙歌十八曲》与大部分汉乐府诗歌,它不但表现了汉人对传统诗歌形式的突破,也表现了汉人对诗歌形式多样化的追求。为了表达内容的需要,两汉诗人并不拘泥于旧有的传统形式或某种固定化的新的规范,而是在自由抒情的基础上追求一种形式上自由的风格之美。这便是被后世称颂的"乐府体"。汉魏时期是我国音乐发展史上一个重要的历史阶段,也是汉代乐府诗发展繁荣的黄金时代。在当时社会背景下产生的乐府诗具有很高的艺术成就和美学价值。自从曹氏父子创作乐府诗以来,乐府诗一直是后人普遍使用的形式体裁。随着历史的发展,乐府诗的观念外延虽有所扩大,两汉以降配乐演唱诗歌,至唐代仍有不少新题与创作。可是,作为一种文体,它在形式上的特点不变,只是在语言表现上不拘一格,直抒胸臆,明晰流畅。因此,它最适合于诗人情感不受形式规范束缚自由抒发。所以,到了唐代,尽管中国的格律诗已经成熟,诗人仍然非常喜欢创作形式比较自由的乐府诗,如"初唐四杰"王勃的《采莲曲》、杨炯的《从军行》、卢照邻的《行路难》等,盛唐王维的《老将行》、高适的《燕歌行》等,皆为名作。连最爱创作律诗的杜甫,他的"三吏"、"三别"、《兵车行》、《丽人行》等等,也是以新题乐府为名而著称的。大诗人李白以其狂放不羁的个性和浪漫化的理想,自然更不愿束缚于格律诗之下,因此,他的乐府诗创作达到了唐人的最高成就。对此,前人多有评论。后人之所以推崇两汉乐府,在很大程度上是源于它那灵活多变、自由通俗的形式。唯其如此,才使诗的形式随着诗人情感的抒发而随意屈伸,从而达到出神入化的自由境界。仅此,即可看出两汉诗歌对后世文学形式的影响。它不但开创了自由表达内容的乐府诗体,而且也为后世诗歌创作树立了一种新的典范。

当然,任何形式上的自由都是相对的。既然这种自由的形式本身也要受到内容的制约,也就意味着在语言的运用上必然要有遣词造句的锤炼功夫。因此,对于语言本身节奏韵律之美的追求与字义词义的妥帖安排,也会同时产生人们对于规范化的新形式的要求,中国后世格律诗的形成,也是从汉代开始的。从现存汉代五言诗来看,虽然它们距离严格的律诗相差还甚远,构成律诗的三大要素——声韵、韵律与词句对仗——却在不同程度上都已经具备。从声律方面讲,东汉五言诗的一些诗句已经有平仄互异,尤其是在二、四字平仄互异上开始有意识地探索。像班固的《咏史诗》、辛延年的《羽林郎》、《古诗十九首》和一部分乐府诗(如《折杨柳行》《塘上行》《长歌行》)里都存在着大量这样的诗句。再从韵式上看,汉代五言诗继承了前代诗人同韵相应的特点,但与《诗经》比,韵式已大大趋于简化了。基本的韵式是隔句末字用韵,一韵到底。这也是后世五言律诗的基本用韵形式。至于词句的对仗,就看得更明显了,如"少壮不努力,老大徒伤悲"(《长歌行》)、"上叶摩青云,下根通黄泉"(《豫章行》)、"皑如山上雪,皎若云间月"(《白头吟》)、"胡马依北风,越鸟巢南枝"(《行行重行行》)、"青青陵上柏,磊磊涧中石"(《青青陵上柏》)、"晨风怀苦心,蟋蟀伤局促"(《东城高且长》)等。这些诗句的对仗虽然在声律上与后世律诗的标准不尽相合,可是仍然能看出诗人有意追求这种词句对偶的意向。由此可见,两汉诗人在艺术形式美方面的追求,已经为后世律诗的产生奠定了基础。他们在艺术创作实践中,已经初步觉察到汉语语言、词汇、结构、声音等各方面的特点，并且进行了有益的探索。自魏晋以后，中国的诗歌形式以五言为主，文人们也喜欢模仿汉代五言诗，如曹植、阮籍、陆机等人都有仿作。这里除了如钟嵘所说的，五言乃是"穷情写物，最为详切"的形式之外，还包括人们对五言诗节奏韵律之美的自觉与不自觉的认识。两汉不但是中国五言诗的确立时期，同时也是后代律诗的萌发期。中国后代诗歌创作对语言格律的追求，完全导源于汉。

汉代诗歌是继承先秦诗歌发展而来的，它以艺术的形式，反映了两汉社会丰富多彩的现实生活，反映了两汉社会人们的精神面貌。它以独特的历史内容和独具风格的艺术形式，创造了一批艺术珍品。同时，它又以自身所展现出来的两汉诗人主体意识的变化、诗学审美观念的变化和艺术形式的变化，开创了中国诗歌发展史上一个大的历史时代。从汉代以后，中国封建社会诗歌的创作，从内容上表现为有个性的诗人与有个性的审美理想，从艺术效果上追求各种审美意境与审美情趣，从形式上表现为对五言、七言诗歌传统和诗歌语言平仄韵律之美的探索。自此以后，中国的诗论家也都不再仅从儒家功利观念论诗。和汉以前的诗论家相比，其突出变化是注重诗歌创作本身非功利的审美特点，注重美感，注重形式。这一切应该说代表了自汉代以来新的诗歌发展的结果，也是和先秦相比，另一个大的历史阶段的产物。对整个汉诗，我们正应该作如是观。

第三章 魏晋南北朝诗歌研究

魏晋南北朝社会的变迁,学术思潮以及文学观念的变化,文学的审美追求,带来了诗歌的变化。本章主要内容为魏晋南北朝诗歌研究,共分为三节进行叙述,分别是建安风骨与正始诗风、玄言诗与社会背景研究、山水田园诗与代表诗人研究。

第一节 建安风骨与正始诗风

魏晋南北朝是五言诗的极盛时代。从汉乐府民歌发展而来的五言诗,在这一时期,经过建安诗人及阮籍、左思、陶渊明等人的不断努力,在思想和艺术上已逐渐趋于完善,充分显示出蓬勃的艺术生命力,给当时的诗坛带来一片繁华景象。从建安、正始、太康、永嘉到晋末、南北朝,诗歌表现出不同的内容和时代精神,呈现出不同的风格。魏曹丕的七言诗体,到了南朝宋的鲍照,又有所发展。鲍照采用这种诗体广泛地反映生活,并把它的每句用韵改为隔句用韵,艺术上不断提高,从而确立了七言诗在诗坛上的地位。南北朝的乐府民歌继承了《诗经》和汉乐府民歌的现实主义和浪漫主义的优良传统;而在诗体方面,它还开创了五、七言绝句体,成为后来唐诗的主要形式之一。从建安开始,诗人们就相当重视词藻与对偶,齐梁时沈约等人提出"四声说",并开创了"永明体",使我国诗歌从比较自由的"古体"走向格律严整的"近体";后经庾信等人的努力,基本上具备了后来各体律诗的雏形。这一时期,诗歌的题材、风格极其多样,有所谓咏怀、咏史、游仙以及田园诗、山水诗等不同题材,有所谓慷慨悲凉、刚健清新、缠绵悱恻等多种风格。这些对后来诗人从事各种不同流派、不同风格的创作,都是有启发作用的。这些诗歌上的成就，为后来唐代诗歌的发展与繁荣准备了充分的条件。

一、建安风骨

"风"是指作品有充实的内容和真实的情感，"骨"是指作品刚健有力的语言风格。概而言之，所谓"建安风骨"，是指在汉乐府民歌现实主义传统影响下，建安作家的作品内容和风格所表现出来的时代特色。

建安是中国诗歌发展史上的一个重要时期。这一时期的诗人，以他们诗歌创作的辉煌成就，在中国诗歌史上写下了光辉灿烂的一页。

建安时期的主要作家，以曹氏父子为首，还包括"七子"和蔡琰，除孔融外，政治上都倾向曹操。这些作家都是汉末军阀混战的目击者，对战争给人民带来的灾难有较深的感受和同情。他们都倾向于曹操的一系列改革政策，有着渴望为国家重新实现统一而建功立业的理想和壮志。因此，在他们的诗歌中很多篇章都比较深刻地反映了汉末的社会现实，也常常吐露出他们想"建功立业"的雄心。他们运用带有民间歌谣特点的五言诗的形式，以慷慨悲凉的调子，描写动乱的现实，歌颂实现统一局面的理想。这种内容和风格，既有着汉乐府民歌现实主义的优良传统，又有着鲜明的时代特色，这就形成了后世所说的"建安风骨"。"建安风骨"概括了建安诗歌的主要成就和共同特点，并在中国文学史上形成了一种优良传统。

（一）建安诗坛的代表诗人"三曹"

在建安诗坛上具有代表性的诗人是三曹，即曹操、曹丕、曹植。曹操，字孟德，沛国谯（今安徽亳县）人。他是汉末一位杰出的政治家和军事家，又是一个杰出的诗人，还是建安文学的开创者。他的诗现存不多，见于《宋书·乐志》，有辑本《曹操集》。

曹操的文学成就主要在于乐府诗的写作，一部分反映了汉末动乱的现实。一部分则咏其统一天下的雄心壮志和顽强的进取精神。曹操的诗歌富于创新精神，它脱胎于汉乐府，却具有自己独特的风格。他的诗歌往往突破乐府音律的限制，根据内容的需要，选择最恰当的形式加以表达，别出心裁。四言诗自《诗经》以后渐趋衰落，极少佳作。到建安时，它已无法和新兴的五言诗对抗了，而曹操的《步出夏门行》《短歌行》等几首四言诗却写得很成功。他的诗语言古朴，直抒心志，风格悲凉而豪壮，在建安时代自成一家。这不仅开了建安诗人的新风气，而且对后世像杜甫、白居易等"以诗写史"的诗人都有深远影响。

曹操的次子曹丕，字子桓，有《魏文帝集》。现存诗40余首，有一半是乐府诗。其诗有两个比较明显的特点：一是描写男女爱情和游子思归题材的作品较多，而且写得比较好；二是形式多样，四言、五言、六言、七言、杂言无所不有。

曹植，字子建，曹丕之弟，有《曹子建集》。他在文学上成就最高的是诗歌，存诗80余首，一半以上是乐府歌辞，五言诗是最主要的形式。在建安文人中，曹植的诗歌数量最多，成就最高，对后世的影响也最大。

曹植的一生以曹丕称帝为界，明显地分为前后两个时期。前期他以才华深得曹操的赏识与宠爱，几乎被立为太子，志满意得，后期是在悲愤与郁闷下度过的。这种生活遭遇，对他的创作有着深刻影响。曹植前期的作品，多数是抒发他的政治理想与抱负之作。这些作品以《白马篇》《名都篇》《虾鳝篇》为代表。《白马篇》通过歌颂边疆游侠儿"捐躯赴国难，视死忽如归"的忠勇精神，来寄托和抒发作者的功业抱负，这实际上是作者政治理想的体现。从这样的理想出发，他在《名都篇》中对那些虽然骑射娴熟却一味耽于游乐，而不能报国立功的贵族少年作了讽刺，认为他们整天斗鸡走狗是虚度时光。他的《虾鳝篇》则是以鸿鹄自比，更直接地表现了对功业理想的追求。

曹植的后期创作由于生活的急剧改变也发生了显著的变化。个人的不幸遭遇和动乱的社会现实，使他的作品反映生活的深度和广度前进了一大步，在艺术上也更为成熟。许多杰出的好诗，如《赠白马王彪》《杂诗六首》《泰山梁甫行》《野田黄雀行》《七哀诗》等，都是这一时期的产物。他通过这些诗篇，控诉了曹丕父子残酷迫害骨肉的罪行，也写出了自己渴望自由的心情和建功立业的信心。曹植后期的作品虽然多数还是抒写个人的不幸，但通过自己的遭遇，他对人民的疾苦有了深入的理解。在《谏伐辽东表》中，他曾经劝曹叡："省徭役，薄赋敛，勤农桑。"他的《门有万里客行》等诗篇描写了北方人民飘零异乡的苦楚，《泰山梁甫行》更是对滨海地区人民的悲惨生活表示了深切的同情。

曹植的诗歌艺术成就较高，钟嵘《诗品》说其"骨气奇高，词采华茂，情兼雅怨，体被文质"。他继承汉乐府的传统并有所发展，主要是描写细致，词藻华丽，对偶工整，音律铿锵，善用比兴，托喻精切。这就把五言诗的艺术水平提到更高的地步，对五言诗的发展有重要的贡献。他的诗歌通过高度的艺术技巧真实地反映了社会面貌，揭露了统治阶级的内部矛盾，表达了人民的感情和愿望，使他成为我国历史上的杰出诗人、建安时代的代表作家。

（二）建安诗坛的代表诗人"建安七子"

建安时代的作家除曹操父子外，最著名的是曹丕《典论·论文》中所列举的孔融、王粲、刘桢、陈琳、阮瑀、徐幹、应玚等7人，即"建安七子"。七子中，孔融在政治上是曹操的反对派，终于被杀。其余6人都是曹氏父子的僚属和邺下文人集团的重要作家。在七子中成就最高的是王粲，其次是陈琳和刘桢。王粲，字仲宣，他的《七哀诗》是历来为人们传诵的名篇。此诗今存3首，写其由长安至荆州途中，以及在荆州的经历和感慨。第一首写其为避董卓余党李傕、郭汜之乱，离京赴荆，途中见到"白骨蔽平原"和饥妇弃子的惨象，感慨动乱，喟然伤怀。第二、三两首写其羁旅的愁苦及在荆州"百里不见人"的凄凉情景。三首都体现了以乐府旧题抒写时事的精神，苍凉悲慨，凄哀动人。陈琳，字孔璋，他的《饮马长城窟行》假借秦代一个被迫修筑长城的男子的怨愤，用与其妻书信往还的对话方式，表达夫妇生死离别之情，实以此揭露当时繁重的徭役给人民带来的痛苦与灾难。在建安七子中，这首诗的成就与影响可与王粲的《七哀诗》并称。刘桢，字公幹，他在七子中诗名也是很高的，曹丕说他的五言诗"妙绝时人"（《与吴质书》），但今存诗仅15首，很少反映社会现实，思想性不强。不过，他的诗中多写景语，为晋宋之际山水诗开了先河。

（三）建安诗坛的女诗人蔡琰

"建安七子"以外，在建安时代比较重要的作家还有路粹、繁钦、杨修、吴质等和女诗人蔡琰。路粹、繁钦、杨修、吴质等是同属于邺下文人集团的成员，正如钟嵘《诗品》所说："次有攀龙托凤，自致于属车者，盖将百计。彬彬之盛，大备于时矣。"他们虽都存诗很少，成就不高，个人影响也不大，但在形成建安诗风上也起过一些作用。这里应该特别提到的是，在建安时代唯一的女诗人——蔡琰。

蔡琰，字文姬，陈留圉县（今河南杞县西南）人，是汉末著名学者、文学家蔡邕之女，从小文化教养良好、学识渊博、才辩俱佳、妙在音律。但是，她的人生经历却很坎坷。汉末军阀混战时，被董卓部众所虏，归南匈奴左贤王，居匈奴12年，与胡人通婚，生了两个儿子。后来被曹操赎了出来，改嫁董祀。

现存题名是蔡琰创作的诗篇共3首。其中有五言《悲愤诗》、骚体《悲愤诗》和《胡笳十八拍》。前者可断定为蔡琰所作，后两首尚待进一步研究。五言《悲愤诗》是一首成功之作。全诗长达540字，是我国文学史上文人创作的第一篇自传体五言长篇叙事诗。它的产生，体现了建安时代五言体诗歌创作的重大成就。它和汉末建安初期的《孔雀东南飞》被文学史家合称为这个时期长篇叙事诗的"双璧"。

蔡琰的五言《悲愤诗》是自传性作品，叙述诗人12年中的不幸遭遇和惨痛经历，从中可以看到汉末广大人民特别是妇女的共同命运，这也是对军阀混战罪恶的控诉。全诗分三节：第一节描写董卓作乱，自己为胡人所俘，并受到凌辱与虐待；第二节描写了蔡文姬在胡地的悲惨生活，以及被曹操赎后与儿子别离的悲苦心情；第三节描写她回归故国后的人生和心态。《悲愤诗》是受汉乐府叙事诗影响而创作的，通过对细节的刻画，具体而鲜明地展示出种种情景，使人们仿佛身临其境，亲见其人其事，在中国现实主义诗歌史中占有举足轻重的地位。

基于上述，"建安风骨"的基本精神，是诗歌要深刻地反映社会现实，亦即自《诗经》、汉乐府民歌以来所形成的现实主义精神。因此，自魏晋以后，具有进步倾向的文学理论批评家刘勰、钟嵘等便用"建安风骨"以批判和抵制形式主义文风，具有进步倾向的诗人也以之作为自己诗歌创作的榜样。魏晋南北朝时期，凡艺术成就较高的诗人如阮籍、左思、鲍照等，都继承和发扬了"建安风骨"的传统；唐初诗人陈子昂标举"汉魏风骨"来反对六朝形式主义，开辟了唐代诗歌大发展的新局面；伟大诗人李白称诗歌"自从建安来，绮丽不足珍"（《古风》第一首），对"建安风骨"以极高的评价，这对开拓唐代诗歌新风也有重要意义。

二、正始诗风

从建安到正始，我国诗歌又有了新的变化发展。建安时期大都是五言诗，而多半是沿用乐府旧题以写新事。到正始，诗歌开始脱离乐府旧题，以另立题目的抒情五言诗的面貌出现。

正始时期，司马氏集团与曹魏集团展开了激烈的争夺政权的斗争。司马氏集团逐渐控制魏国军政大权后，杀戮异己，标榜"名教"，以达到取代曹魏的目的。当时的文人，生命失去了保障，陷入"朝不保夕"的境地。因此，他们为了保全性命，不得不韬光养晦，所写的诗作一般是用象征的手法来寄托自己的抱负，以避免文字祸，从而产生了隐晦难明的诗风。这时期的代表作家是"竹林七贤"中的阮籍和嵇康。他们不满黑暗现实，有较为进步的政治思想。为了与司马氏的虚伪"名教"相对抗，他们大力提倡老庄思想。他们的创作虽然带有较多的老庄思想的色彩，但对黑暗现实的不满和反抗仍然是作品的主要倾向，基本精神还是继承"建安风骨"传统的。

阮籍，字嗣宗，陈留尉氏（今属河南）人。他本"好书诗"，有"济世志"，但处于魏晋易代之际，在统治阶级内部的残酷斗争中，不仅壮志无法伸展，自身安全也受到威胁。为了自身安全，他不敢正面反抗，便崇尚老庄，醉酒佯狂，对黑暗现实采取了消极反抗的态度。他的主要成就是诗，代表作即著名的80余首五言《咏怀诗》。诗以隐约曲折的形式，倾泻出内心积郁的痛苦和愤懑，真实地表现了诗人一生复杂的思想感情。

《咏怀诗》非诗人一时之作，表现的思想感情比较复杂。有的表现其在险恶的政治环境中忧生惧祸的心情，如《嘉树下成蹊》；有的揭露统治者的荒淫腐朽，如《驾言发魏都》；有的表现其对社会前途的深沉忧虑与哀伤，如《夜中不能寐》；有的是对当时封建礼教的抨击，如《大人先生传》《洪生资制度》；有的诅咒小人当权、玩弄是非，如《驱车出门去》；有的则表现自己刚正不阿的品格，如《徘徊蓬池上》。总之，这组《咏怀诗》在内容上表现了作者不满于黑暗现实，痛恨统治者的虚伪、腐朽，对社会前途和个人处境充满忧虑和自己守正不阿的品格。同时，在不满现实，希求脱离这种现实而不可得的情况下，也流露出游仙的幻想，歌颂清静逍遥的境界，表现出诗人意志消沉、畏祸避世的消极思想，如《开秋兆凉气》《危冠切浮云》《昔有神仙者》等。这在一定程度上削弱了《咏怀诗》的积极意义。

阮籍的《咏怀诗》继承了《诗经·小雅》《古诗十九首》的艺术传统，并受到《楚辞》的影响，在表现手法上大量运用比兴，常常是言在此而意在彼，隐约曲折地表达思想内容，从而形成了"响逸而调远"（《文心雕龙·体性》）的独特艺术风格。阮籍也继承了"建安风骨"的传统，却不以乐府诗为事，而全力从事五言诗的创作，因而他的诗丰富了五言诗的艺术技巧，在五言诗的发展上占据重要地位。他的这种以咏怀为内容的抒情诗，对后世颇有影响，如陶渊明的《饮酒》、庾信的《拟咏怀》、陈子昂的《感遇》、李白的《古风》，显然都受到了阮籍《咏怀诗》的影响。

嵇康，字叔夜。他同阮籍一样，都崇尚老庄和反对礼教，但他反抗黑暗现实的言行比阮籍激烈，锋芒毕露，因此为司马氏所不容，最后惹来杀身之祸。

嵇康在文学上的成就主要是散文，诗歌比不上阮籍。他的诗往往表现出愤世嫉俗之情和清逸脱俗的境界，如《答二郭》之二、《酒会诗》之一、《幽愤诗》《赠兄秀才从军》等，有着清峻秀逸的风格。他的四言诗颇有特色，艺术成就高于五言。

第二节　玄言诗与社会背景研究

一、玄学思潮与魏晋诗坛关系述略

魏晋玄学思潮是玄言诗发展之源，这已成为古今绝大多数论者的共识。而在具体论及玄言诗究竟起于何时，以及玄学思潮是如何影响到诗歌创作领域等问题时，则又不乏仁智之见。为了更好地弄清这些问题，我们不妨先就玄学思潮与魏晋诗歌关系之轨迹作一个大略的追寻。

肇始于魏正始年间的玄学思潮在中国思想文化史上产生了相当深刻的影响。对此情况，在哲学史、思想史和其他著作中都有很多涉及，在此不进行重复。我们需要重点研究的是玄学思潮和文学特别是诗歌创作关系演变之轨迹。

更早论正始玄学和文学关系者，当推刘宋后期的檀道鸾。其在《续晋阳秋》一书中提到正始玄学清谈，这正是后世东晋孙绰、许询等人所代表玄言诗写作时尚之远因。他又以《续搜神记》为据，从正始玄学兴起的原因入手，论证了正始玄学与文学创作之间存在着密切关联。这一观点至今仍有一定参考价值。檀道鸾从追述东晋玄言诗特重义理的渊源出发立说，但未曾细说正始玄学出现当世，对于诗歌创作领域到底起了何种作用。后来刘勰在《文心雕龙·明诗》中第一次提出了"正始明道，诗杂仙心"，才开始接触到正始玄学与当时文学之间的联系。直至近代，正始玄学才开始引起学术界的关注。学界对刘勰这句话的认识颇有分歧。例如詹镇认为"仙心"指代道家思想，孔繁将其解释为游仙内容，张海明认为"正是道家思想和道教思想的缠杂"才影响了诗歌。从这一意义上讲，正始玄学不仅成为此后中国文学史上一个重要的文化现象，而且是六朝时期一种带有明显政治倾向的文学理论主张。那么，正始之初人们如何看待这一文学运动？我们以为刘勰于此所要表述的似有如此之意，那就是正始玄学思潮浸染着那个时代诗人的世界观、人生观，使诸如何晏、嵇康、阮籍等身兼思想家和文学家两职的诗人在他们的诗歌作品里不时地写出一些在玄学思想背景下处理生活、社会、自然问题所产生的独到见解。所谓"仙心"，既不特指神仙一方，也不直接表现老庄之言，而是应理解为像神仙一样挣脱世俗牵累、对自由境界的渴望情感。"杂"这个字似乎也揭示了一个信息：当时玄学向文学渗透，尚未到一定地步，仅偶有越其樊篱者。当然，道家思想和游仙内容之说并无不妥，我们只是把它视为由于玄学思潮的影响使当时的诗人以一种有别于此前建安文人之姿态来处理世事，因而产生了崭新的具有时代特色的产物，应更能合乎历史本来面目，同时又能很好地契合刘勰以下所论"何晏之徒，率多浮浅，惟嵇志清峻而阮旨遥深故能标焉"。所谓"嵇志""阮旨"，难以用"道家思想""游仙内容"解释。

嵇康在玄学方面颇有建树，他的《养生论》《声无哀乐》等文章中都闪耀着哲理光辉。他在文学创作方面也颇有建树。尤其在山水诗上，他对魏晋时期山水田园风光和隐逸生活有着独到的感受与理解。同时，他又具有超凡脱俗的艺术才华。嵇康受时代思潮浸染至深，重思辨、主个性，可见一斑。这一情况表现在诗歌创作之上，则凸显出"诗杂仙心"的时代特征。诗人以现实人生为背景，往往以自己的玄思来处理社会人生中的许多问题。如《赠兄秀才从军》《答二郭》等，都含蕴着老庄旨趣的人生理想。这不仅是一种艺术追求，而且反映出他的人生观和世界观已具有一定程度的世俗化倾向。但是总体上嵇康诗歌作品关注的焦点仍在现实人生，流露在诗歌里的情志亦不是后世东晋孙绰、许询那些淡乎寡味的玄言诗可比。虽然阮籍的诗内容也有类似于嵇康的成分，他在《咏怀诗》中隐含着一种对现实人生深切关注的情感。而在对具体诗歌意象的使用中，却常常体现出超脱世俗、渴望自由、不时诉诸仙境仙语以抒发理想等特征。

正始玄学思潮对于当时和以后诗坛所产生的影响主要体现为内涵"诗杂仙心"，格调"篇体轻滑"，而这一特点又是与以往建安文学关注社会现实、抒发慷慨之气相比较而产生的。刘永济用"稍衰"一词就确切点出了症结所在。这时，并没有兴起阐发玄理为主的玄言诗的创作风尚。

二、西晋时期社会背景

西晋时期，玄学中人多以外在形式显示出不受"名教"礼制约束的人格。他们口谈玄虚、标举老庄。玄虚谈风兴盛之时，放诞越礼之风亦盛行于士人。玄谈使人们丧失了对玄理由衷的追求；不遵礼法的虚无放荡之风则是玄学精神畸形发展之表现。西晋名士仿效阮籍之类，并以之为尚业，相互标举，其实不过是得到了他们的皮毛，并未学习到其中的精华。刘勰在《文心雕龙·知音》中评阮籍："阮籍者，放达之士也。"阮籍虽有放达之举，但并非放浪纵欲。他们遗忘阮籍放达的原因是经过玄学思潮的洗礼后，他们的个性意识、政治理想等等都同魏晋之际的黑暗现实发生了尖锐冲突。他们的思想与当时社会的主流思潮相抵触。魏晋时代名士的思想倾向和人生态度都带有明显的功利主义色彩。他们追求超凡脱俗的人生境界，把自己的理想寄托于现实之中。可以说，东晋戴逵著文"深以为放达"，以为西晋元康之际人们对放达之行的追慕，不过是"好遁迹而不求其本。故有捐本徇末之弊，舍实逐声之行"。而《竹林七贤论》却一针见血地指出："彼非玄心，徒利其纵恣而已。"西晋名士热衷于清谈，推崇放达，其文化追求基本上属于一种表面的自我包装，而非发自内心对于玄学义理由衷的追慕。如果说正始清谈是这一时代士人醉心于哲思之体现，西晋清谈则主要已转化为士人显示风流素养之工具。他们把玄学视为一种精神食粮，认为只有通过这种方式才能使自身得到升华，从而达到超凡脱俗的境界。这种抽离"玄心"之清谈和逞性任诞之外行，同言志抒情之诗歌创作初衷背道而驰。

也许是重视用外化的方式来表现所谓风流玄远之好尚的缘故，口谈玄虚、谈风以求简约闲旷的西晋谈士，常常显示出不擅文章之道的一面。刘勰在《文心雕龙·明诗》一篇中指出，西晋标领诗坛者，有"张（华）、潘（岳）、左（思）、陆（机）"之辈。这类人物其实不算玄学名士。可以认为，此时诗坛上，不仅缺少嵇、阮等受玄学思潮的冲击，能对现实社会的诸多现象做出富有个性的判断，并由此产生的抒发独特情志之作，而且也未形成"淡乎寡味"之玄言诗创作风尚，其旨趣也不在于阐发义理。他们的玄言诗歌主要是作为一种文学样式出现于当时的文坛上。这一时期的文学思想也发生了显著变化。玄学清谈和诗歌创作主流处于一种相对独立的境地。

永嘉之乱起至洛阳失陷，中原士人南下避乱。司马睿以南北士族为后盾，建立起东晋王朝。然而，由于政权更迭频繁，社会动荡加剧，加之北方豪强集团的横征暴敛，南方士风发生重大变化。其中一个重要特点就是谈玄之风盛行，并由此产生了一系列问题。过江之初，诸士新亭对泣，体现了时代巨变给他们内心带来的某种震荡。但他们并没有因此而彻底摆脱谈玄任诞的原有习惯。卫玠在王敦的饭桌上照样大吐"正始之音"；谢鲲、桓彝仍"纵酒"任诞。

在北方山河沦丧悲苦之时，人们沉痛地反省西晋覆亡之因。很多人都认为西晋政权的灭亡主要是崇尚任诞之风流行所致。这种看法是有一定道理的，但却有失偏颇。晋室败亡与当时政治上的浮靡风气有着直接关系，东晋文士在写西晋史书时，亦不时以总结历史经验为目的，渲染士风之虚浮放诞造成的不良影响。

东晋初年，围绕西晋名士尚虚的任诞作风曾进行过评论。然而，受当时社会政治形势与思想文化风尚所造成的强大惯性影响，自西晋以降，虚薄纵放之旧习仍具有延续之根基。因此，在这一时期，尚虚任诞之风仍很盛行。一方面，谢鲲、桓彝等人在北方所形成的习性不易被瞬间改掉，其对当时社会风气仍有很大影响。而偏安江左的司马氏王朝则在政治层面上采用了联合南北士族共同执政的格局，在政治上提倡无为而治、旨在保持苟且偏安的局面。玄学清谈和这种因循、不求上进的政局很容易投合在一起。对当时的许多士人而言，他们愿意接受这种重视老庄、好尚玄谈之风。在这种背景下，东晋士人的行为方式也必然会受到一定程度上的影响。因此，当东晋统治者面对这些新变时，往往倾向于持保守态度。此时的魏晋名士则正好相反。从《世说新语》和《晋书》中，我们可以发现东晋玄学中王导、殷浩、谢安、孙绰和许询确实展示了不同于西晋名士的行事风范。他们中已经很少有任诞之习了。《颜氏家训》中对于玄学之士在行身之道上的欠缺多有批判，其中所提及之人，除东晋谢鲲外，其余都不是东晋之士。同时，也从侧面体现了东晋士风与西晋时期确实不同。

　　这一差别是由当时社会诸多因素造成的。从思想文化领域看，玄学清谈文化中引用佛教是一个不容忽视的要素。佛教从两汉之际进入中国，并在追求与中原固有文化相适应的过程中经历了一个较长时期。魏晋南北朝由于战乱频繁，政治动荡，经济凋敝，玄学成为一种具有强烈批判精神和浓厚世俗化色彩的思想体系。玄学在此背景下得以广泛传播。东晋门阀士族不愿抛弃玄学清谈，期待有新变化的时代需求，给佛教的发展提供了一个不可多得的契机。

　　佛教之所以能顺应时代要求在东晋时期得到大发展，其原因有二。

　　一是佛理的优势。"六家七宗"等般若学整体向玄学领域进军，并凭借深奥的义理给这一领域注入了强大的力量。魏晋士人崇尚自然，追求"逍遥自适"，玄学思潮到过江前后，思辨的色彩越来越消退。名士热衷于玄学，常借重谈席，表现出一种超脱世俗的举止风度。而当他们讨论玄理的时候，又很难走出向秀、郭象理论的局限。

　　二是当时社会环境及人们的思想状态使然。魏晋南北朝是一个由动乱走向安定的历史阶段。当时的政治斗争异常激烈，统治者为了巩固统治，不得不采取一系列措施来加强皇权。一切事物都起源于玄冥之境又归于玄冥之境，这种境界并不是所谓的"无"，而是"造物无物""有物之自造"的境界。从这一学说来看，名教是自然，自然是名教。所谓"圣人虽于庙堂，而其心性不啻于山林"，就是这一观点的具象表述。譬如《庄子》往往是谈家之本，但发挥义理所依据者更有向、郭之注疏，张湛注疏《列子》也更有援两家之说。而向、郭关于有无、本末观的"独化说"以及对自然、名教之间关系的"等同说"都是晋代玄学理论演变过程中的总结性结果。与其说是郭象把这一论点推到极至，不如说是玄学发展到了一个难以维持的绝路。东晋士人为了维护其在意识形态领域的位置，不得不寻求新的刺激因素。东晋谈士所面临的实际问题是，在本土玄学范畴内，向秀与郭象的论调成为其难以跨越的壁垒，要想突破这一壁垒，非等待佛教义学介入不可，从一定程度上讲，东晋玄谈文化由于佛理加入而开始超越西晋。

反对"适性"即"逍遥"，显然包含着一定的伦理评价在内，其贬抑之对象无疑就是那种并无玄心而徒具放旷之行的所谓名士风度。因佛教这一新因素的介入，东晋玄虚谈风达至极盛，造成了玄学清谈"江左称盛"的局面，对于当时人们精神文化生活的影响既广且深。就诗歌领域而言，也由此激起了一层层波澜，佛教的影响在东晋诗坛思潮演变过程中扮演着重要角色。

在玄言诗风形成过程中，佛教经典文体偈颂也起到了一定程度的借鉴作用。所谓佛偈，译为汉语时或据其音翻作"伽陀""伽他""偈"等，或意译为"颂"，而较为普遍的则采取梵汉对举的方法称作"偈颂"。梵语一偈通常由四句组成，每句八个音节。它不像汉地诗歌那样押句尾韵，而是依靠句中音节轻重长短的配置以体现韵律之美，并可加入管弦以供歌咏赞叹。汉地的佛经翻译者转译梵本的偈颂，用字数相等的句式反映其音节的固定模式，但仍保持它不押句尾韵的形式。至于在字数的选择上，则有三言、四言、五言、六言、七言以及八言等多种形式，而以五言句式最为普遍。

佛偈作为宣扬佛教思想的工具，在佛经中具有多种功能，诸如叙述事件、赞叹佛德等，但更多的是用来直接阐发佛教哲学概念与义理思辨。这些偈颂译成汉文后，其大意基本得以保留，而它们原先的声韵辞藻之美则丧失殆尽。姚秦时代，自西域而来的译经大师鸠摩罗什常为此感慨，以为"改梵为秦，失其藻蔚，虽得大意，殊隔文体"。汉译佛典中这种以阐述理谛为主而质木无文的文句，在讲究言志抒情的文人看来，实在是似诗而非诗的陌生事物。倘无特殊机缘，是不大可能影响到诗歌创作的。但是，时至东晋中期，玄学清谈因佛理的加入而达到了鼎盛期，作为外来文化的佛教亦因此而深入中华文化。佛偈作为佛典文体的主要形式之一，也随佛教而与本土文人发生了密切关系。在这一文化大潮中，孙绰、许询、支遁等一批佛玄兼重的清谈家扮演了重要的角色。他们熟悉佛典，经常参与法会，深受这类印度诗歌翻译文体的熏陶。当他们倾心玄佛之理而欲以诗歌加以表达时，佛偈就成为自觉或不自觉的参照物。

玄言诗在东晋时期借助种种机缘得以风行一时，但终因有悖于《诗》《骚》传统而难免昙花一现的命运。就文学史研究而言，代表一时诗风趋向的玄言诗大量佚失，不能不说是一大憾事。人们在探讨东晋诗歌发展历程时，往往会因作品的缺乏而感到为难。而围绕玄言诗问题所产生的诸多矛盾与争议，也大多起因于此。

许询为东晋玄言诗代表作家之一，其诗无全篇传世，今见仅为寥寥无几的五言诗残句。其中《农里诗》残存的两句"亹亹玄思得，濯濯情累除"，颇有几分以禅驱情、神超理得的意味。

孙绰诗经诸家搜集，得《表哀诗》《秋日诗》等近十篇。其中颇能代表玄言诗风味者，赖《文馆词林》收录而得以幸存，但全为四言之作，难以很好地与檀道鸾等人的论述相印证。

此外，《兰亭集》所涉及的诸家之作，其中五言诸诗不乏玄言之句，在风格上也有玄言诗"淡乎寡味"的特点。不过，多数还是写集会之事与周遭环境，与南朝诸家所评述的对象不尽相同。与其说它们是玄言诗，不如说其乃玄言诗盛行的背景下产生的带有玄言诗影响痕迹的作品。在玄言诗传世甚微的情形下，今人常常以此来论述有关玄言诗的问题，也是迫不得已的事情。

第三节　山水田园诗与代表诗人研究

一、古代隐逸诗人之宗

陶渊明的田园诗体，语言平实质朴，多用通俗易懂的语句，不加雕饰，犹如白话却又韵味十足，风格清新自然，含义深刻，虽继承了汉魏诗的传统而独树一帜。其诗风对盛唐时期王维、孟浩然、储光羲及中唐时期韦应物、柳宗元都有影响。后世创作田园诗，多受到陶诗熏陶。

陶渊明，字元亮，名潜，浔阳柴桑（今江西九江市西南）人，谥号靖节，世人称他为靖节先生。他主要活动于东晋末刘宋初，是中国魏晋南北朝最为卓越的一位诗人。他从小受儒家正统思想熏陶，怀抱"大济苍生"之志，几经仕进。但是他同时也受到当时流行的老庄思想及隐逸风气等因素的影响，有爱慕自然、企羡隐逸之意。腐败、黑暗、肮脏的社会现实不仅使其济世之志难以实现，而且不得不降志辱身谨慎周旋在风浪凶险的官场之中，这样的人生让他感到矛盾与苦闷，这就决定了他的一生都会与田园山水结下不解之缘。陶渊明出身于一个没落的官僚家庭，从小就受到良好的教育。他中年就任彭泽令后，由于无法为五斗米折腰，毅然决然地结束仕途，辞职回乡，踏上躬耕自给、洁身自好的归田之路。归田后，陶渊明通过描写无限风光，赞美自然淳真的田园生活，倾诉自身躬耕与农民友好往来的喜悦心情，体现了对美好生活的追求与向往。他生活在乱世之中，深受战乱之苦，因而能创作出许多反映人民疾苦的作品，如《桃花源记》等。其诗歌以其全新的内容和纯朴自然的格调开辟了中国古典诗歌的新境界——田园诗，他本人也成为田园诗派奠基人。古今中外的文学评价赋予了陶渊明"田园诗人""古今隐逸诗人之宗"等称号。

二、田园诗的艺术风格

以下将以陶渊明及其创作的田园诗为例简述田园诗所表现的艺术风格：

（一）恬淡自然，质朴无华

一般情况下，田园诗的内核主要为恬淡自然，表现在三个方面。

第一，描绘了平淡的田园生活，表现了农村生活的恬美静穆和作者悠闲自得的心情。目之所及，不管是春游、登高、酌酒、读书，无不化为美妙的诗歌。抑或是晨雾渐渐消失的山村早晨，在南风下张开翅膀的新苗、日渐苗壮的桑麻，或者是与邻居交往、谈史论文，总是那么率真自然，倍感惬意。诗人白描草屋茅舍、榆柳桃李、远村炊烟、鸡鸣狗吠，向我们展示出一幅幅农村宁静秀美的风景画，令人流连忘返，心驰神往。"暧暧远人村，依依墟里烟"描绘出了远处和近处的美景；"狗吠深巷中，鸡鸣桑树颠"，以静写动，几乎到了出神入化之境。陶渊明纯洁的心地、宁静的心态，和朴素宁静的田园风光相融合，给人以无限余韵之感，洋溢着欣然畅快之情。"真率自然""率性自适",这是陶渊明田园诗最突出的特色。他在《饮酒》诗中说:"采菊东篱下,悠然见南山。"这首诗使人们看到田园是陶渊明生活的寄托、心灵的寄托。田园就是陶渊明,陶渊明就是田园。

第二,就陶渊明田园诗而言,陶诗在语言上平淡中见警策、质朴中见绮丽。陶渊明诗中极少运用夸张的技巧、绚丽的词藻以及对仗典故等,常常平白如话、真实叙说。他的诗中所描写的物象,常常是最为寻常的东西,诸如村舍、鸡犬、豆苗、桑麻、荆扉等,而这些东西一经过诗人的笔,常常就会产生警策的作用。又有"今日天气佳""秋菊有佳色""春秋多佳日""悲风爱静夜"之类的诗句,仅以白描的手法,朴素无华、平淡无奇。陶渊明的诗多是平铺直叙,而细嚼慢咽,则平淡中见绮丽,极尽语言清纯之美,别有一番令人悦目之韵。

第三,率真的自然歌颂,抒发了人们对优美、纯净大自然的喜爱。"采菊东篱下,悠然见南山"(《归园田居》其一)中难以名状的宁静与怡然之情,是诗人在大自然的怀抱中悠然自在生活的真实再现,是一种自得其乐隐居生活的衷心吟唱。这种闲适一方面在于陶渊明"性本爱丘山",另一方面也在于陶渊明"久在樊笼里,复得返自然",性格得到了自由伸展。在闲适的田园生活里,他得到自由宁静的奇妙心态。他曾说"吾性好山水","欲为天地立心,为生民立命","安贫乐土","不与俗世为伍",因此在这田园心境下,诗人写了许多田园诗来抒发对优美纯净的大自然发自内心的爱。例如:"方宅十余亩,草屋八九间。榆柳荫后檐,桃李罗堂前。暧暧远人村……"诗人通过质朴、淳厚、有味的文字,再经过精心描摹,描绘出优美的田园风景。诗人用诗化语言描绘田园风光,抒发心中的情感;用白描手法刻画人物,表现出鲜明的个性特征。这是一幅情景交融、意趣盎然、妙趣横生的图画。真情真意、真景真境尽现于这首诗之中,浑然天成。正因为所叙田园风物观察入微、体会深刻、情真意切、平易近人,所以可以说这是诗人对于平和恬静田园生活真实可信、恰如其分的咏叹。陶渊明之诗不矫揉造作,他注意汲取田园生活的丰富材料,凭借他敏锐的观察力捕捉鲜活的意象,让他的情感如清泉浸润诗歌。诗人生活于田园山水之间,时时感受着大自然的清新、宁静和美好。他把这种美的享受寓之于田园生活之中,使诗歌呈现出一种自然美。自然之美,无时不有,无处不有。比如陪诗人锄草回来的明月、和诗人对饮过的朋友、依依上升的炊烟、展翅欲飞的禾苗等都充满趣味。诗人对生活有感而发时，便诉之以笔，不矫情，不矫饰，事事真实，率真自然。自然是诗人的至高美学思想。陶诗貌似平淡无奇，却平中见奇。

（二）笔法清新，描写细腻

陶渊明田园诗根植于田园生活中，他将自己亲身感受到的田园生活，熔铸于诗中，表现出了自己的革新精神。陶诗描绘田园山水，不事雕饰，不作雕琢；不用润色渲染，而是自然清新；不是刻意模仿，而是率真自然。他不求词藻华丽，而任意点染，清新自然，又具无穷气韵。在陶渊明笔下，再普通不过的方宅草屋、绿树繁花、远村近烟、鸡鸣狗吠等，在他精妙的刻画下，都展现出无穷的活力，形成一幅优美的乡村图画。

比如《和郭主薄》二首："蔼蔼堂前林，中夏贮清阴。凯风因时来，回飙开我襟。息交游闲业，卧起弄书琴。园蔬有余滋，旧谷犹储今。营己良有极，过足非所钦。春秫作美酒，酒熟吾自斟。弱子戏我侧，学语未成音。此事真复乐，聊用忘华簪。遥遥望白云，怀古一何深！"

堂前有树木可纳凉，农闲时看书弹琴，粮仓虽然比较小但却有盈余，新酿美酒自斟酌，与学语稚子一起做游戏玩乐，通篇看似只是不经意地拈来一些极为寻常的生活场景，而诗人却扣紧一"乐"字，把这些场景结合在一起，使人生纯真之情趣跃然纸上。前二句写景时，仅用一"贮"字，似盛夏幽静清凉的林荫下贮着一瓮泉水，伸手可掬。平平淡淡又醇厚，素朴之中见奇。再比如，"卧起弄书琴"中的"弄"，运用到这里就细微地显示出诗人那悠闲自在、逍遥快乐的心情。整首诗不夸张、不虚浮，用朴实的真情感人。读这首诗犹如随诗人之笔，进入那个恬淡幽静的村落，感受繁木林荫下凉风拂襟的怡情，听那琅琅书声与悠悠琴韵，看那小康和睦之家父子嬉闹，使人感受到淳真、亲切而又充满温情的生活气息。通篇所表现的是人们的日常生活，虽犹如叙家常一般，但却尽出于胸，没有矫揉造作之迹，所以读来使人感到亲切无比。

（三）务农亲农，隐逸情怀融于躬耕

陶渊明是中国文学史上最早经历和描述农耕生活的田园诗人之一。他出生于没落官僚地主之家，自幼生活并不宽裕，其青年时代生活于浔阳柴桑，所以他切身地感受过贫穷，也更加懂得田园劳作之苦。他亲近农民，结交农人，亲耕亲为，其诗歌歌颂劳动，这些都是其亲农意识的体现。

自耕自食，是陶渊明孜孜以求的一种理想生活方式。物质生产为人类提供了生存之本，但人们在从事这种活动时又必须付出一定的代价。为了生存和发展，人们就必须努力去创造发明更多的东西。农业就是其中之一。创造物质财富是人人义不容辞的责任。衣食乃人生之道之始，不劳而获一切都无从谈起，这个道理从陶渊明口中说出，显得格外难能可贵。正是由于诗人有着亲身参与劳作的经历，他将整个人生和感情融于浔阳江畔那片土地之中，体会到了农耕劳动中所有的辛劳，由此对农民田园生活中的辛劳产生了认同感，这才将劳动刻画得这样细致。这是别的田园诗人所不能企及的。正是在这一过程中，陶渊明发现了自己的才能，找到了实现人生价值的途径。也就是在这以身心拥抱和践行理想的旅程里，陶渊明感受到空前的安慰、喜悦和兴奋。因此，不管是唐代孟浩然吟咏襄阳鹿门山还是王维幽思辋川别墅，其田园诗中虽不乏诗意，却没有躬耕田亩时的亲身感受，甚至没有陶渊明的爱土之情与赤诚之心，更没有那种对土地的独钟之情。因此，陶渊明作为田园诗开山之祖，其诗歌形式之所以达到了无人能及的高度，一个重要原因就是他有着躬耕已久的生活经历。

总之，陶诗是以田野这一空间创作诗歌，直接描写田园风物及田园生活，又含有隐逸情怀。他的伟大和独特之处，在于他的亲农意识及躬耕陇亩的劳作实践，正是这一点，使得陶渊明有别于古代一切失意的士大夫、文人，成为封建时代唯一真正有资格称得上"乡村诗人"的作家。

三、陶渊明及田园诗歌的文化意义

陶渊明豁达的心胸，正直的性格，率真向上的生活态度，热爱劳动与田园生活，并锲而不舍地探求人生真谛和不断追求理想的品质，为古往今来无数有进步思想的作家和知识分子树立了楷模，并产生出强大的精神力量。陶渊明一生写了大量诗篇，其中《桃花源记》更是脍炙人口。它以优美清新的语言和生动感人的形象，给读者展示了一个真实而又美丽的桃花源世界。其平易自然的艺术风格、高妙无奇的艺术境界，可以说是中国古代文化艺术宝库中的瑰宝。古往今来，卓有建树的诗人都会从陶渊明的诗作中吸取养料，接受其艺术熏陶。

陶渊明作为诗人，体验并践行孔子和庄子所提出的主张，并以自身特有的经历把儒道两家思想进行有机整合，把隐逸生活中可能存在于思想文化甚至心理中的丰富而庞杂的内容，用卓越的诗歌艺术加以完善、精准地表达，从而造就出文学领域中独善为本、兼善为用的完美人格。陶渊明是中国古典美学中"真"之美的代表人物之一，也是中国古代文人理想人格的典范。陶渊明在哲学、文学方面都有很高的造诣，他的作品体现出一种崇高的精神境界。如今，他的田园诗正是我们内心寻找的精神家园。

第四章 隋唐与五代诗歌研究

隋唐五代是中国诗歌史上的黄金时代，唐诗更代表了中国古典诗歌成就的高峰。本章主要内容为隋唐与五代诗歌研究，共分为五节进行相关内容的叙述，分别是隋与初唐诗歌概述、盛唐诗歌概述、中唐诗歌概述、晚唐与五代诗歌概述、唐诗的历史地位与现代价值。

第一节 隋与初唐诗歌概述

一、南北融合的隋代诗坛

中国诗歌在经过南北朝近300年的分流之后，在隋朝第一次交汇融合了。这种交汇融合，比南北朝后期庾信、王褒、徐陵等南人入北和北人使南更具有实质意义。因为南北朝后期南人入北后的诗风变化，主要是他们的境遇、身份的变化使然，有些南人后来回到南方后，又回到浮靡的创作老路上去了。当时北人使南，也主要是学习南朝诗风的形式，尚未完全领会南朝诗歌的实质。此时，隋炀帝杨广的诗作反而表现出明显的融合南北诗风的努力。如下面这首意境优美的写景诗："暮江平不动，春花满正开。流波将月去，潮水带星来。"此诗境界开阔，极富动感，三、四两句摇星带月，气魄宏大，这无疑是粗犷、豪放的性格和豁达胸襟的自然体现，而同时奉和的诸葛颖之作就稍显逊色，诗境局促，不能不说是其孱弱性格的一种艺术折射。

杨广其他的一些写景诗也能将北方诗人的慷慨意气和南方诗人的细腻情怀结合在一起，创造出深沉、蕴藉的诗境来。如其《月夜观星诗》写秋夜月明的景色，淡淡的喜悦中夹杂着些许惆怅，令人回味无穷。其诗《野望》："寒鸦飞数点，流水绕孤村。斜阳欲落处，一望黯销魂。"画面更加省净、浑成，情景融合无垠。这种看似浅近、实则隽永的诗境，既非一味追求清绮的江左诗人所能写出，又非素喜质直的北地诗人所能及，唯有杨广这样既具北地慷慨、豪雄的意气，又习染南人细腻、婉约情怀的"兼善型"诗人才能创造出来。可以说，杨广的《春江花月夜》（其一）和《野望》充分体现了隋代南北诗风融合的创作实绩，同时也预示了后来唐诗发展的一种方向。

二、艰于创变的唐初诗坛

无论是文化格局还是诗坛风尚，唐初武德、贞观都是继承隋朝之旧而小有变化。首先，在隋末唐初的战乱中，北方许多文士因时趁势，纷纷希望在改朝换代、开国奠基的过程中建立功勋。他们的诗歌多表现经年的征战生活和奔波求主的境遇，得志的慷慨、豪迈与失意的潦倒、怨愤并呈于诗中，在一定程度上发展了隋代北方诗歌中的尚武任侠、建功立业的用世意识和进取精神。如李密在起事反隋过程中，为了躲避朝廷的追捕，曾隐名埋姓，聚徒教授，经数月，郁郁不得志。再如孔绍安，于武德元年（618）唐高祖登基之后，从洛阳来到长安，投奔李唐，高祖见之甚悦，拜内史舍人。绍安侍宴应诏作《咏石榴》可见其意："只为时来晚，开花未及春。"又如魏徵，于唐高祖武德元年十一月随李密降唐，自请安抚山东，在出关时作《述怀》（一作《出关》）诗："中原初逐鹿，投笔事戎轩。纵横计不就，慷慨志犹存。杖策谒天子，驱马出关门。请缨系南越，凭轼下东藩。郁纡陟高岫，出没望平原。古木鸣寒鸟，空山啼夜猿。既伤千里目，还惊九折魂。岂不惮艰险，深怀国士恩。季布无二诺，侯嬴重一言。人生感意气，功名谁复论。"此诗抒发了他风云际会、君臣遇合后为国请缨、建功立业的慷慨之情，风骨凛然，气格高迈。

贞观四年（630），唐军克突厥，天下大定。唐太宗开始在宫中提倡大雅之作和颂体诗文，号召诗人们用富赡、华丽的词藻和铺排、整饬的篇章，歌颂新朝的文治武功和升平气象。

为了促进诗歌创作的繁荣，唐太宗还在贞观年间组织群臣着手对南北朝文学遗产进行清理和总结。贞观三年（629），太宗命令令狐德棻、岑文本、李百药、姚思廉、魏徵等重修《五代史》。在周、齐、梁、陈、隋等朝史书的《文艺传》《文学传》《经籍传》中，魏徵等人对各朝的文学创作得失进行了总结。其中，魏徵《隋书·文学传序》持论最公，立论最高，指出了唐初诗歌发展的正确方向："江左宫商发越，贵于清绮；河朔词义贞刚，重乎气质。气质则理胜其词，清绮则文过其意。理深者便于时用，文华者宜于咏歌，此其南北词人得失之大较也。若能掇彼清音，简兹累句，各去所短，合其两长，则文质斌斌，尽善尽美矣。"但是，太宗本人却更偏爱南朝诗风，并没有完全接受和推广魏徵此论，所以当时宫廷诗坛南风炽盛的局面并没有得到改变。

除了对前朝文学创作进行理论总结，太宗又组织众多重臣大量编撰文学类书、诗文选集，以资吟咏诗文时启发诗思、采援丽藻之用。据史书记载，贞观年间编成的类书主要有虞世南编辑的《北堂书钞》160卷、高士廉等群臣编撰的《文思博要》1200卷等。诗歌选集则有刘孝孙撰的《古今类序诗苑》40卷、慧静纂辑的《续古今诗苑英华》10卷等，诗文名句集则有褚亮奉敕与弘文馆诸学士编撰的《古文章巧言语》1卷。闻一多指出，贞观朝中后期之所以如此劳师动众、不遗余力地编撰各种文学类书，"正是唐太宗提倡文学的方法"，而"太宗所鼓励的诗，是'类书家'的诗，也便是'类书式'的诗"。

总之，在唐太宗这些措施的影响下，贞观朝中后期的宫廷诗风开始朝着典雅富丽和轻艳绮媚这两种趋向发展。但蔚然成风，则要到高宗龙朔年间。

三、唐音初奏的高宗诗坛

由于唐太宗在贞观中后期的有意提倡，到高宗永徽、龙朔年间，富丽的辞藻、绮错的诗律和歌舞升平的气象开始融合，绮错婉媚、富贵闲逸的"雅体诗"和铺排丽藻、歌功颂德的"颂体诗"充塞宫廷诗坛，并成为一时风气。

"上官体"是龙朔初年诗坛流行颇广的一种诗体，以"绮错婉媚"为本。从某种意义上说，"上官体"及其诗学理论有艺术上的唯美倾向。但是，它又不像人们常说的那样重艺术形式而轻情感表达。一般说来，贞观中期的"颂体诗"虽然已经有虚美浮夸的苗头，但是由于未脱齐梁，格局较小，摹写尚为平实，最多只是稍加雅词点缀而已。但许敬宗就不同了，他不仅在贞观中后期写了相当多的歌功颂德的庙堂之文，如《贺洪州庆云见表》《贺杭州等龙见并庆云朱草表》《贺隰州等龙见表》《贺常州龙见表》《谢皇太子玉华山宫铭赋启》等，而且还将庆典祝颂、郊庙歌辞中所用的那些博奥懿雅的文字都移到应诏诗里，大量堆砌日月星辰、乾坤宇宙等宏伟的意象，创造出一套专用于装点帝居宫廷的赞颂语言，极力夸饰唐太宗一统寰宇的神功武略，以及太宗朝、高宗朝万方来仪的大国盛世景象。

虽然"上官体"和许敬宗的"颂体诗"在审美观点和艺术风格等方面存在着明显的差别，但是这种差别还没有发展到分属两个对立诗派的地步，它们是当时宫廷诗坛两种并行不悖的诗歌创作倾向。龙朔初年，随着两人政治地位的提高，这两种诗风对朝廷文士的影响也越来越大。从某种意义上说，"上官体"的绮错婉媚与许敬宗诗的错彩镂金都表明了龙朔诗人对艺术形式美的偏好，而且，"上官体"强调"缘情体物"而忽视"明道讽谏"，和许敬宗大倡诗歌颂美的功能，都是对隋、唐初以来诗歌理论界"复古明道"说的新变和反拨。而"上官体"和许敬宗"颂体诗"艺术精神上的这种相通之处，在初唐四杰眼中就是"骨气都尽，刚健不闻"。

学界在研究这段文学史时，常常把初唐四杰和上官仪、许敬宗所代表的这种宫廷诗风放在对立面进行论述，实际上他们之间的关系是比较复杂的。这是因为，初唐四杰的诗歌主张并不是一成不变的，而且有较为明显的阶段性变化，他们并不是毫无保留地反对当时宫廷中的"雅颂"型诗歌。四杰和龙朔宫廷诗人的区别在于，他们不但主文，重视诗歌的艺术美，而且重儒、崇道，更强调表现内心的情志。

四、诗格渐高的武后、中宗诗坛

和初唐四杰相比，陈子昂可算是真正的布衣寒士。初唐四杰或多或少都受到了士族意识的影响，陈子昂不但非地方豪族，且出生于素无士族高门的"西鄙之地"——蜀中。由于陈氏家族并无多少文学传统，西蜀受南朝士族诗风的影响本来也小，加上陈氏家族世习纵横之术，任侠使气，所以陈子昂的求仕方式与唐初以来众多庶族寒士皆不同，不重文学之才，而试图以纵横之术、奇诡之辞说动人主。而要达到说动人主的目的，就必须像战国纵横家、游士一样，在人格上与君主保持一定的距离，对国事的看法也不能随人俯仰，而应各抒己见，以耸视听，所有这些都使陈子昂保持了人格上的高度独立和极强的政治批判意识。

由于家学铸就的任侠使气的豪侠性格和风流倜傥的纵横习气，陈子昂在写作近体诗时注重以气格压一切，赋物写景不太注意细部描写，而是喜用大笔勾勒，驭文以情，情景相洽，造成雄浑的诗境。

陈子昂还一再表示，不愿像齐梁、陈隋及唐初宫廷文人一样做俳优、弄臣式的御用文人。正因为陈子昂不愿做俳优式的宫廷文人，而是以贤臣自期，所以他不但在求仕及家居守制期间慷慨激昂、踌躇满志，创作了大量的感遇诗、述怀诗，就是在朝廷上、待诏时，也不安于富贵，而是希望出征边塞，建立奇功，所写之诗也感慨纵横，议论风生。而此前的初唐诗人，从贞观宫廷的虞世南、李百药，到龙朔宫廷的许敬宗、上官仪等人，都未能摆脱宫廷御用文人的身份。初唐四杰虽然自视甚高，但其文学理想也是希望做宫廷御用文人。与陈子昂同时代的沈、宋、李、杜等人后来也成了俳优式的宫廷文人，所以他们的诗也免不了带着宫体诗的特点，但陈子昂则不然。另外，陈子昂对社会人生的思考也远超这一众人的深度。如前所述，初唐四杰在仕途失意时也曾对自身的命运进行过一些思考。王勃、卢照邻等都认为要真正实现自己的人生抱负，首先要中守真道，保持儒家教化的政治理想，其次要待时而动。所谓"时""才""道""命"之关系中，"道"和"时"更得四杰之重视。在陈子昂看来，"时""才""道"固然重要，但是他在现实政治的教育下，认识到大运盈缩，天道周复，自有其规律，即使是仲尼、伯阳之类的圣贤也无力回天，所以他到最后对儒家之"道"也表示怀疑，具有更为彻底的批判意识。但到晚年，他又不免陷入了天道循环论、不可知论的泥沼，使其诸多感遇诗、怀古诗、咏怀诗中，既有初唐四杰所不具有的哲学思辨色彩和理性精神，也夹杂着一些悲观意识和孤独感。陈子昂诗中的这些人文特征，实际上是布衣寒士初涉政坛、志趣高正但又知音较少的社会处境的艺术折射。这要等到开元中后期，一大批寒士拥入政坛，他们可以同气相求、互相支持时，悲观意识和孤独感才能被乐观情绪和群体意识所取代。

我们在考察盛唐诗人功名意识形成过程、追溯盛唐风骨艺术渊源时，不能只盯住初唐四杰和陈子昂，还应该看到武后、中宗朝宫廷诗人也普遍具有强烈的功名意识和仕进精神，他们的诗歌中也具有慷慨之气和凛然风骨，也为盛唐诗歌"风骨"的形成做了铺垫。

　　武后、中宗朝国势的日盛和都市的繁华，给当时的宫廷文人"颂体诗"的创作也带来了一些变化。他们已不再像龙朔诗人那样主要靠辞藻的繁缛、富丽来粉饰太平，歌功颂德，而是开始直接描写具体的场景，注重气势，渲染气氛，力求写出皇家气派、盛世气象，以及自己幸逢明世、春风得意的真实感受。如李峤的《奉和天枢成宴夷夏群僚应制》，就未用龙朔诗人惯用的藻饰、雕刻手法，而是从大处着眼，宏观把握，注重天枢之高大、美丽，以气势取胜，诗境宏阔，初步显露出此时宫廷"颂体诗"创作风格已由重藻饰向重气势、气象转变的端倪。以后，诗作中有无气势，似乎已成为宫中评价诗文优劣的一个重要标准。武后、中宗朝宫廷诗人对气势、气象的自觉追求，与四杰诗文中的"雄伯""宏博"美恰相呼应，共同构成了盛唐气象、盛唐之音的前奏曲。

　　总之，到中宗朝，整个诗坛的创作水平已经相当高，完全达到了一个新的高度。盛唐前期的文坛领袖张说、张九龄都是在李峤、上官昭容的提拔和熏染下成长起来的，诗学理论上具有很明显的传承性，杜审言、沈佺期、宋之问等人更直接影响了王维、杜甫等人日后的诗歌创作。可以说，盛唐诗坛诸杰就是从这座广袤的高原上崛起的一座座更为高峻的山峰。

第二节　盛唐诗歌概述

一、诗美的极致

　　盛唐诗体现了诗美的极致，即天然壮丽与浑成中和之美。自然与和谐是古今中外对于美的最高标准的一致认识。中国诗人早就对天然美有了自觉的追求。自庄子提出"天机"这一概念以后，陆机《文赋》始用它来形容文思的俊丽，至萧梁文人更提出"吐言天拔，出于自然""委自天机"的诗歌创作理想。从此以后，天然便成为诗美的最高标准之一。李白"清水出芙蓉，天然去雕饰"，正是盛唐诗人共同的审美观念。而从宋元到明清，人们在研究盛唐诗的反复争论中，也逐渐把欣赏诗美的标准集中到"自然妙悟"这一概念上来。从严羽提出盛唐诗"唯在妙悟"，到王渔洋"神韵说"的确立，崇尚盛唐的一派对于盛唐诗歌的认识是一致的，这就是"人力不与，天致自成""意到辞工，不假雕饰""气象浑成，神韵轩举"。总之，是浑然天成之美的极致。

盛唐派对盛唐诗的评价虽然伴随着门户之见，而且存在过分强调天籁、轻视功力的偏颇，但就强调自然这一点而言，确实把握了盛唐诗美的基本特征。如果对照盛唐的诗论，我们还可以看出，盛唐诗人对于天然壮丽的追求是与中和之美联系在一起的。张说最早为盛唐诗勾勒出他理想的风貌，即"奇情新拔""天然壮丽""属词丰美，得中和之气"。奇特的想象、新鲜的感受、丰美的辞藻、高昂明朗的感情基调和雄浑壮大的气势力量，都被统一在中和的气韵里。皎然更具体地论述了中和之美的表现，至险而不僻，至奇而不差，至丽而自然，至苦而无迹，至近而意远，至放而不迂，气高而不怒，力劲而不露，情多而不暗，才赡而不疏。尽管奇险、华丽、浅近、纵放、苦思、气壮、力劲、才富、情浓都可以达到极致，但都不能因过正而另生弊端。他把不思和苦思这两个看似矛盾的创作方向辩证地统一起来，这也是盛唐诗的自然美比民歌原始的自然美更高、更深厚的根本原因。

（一）盛唐诗的天然壮丽之美及其原因

盛唐诗之所以具有后代诗歌难以企及的天然壮丽之美，原因是多方面的。首先，与盛唐诗经过初唐以来的历次诗歌革新，形成了自觉追求真淳朴素、自然无华的创作风气，以及盛唐诗人普遍具有积极进取、胸襟开阔、乐观昂扬的精神面貌有关。其次，与这一时期诗歌创作对于兴会的重视有关。兴会，即诗人对于外界事物有所感悟而产生的创作兴致。"兴"在《诗经》里作为一种表现手法，原本也是指诗人被外物触发的兴致，但经过经学家的解释，"兴"和"比"的内涵逐渐混淆。到谢灵运的山水诗产生之后，沈约明确指出"灵运兴会标举"，"兴"的本义才得到强调。而从齐梁到盛唐，"兴"的含义其实更多的是指诗人观赏山水的兴致以及因会心自然而然产生的创作冲动，也就是《文镜秘府论》所说的"江山满怀，合而生兴"。在开元诗人中，孟浩然最早在山水诗里强调"兴"的生发，此后高适、李白、杜甫更明确地提出了"诗兴"的说法。殷璠用"兴象"这一概念融合了"兴"在发展过程中产生的全部内涵，包含山水清兴、情兴以及比兴等三方面的意义，准确地概括了盛唐诗歌的基本创作方法。由于这种兴会捕捉了内心对外物的自然感悟，创作灵感来自"天机自流"，而不是来自经史典故等书面材料，因而能使诗歌显示出明代诗论所说的"自然妙悟"的神韵。又由于这种"兴"能用鲜明的形象和真挚的语言表现出来，因而常被人誉为"兴象玲珑"，具有一种清水出芙蓉之美。

盛唐诗的天然美还与它和乐府民歌的密切联系有关。这种联系主要表现在它明白清新的语言风格上。汉魏到晋宋之交，诗歌语言逐渐雅化，齐梁文人提倡学习民歌明白易懂、轻快流利的语言，奠定了此后直到盛唐200年间平易清新的语言风格。在盛唐兴起的绝句和歌行由于其和乐府的天然联系，一直保持着明白自然的语言风格，很多可以配乐歌唱。在歌行和绝句主导的盛唐诗坛上，乐府民歌的语调声情广泛地渗透到各种诗体中。这是盛唐诗具有清新自然之美的基本原因。尤其要指出的是：盛唐诗没有简单地停留在模仿乐府的口语、风格和表现方式上，而是运用民歌的创作原理，将个人的感受、具体的情境结合于民族的普遍情感，比民歌更自觉地在人们日常的生活中提炼出人生的共同感受，使之达到接近生活哲理的高度。将这种对于人之常情的高度概括通过最明白自然的语言表达出来，在百代之下犹能引起人们最广泛的共鸣，是盛唐诗区别于其他时代诗歌的显著特征，也是它的不朽魅力之所在。

（二）盛唐诗的中和之美及其原因

盛唐诗具有中和之美，是因为它在风格和形式上都处于恰到好处的状态，诗人们天真，富于幻想，却不失对现实的冷静观察，他们热情、爽朗、乐观，却又满怀激愤和不平。庙堂和山林、江湖和边塞、牧歌情调和英雄气概被他们统一在一起，既积极进取、充满自信，又能超然洒脱、从容进退。他们对时代虽有认真的思考，却没有深刻的理性思辨；对诗歌创作的方向虽有自觉的追求，却没有系统理论的约束。创作中一切的对立关系都可以包容，取得平衡：个性和共性、心与物、情与理、形与神、近与古、雅与俗，在前代和后代诗歌中都难免偏向一端，唯有盛唐诗能得其中。当然最根本的原因是盛唐诗处在中国诗歌发展中的特殊时段，如果把中国古典诗歌的发展比作一条抛物线，那么盛唐诗就恰好处于它的中点。诗歌经过1000多年的发展，题材、体制、语汇、表现艺术都已有丰富的积累，而律诗、绝句、歌行等主要的体裁又都是在齐梁到初唐才逐渐臻于完备，这就像孕育已久的花蕾，遇时必将盛开。恰在此时，中国的封建社会也发展到了它的全盛时期，为唐诗高潮的出现准备了理想的创作环境。因此，盛唐诗是时代发展和诗歌发展这两条抛物线的中点的汇合。盛唐诗歌不可企及的高度正与它所处的这种特殊时段有关。

二、气象与风骨

在中国诗歌史上，能够兼备气象和风骨的只有盛唐诗。严羽在《沧浪诗话》里最早提出"盛唐气象"一语。盛唐气象所指的是诗歌中蓬勃的气象，这份气象不只由于它发展的盛况，更重要的乃是一种蓬勃的思想感情所形成的时代性格。蓬勃的朝气，青春的旋律，这就是盛唐气象与盛唐之音的本质。它玲珑透彻却仍然浑厚，千愁万绪而仍然开朗，这是根植于饱满的生活热情、新鲜的事物的敏感。它也是中国诗歌造诣的理想，因为它鲜明、开朗、深入浅出。那形象的飞动、想象的丰富、情绪的饱满，使得思想性与艺术性在这里统一为丰富无尽的言说。这也就是传统上誉为"浑厚"的盛唐气象的风格。

初盛唐之交，先后主导政坛和文坛的两位宰相张说和张九龄继承陈子昂的主张，在盛唐诗歌革新中发挥了重要作用。张说对于屈原、宋玉以来的历代文学一概持肯定态度，是对王勃和陈子昂矫枉过正的反拨。他主张作诗要文采和风骨并重，典雅和滋味兼顾，鼓励多样化的内容和风格，并提出了盛唐诗应当以"天然壮丽"为主的审美理想。他还通过自己以一生为功业所充实的创作实践发扬建安精神，为盛唐诗人做出了表率。张九龄仿陈子昂作《感遇》十二首，以志士闻达之难、世路不平之叹为中心，抒写对功名理想、志士高节的追求，并提出了乘时而起、功成身退的处世原则。这些思想进一步充实了风骨的内涵，对盛唐文人的影响最为直接。活跃在开元年间的诗人王湾、王翰、王维、孟浩然、卢象、储光羲、綦毋潜等人在思想上和人事上与他们都有密切的联系。在二张的影响下，将建安风骨和齐梁辞采相结合，已成为盛唐诗人的共识。

盛唐与建安时代不同，盛唐诗人提倡"建安风骨"的同时，更高的理想是恢复大雅颂声。李白的《古风》说："大雅久不作，吾衰竟谁陈。""大雅思文王，颂声久崩沦。"这不仅是因为受到传统诗教说，以雅颂为王化正始之音的传统观念的影响，也与开元时政治革新的背景直接有关。景云年间，玄宗在东宫时，以张说为核心的一批文儒就向他灌输了许多提倡儒学和礼乐的思想，玄宗本人也有意励精图治，锐意改革。开元年间，吏治的改革卓有成效，社会安定，政治清平，经济文化繁荣，同时又基本上解决了三边问题，疆域辽阔，万方来朝，中外交流频繁，这就大大拓宽了人们的视野，激发了文人的民族自信心和自豪感，多少代人所向往的尧舜之治似乎就在眼前。如果说唐初百废待兴之时，礼乐还被唐太宗和大臣们看作不急之务，那么开元时代已经具备了以礼乐雅颂来文饰太平的现实条件。这是唐玄宗能够采纳张说等人的意见，大倡儒学和礼乐的根本原因。于是，勘正群经、讲求礼乐、振兴太学和州县之学，盛况远远超过了前代。礼乐观念迅速普及，大臣们纷纷上书献赋，主张从礼乐入手实现教化，使风俗返璞归真，唐诗革新确是以开元初倡导淳古真挚的风气为前提的。

"大雅思文王""圣代复元古"，并非拟古和仿古，只是指引创作归于真淳朴素的一种精神导向。更重要的是肯定上古理想政治在当代的复兴，为诗人带来了欣逢盛世的幻想。李白正是出于这种自豪感，在《古风》（其一）里表达了开元诗人"群才属休明"的一致认识和"乘运共跃鳞"的共同愿望，以及复兴"文质相炳焕"的诗坛盛况的责任感。乘运而起、建功立业的理想使盛唐文人在大雅颂声和建安风骨之间找到了精神的结合点。建安风骨和大雅颂声相结合，是盛唐对建安的丰富和发展。建安文人虽有匡时济世的雄心，但处于世积乱离的时代，较多风衰俗怨的悲凉慷慨之气。盛唐文人躬逢盛世，时代为他们提供了为君辅弼、经邦济世的现实可能，必然更多高亢乐观的颂美之声。

由于盛唐气象是建安风骨更丰富的展开，盛唐诗人表现在诗歌中的风骨也带有更鲜明的时代色彩。开元十四年（726）、十五年（727），是盛唐诗人登第的第一个高峰。此前张说已成为政坛和文坛的核心人物，其推崇礼乐雅颂的主张改变了朝廷的政治学术风气，成为开元诗歌革新的主要背景。从各类诗歌的创作来看，开元十四年（726）到二十二年（734）间，是山水田园诗的高峰期；二十年（732）到二十七年（739）是边塞诗的高峰期。开元十五年（727）张九龄外放洪州期间，创作了一批吟咏山水和感怀言志的五言古诗。此后感怀言志类诗大量出现，并渗透到山水、田园、边塞、闺情、咏物等各类诗歌中。由于各类题材都有感遇寄托，从而使开元诗普遍体现出健举的风格。联系殷璠在《河岳英灵集》的诗人评语里对风骨的称道及其选诗来看，我们可以把盛唐的风骨内涵概括为以下几个方面：

首先，诗人们能站在观察宇宙历史变化规律的高度，对时代和人生进行积极的思考。对天道人事的探索虽然是阮籍咏怀诗到陈子昂感遇诗的一个传统，初唐诗也充满了世事沧桑的感伤。然而盛唐诗人被天地盈缩、人生短暂的清醒认识所反激起来的是壮志蹉跎的苦闷，以及对生命和光阴的加倍珍惜。在"大化"的规律中观察时代，审视自我，诗人们树立起明确的人生目标，驱散了初唐诗中的朦胧和惆怅，使他们的诗歌情调更为爽朗，境界更为高远。

其次，诗人们在追求功名的热情中显示出强烈的自信和铮铮傲骨。进取的豪气和不遇的嗟叹相交织，讴歌盛世的美颂和抗议现实不平的激愤相融合，成为盛唐风骨最显著的特色。建安风骨的实质本来就是歌唱建功立业的理想和救世济时的壮志，寻求人生的永恒价值，在理想和现实的矛盾中反映出时代和社会的缩影。盛唐诗人躬逢盛世，讴歌太平和"明主"成为他们自觉的愿望。开元年间所造成的朝野上下以推贤进士为至公之道的共识，和礼贤下士的浓厚政治空气，在诗人们眼前展现了无限的希望，也给了他们高谈王霸、获取功名的强烈自信，即使一时不遇，仍对前程充满信心。他们力求在干谒中与权贵保持人格的平等，在诗歌里抒写布衣的骄傲和自尊，对盛世中的民瘼表示了真诚的关怀。这就在不同的时代条件下继承了建安风骨的实质精神。

最后，诗人们在出处行藏的选择中大力标举"直道"和"高节"。汉魏诗中虽有对节操的赞美，但到了陶渊明，才真正从人格操守方面完善了风骨传统中的道德内涵。盛唐诗人将道德操守和干谒联系起来，强调青松凌霜之节和冰壶澄洁之质，不仅是为了在功名得失中取得心理平衡，更重要的是追求人格的高尚和完美。无论进退，都要保持清白和正直，这也是盛唐风骨中的新内涵。

盛唐风骨以上几方面的内涵在开元诗坛的名家诗作中都已具备，因此有些明清诗论家把风骨仅归于陈子昂和李白、杜甫，这是片面的认识。殷璠在《河岳英灵集》里特别举出6位以风骨见长的诗人，即崔颢、高适、陶翰、储光羲、薛据、王昌龄，固然有见，但盛唐风骨的典型特色其实同样也体现在孟浩然、王维、李颀等人的诗里。特别是王维，在他开元前期到开元二十三年（735）间的诗歌里，比其他诗人更早也更集中地表现出这些特色。由此可以说，开元诗歌革新是由张九龄、王维、孟浩然、高适、王昌龄、储光羲、李颀等一批诗人共同完成的。开元末到天宝初，盛唐清平政治逐渐变质，玄宗渐趋骄满荒淫。以李林甫为首的一批谄谀之臣掌权后，排挤开元时代由二张扶植起来的文儒，从景云、开元以来历经政治考验的一批贤良大臣陆续去世。诗坛人事也在开元后期发生了明显的变化。随着张九龄、孟浩然的逝世，王维、储光羲的消沉，祖咏、王翰、王之涣的消失，盛唐风骨的典型特色在天宝前期诗坛上逐渐淡化。而在开元时影响尚小的李白却在天宝初崛起，成为诗坛的主将。天宝十二载（753），高适的创作高峰期因他入幕而结束。李华、萧颖士、元结等具有浓厚复古思想的文人，以及岑参、杜甫在诗坛上崭露头角。他们都是在开元时代礼乐文明教育下成长起来的诗人，由于失去了开元时代的进取条件，青年时期形成的性格和理想激起他们对现实的不满。李白的《感遇》《古风》《拟古》《感兴》《寓言》等一系列组诗和大量乐府歌行，运用比兴抒写理想，抨击现实，反映天宝年间渐趋黑暗的上层政治，在安史之乱爆发前夕揭示出盛明气象下隐伏的社会危机，继承并大大深化了开元风骨的内涵，将盛唐诗歌革新推向新的高潮，使天宝诗坛显示出与开元诗坛不同的鲜明特征。杜甫、元结等人创作的批判现实的诗歌也正是在同样的背景下汇入了这一高潮。尽管从盛唐诗的总体成就看，到天宝后期才升向顶峰，但开元时代那种蓬勃的朝气、爽朗的神情、无限的展望、天真的情感，正是盛唐气象的核心所在。作为一代文人共同的精神风貌，它们没有在天宝年间得到普遍的延续，但在李白和岑参的诗里仍然得到集中的表现。李白、杜甫对现实的批评之所以具有震撼人心的巨大力量，是因为来自开元时代的理想、激情和时代责任感。因此，虽然从政治状况看，开元和天宝是两个不同的时段，但从开元、天宝诗歌精神的连续性来看，"盛唐气象"的理念可以涵盖整个盛唐时代的性格。

三、声律和体调

声律与风骨并列，是盛唐诗歌进入高潮的另一个标志。所谓声律的完备，应当包含两方面的内容：首先是律体的成熟和普及，其次是古体的自成面目。以下结合不同诗体的体调特征分别论述。

（一）律诗

律诗启自永明年间出现的新体诗，从齐梁发展到初唐，在武周后期沈、宋、李峤等人手里便已成熟。虽然中唐神龙元年（705）以前进士试不考诗赋，向来把科举考试看成唐诗繁荣原因的传统观点受到质疑，但是诗赋特别是律诗在举选干谒、观光交游、宴赏文会等频繁的社交活动中仍有普遍的需要，所以初唐以来声律对偶类著作非常盛行。李峤的五律咏物组诗120首还以类书的形式作了普及五律的示范。神龙至开元前期，五言律诗和五言排律成为诗坛的主要体裁，这是一个引人注目的现象。中宗爱好游乐，应制的范围扩大到朝廷百官，而应制诗又一概用律体，所以不仅是著名诗人，连一般的官员也都熟练地掌握了这两种诗体。到开元初，五排又更多于五律。从《全唐诗》中收录的这一时期诗人的作品来看，就连宫廷以外的诗人也很少写古体，即使有，也是半律半古，难以区分。但当五律普及以后，人们开始不满意于对仗的呆板和句式的单调，于是逐渐出现在五律五排的对句中破偶为散的趋向。参照古诗句法，使律诗愈益自由活泼，这可说是开元诗坛五律的一个重要特点。就具体的作法而言，起初较常见的是注意各联对仗句法的差异，尽量避免邻近二联对仗结构雷同；同时打破正名对太多易造成的板滞，往往在一句中加两个动词，或一个动词加一个形容词、副词，使一句中一个词组构成的句式变成由两个词组构成的句式。或者在五排的对句中加歌行式的虚词句头，使语气连贯。后来便发展到五律的中间两联里常有一联"总不对"，如"江上风花晚，君行定几千""不惜孤舟去，其如两地春"等。甚至中间两联全不对，如"羡君从此去，朝夕见乡中。予亦离家久，南归恨不同"。或是以古诗式散句自然成对，或是以虚字对仗，有的全篇以古诗语调贯穿，如高适《醉后赠张旭》。五排因多用于应酬，不免为求典雅而伤于凝重，但用于日常起居时，也转为轻松活泼，如祖咏《舟行入剡》，王维《济州过赵叟家宴》，孟浩然《西山寻辛谔》《题长安主人壁》，高适《秋日作》等，在工对中杂以散句，使语气自然连贯。五排和五律由拘谨板滞变为活泼流畅，正是人们驾驭声律对仗从必然走向自由的表现。七律的成熟晚于五律。初唐七律因与歌行都由齐梁七言古诗发展而来，音节流畅，对偶散漫之处尚与歌行相似。从武周后期《游石淙》诗开始到中宗时，才成为应制常用的体裁。神龙至开元中，七律的趋向是逐渐由歌行式的流畅转为工稳。歌行以铺叙为贵，各联对仗重叠，往往两句一意，句意连贯，全篇词气流畅。而七律词意凝练，一句一意，两句成对，各联句意结构相对独立。这种特征比较适合于无须抒情述怀，只求辞藻对仗、按序排列的应制诗。所以七律首先在应制诗里得到发展。但是开元初，七律仍不能完全摆脱歌行体的影响。沈佺期的名作《古意》即是典型例子。至于他用歌行回文对和递进句法写的《龙池篇》，更是给崔颢的《黄鹤楼》提供了一种独特的格式，使这首诗以声情与内容的和谐之美而传诵千古。盛唐七律数量很少，大体上就处于这种由流畅向工稳过渡的状态中。这种特殊的状态给七律带来了后人无法企及的声调美。李颀《送魏万之京》等名篇因带有歌行韵味，读来如有音乐伴奏之感。明代诗论极力推崇王维、李颀的七律，原因即在于此。盛唐七律虽已成熟，但数量较少，体裁格律还不够精密。后来杜甫开始大量写作七律，工整精练，格律严谨，不但一篇之中句句合律，一句之中字字合律，而且在构思布局和章法句法方面极尽变化之能事，成为后人效法的范式。

（二）古诗

古体的兴起及其与律诗的判然分界，也是盛唐声律完备的重要标志。五言古体的复兴与提倡建安风骨密切相关。所谓"风雅兴寄"，主要是通过五古咏怀类组诗表现出来的。陈隋以后，随着律诗的发展，古体也渐渐骈俪化，初唐古律不分的现象十分普遍。虽有陈子昂提倡汉魏式五古，宋之问也在区分五律和五古的句法方面做过不少贡献，但神龙到开元中，人们热衷于学习愈趋成熟的五律和五排，五古较少有人问津，且多杂以律句。直到开元十五年（727）以后，五古才在诗坛上大量出现。八句体五古也从律诗中分离出来，成为独立的一体。张九龄将陈子昂的五古感遇体和谢灵运的五古山水诗结合起来，创作了许多五古大篇。

一批新进诗人如崔国辅、卢象、李颀、孟浩然等在早年的仕游和隐居生活中已经多用五古，王维开元十三年（725）贬济州后，行役、寻访、赠人、送别、述怀等诗也多使用中、短篇五古。盛唐诗人中创作五古用力最勤的要数李颀、储光羲、高适、王昌龄、李白等名家。到开元后期，五古已经形成自己的特色，前期模仿魏晋的痕迹逐渐消失。虽然思绪较汉魏绵密，但因以散句为主，间以少量偶句，文字直白，运笔疏朗，转折自如，所以风格也普遍由厚重古雅转为清新秀朗。殷璠《河岳英灵集》选诗以古体为主，皎然《诗式》明确提倡古体，正反映了盛唐从开元到天宝古体渐趋兴盛的事实。李珍华、傅璇琮先生合著《河岳英灵集研究》一书，对殷璠的声律论做过细致深入的研究，认为殷璠指出古体诗虽然不讲平仄律，但是仍有轻重清浊的抑扬关系，其间似有规律可循，这一意见颇有启发性。王力先生对古体和律体的不同声律做过归纳，主要是从平仄着眼。盛唐诗人是否已经有意识地从轻重清浊的角度寻找古体的声律规则，这个问题尚有待于用现代科技手段进行精确的检索统计才能得出结论。

盛唐大量创作七古的高峰期虽在天宝年间，但李颀、王维、高适等在开元年间的七古就已达到很高的水平，并成为他们抒发寒士不平之鸣的一个重要体裁。天宝年间，兴起写"长句"之风，七古和七言歌行大量增多，李白、岑参、杜甫都是写七古的高手。七古和七言歌行的区别其实到明清诗论里都没有弄清楚，二者一般是混为一谈的。但如果仔细考察，就会注意到：初唐七古在体调上和乐府歌行确实很难区分，到盛唐却显示出二者大致的分野。七古没有歌行反复吟叹的情韵和重叠复沓的层意，多即兴的直白或议论。李颀、高适、岑参、杜甫的七古都已经表现出这种区别。

（三）歌行

歌行的繁荣是盛唐诗发展到顶峰的一个最为明显的表现。其兴起主要源于两个方面：一是诗歌发展到中唐时已经进入成熟时期；二是歌行在唐代得到空前繁荣。初唐七言歌行为这种体裁奠定了基本的体制规范，以后人难以达到的声情宏畅流美的特点，在七言乐府歌行发展史上形成了可复返的一个阶段。这一特点与它在内容上注重抒写相思离别与兴衰之感不无关系，为增强咏叹之情，大量运用顶针、回文、双拟、排比、复沓递进之句法，并勾连不少含义相近之虚字句头，因而形成声调委婉、篇制雄伟、铺叙复杂之特色。这一文体虽然还未达到成熟完善的地步，但已经具备了与唐诗鼎足而立的地位，对后世诗歌创作产生了重要影响。同时它又具有相当多的局限性。盛唐七言乐府歌行循着初唐后期"稍汰浮华，渐趋于平淡"，从繁复丽密到精练疏宕的走向，内在原因在于内容向抒发建功立业之壮志和英雄失意之不平之气的转变，势必要寻求一种与新感情基调更为合拍的自然音节。随之，篇法句式也有了较大的改变，如陈隋初唐大量依赖虚字句头勾连句意这一特点至盛唐已近乎绝迹。顶针、回文和复沓的重叠重复用字次数也大为减少，其基本节奏已经从偶句对仗过渡到散句承接，或者是靠层意自身对比产生跌宕，或者是靠叙事语气连贯和上下句意承续构成通顺的语调，从而不再是以委婉的节奏为主，而是以苍劲跌宕之势取胜。与此同时，盛唐乐府歌行倾向散句化的特点，使得篇制天然删繁就简而长短合度，篇法亦相应地从尽情铺排而发挥无余向节制收敛而含蓄凝炼过渡，由此形成盛唐乐府歌行骨力刚健、情致婉转、繁简相宜的艺术风貌。

盛唐歌行至李杜而"极其至"。明清诗论多将初唐作为歌行的正格，而将李杜作为歌行的变体。与初唐、盛唐歌行相比较，李杜纵放横绝，极尽变化之能事，实在是他们"变"中之共性。但是就歌行体制的发展而言，李杜分属两个明显的时期。初唐诗歌中，歌行体式已经形成；中晚唐，歌行体逐渐成熟。盛唐时期，歌行正处于由初期向后期转变之中。李白之变以综合齐、梁、初唐歌行的形制特点为前提，利用自己的天才随意挥洒，并导致"变幻莫测"；杜甫之变以发展盛唐歌行散句化趋势为根本土壤，借鉴汉、魏五言行诗，由篇法、句式完全改变了齐、梁、初唐歌行体调特征，实现了"独构新格"的变革。虽然尚气已经成为盛唐歌行中的一个普遍特征，但是李白乐府歌行气势如虹的豪逸、变幻莫测的超忽却是无人能敌的。李杜之所以发生这种变化，主要是因为他们对诗歌艺术形式本身的认识达到了一个新高度。正是由于这种认识的提高，才使他们在创作中能够突破初唐诗风，开创出新局面。究其原因，是他们已超出了字法句式探究的必然阶段而步入了以势驱词的自由空间，不管是初唐交叠重复的修辞手法，还是盛唐崛起的散句或骚体，古文句式至其手均能不费吹灰之力就抓住词的内在韵律与节奏。这也正是李杜之间由差异走向趋同的一个重要原因。李白诗歌中最引人注目的现象之一就是大量使用叠字。这不仅表现在数量多，而且形式丰富。他的歌行之所以"谲辞云构，奇文郁起"，主要是因为层意、句意没有按照正常的逻辑安排。与盛唐歌行相同，李白诗歌仍保留了复沓这一基本特点，且主要表现为感情与层意复沓、字法与句式复沓。但其层意复沓，不同于盛唐歌行大多以句意承之，往往出现断续而无痕迹的飞跃转折。这一飞跃性也与其排比典故、比兴等技巧不无关系。有的时候一个字一个事，但更多的是一个字一个意思，一口气念下来，异常地宏畅。李白歌行之产生，表明齐梁以降乐府歌行发展已达到了极限。李白以后，乐府歌行传统体制范围内再无创变空间。这促使杜甫只有从与传统体调特征相悖的地方出发，独创新格。

　　杜甫歌行创变之根本起点在于将歌行从对七言古乐府之依傍中解放出来，并以重构歌行体调为中心。他很少创作古题乐府的作品，歌行也绝大部分为新题。其独创新格表现在两个方面：其一，从歌行的最早渊源——五言行诗中探求新标准，其反映时事的新题行诗多反映这一方面的创变；其二，突破初盛唐歌行语言流畅易晓之传统标准，追求与描写对象神情特点和谐统一的语感节奏和用艰涩拗口之字法句式来达到声情顿挫之效，这一创变表现在部分咏物咏人之歌行中。总之，从唐代开始，杜诗中出现大量新体——五言律诗，而这也正是其歌行得以产生并迅速传播开来的重要原因之一。杜甫对诗歌文体进行创新是有一个过程的。其字法声调向俗易、艰深两极探索也与其七言散句演变相关。杜甫歌行不仅往往全以单句出现，还杂以古文、白话句式出现，使盛唐歌行散句化向句式散文化深入发展。杜诗中出现了大量的写景抒情的句子，从内容到形式都发生了较大的变化。这一转变也与他在篇法结构上多采用叙事顺序，穿插议论等转变相对应。事件、思想要在散文句式中自由抒发，而思理上的转折却不像感情上的变化一样跃然纸上、断续无故，所以在结构方面表现得筋脉一致、布局清晰，构成杜甫、李白歌行风格上的一大区别。这些革新开中唐歌行诸多变革之先河，同时给初盛唐歌行发展画上一个圆满的句号。

(四）绝句

盛唐绝句的兴盛及其取得的极高成就，是盛唐诗歌进入高潮的另一个鲜明标志。五言绝句在齐梁时已具备古绝、齐梁调和律绝三种体制，但直到初盛唐之交，绝句的数量一直不多。五绝和七绝的发展路向也不同。五言绝句的律化速度缓慢，到盛唐时古绝的比例明显提高，形成以古绝和齐梁体为主的局面，这是后人以调古为五绝正格的重要原因。齐梁到初唐，七绝数量极少，但迅速律化。中宗神龙年以后，七绝突然增多，成为应制诗的重要体裁，而且合律者为多。盛唐擅长绝句的诸家，七绝的律化程度也远远高于五绝。这是后人以调近为七绝正格的重要原因。

盛唐以前，六朝、初唐文人对声律的讲究、对句式的探索，部分解决了绝句与生俱来的以及在律化过程中又产生的可续性问题，促使人们自觉地追求绝句篇章的完整性，以及"句绝而意不绝"的艺术效果。盛唐诗人没有把前人的创作积累变成可供遵循的艺术规范，也没有继续寻找各种促使绝句体制定型的做法，而是从绝句的源头——乐府去寻找不受任何法式约束的创作活力，使乐府自然流露的表现方式成为盛唐绝句的主导。魏晋五言古绝主要起源于汉代五言四句的歌谣和乐府。南北朝乐府民歌的兴起，直接促成了绝句的形成。七言绝句源自北地谣谚，又受到北朝乐府民歌的影响，所以绝句与乐府本有天生的亲缘关系。但是从齐梁以来，文人绝句逐渐脱离乐府和拟乐府体，逐渐律化。到盛唐吴中诗人手里，才又恢复了绝句的乐府风味。接着崔国辅大力用六朝乐府写绝句，王维、常建、储光羲、崔颢、王昌龄、李白进一步恢复了绝句与乐府的联系，使绝句富有乐府的情韵和风致，像民歌一样天然清新、除去雕饰，能够入乐歌唱。这也是盛唐绝句最重要的特点，因此明代诗论常以"贵有风人之致"来作为评判绝句的标准。

盛唐绝句乐府化使得前代诗人创作的多种句式作法与乐府洒脱的表达方式相互融合，艺术表现达到一种丰饶自然而又不着痕迹的状态。在这期间，每个诗人都有自己的创作长处，送别、宫怨、山水等多种题材亦都具有自己原创的情调，出现了不少被后世传诵的著名作品。诗人们在还原乐府纯朴、明快、清新风格之时，还擅长从民众日常生活中提炼民族情感。因此，唐人绝句不仅具有强烈的时代色彩，而且具有深厚而广泛的社会意义。这当然是盛唐各种诗体所共有的，而又以绝句为最，这同盛唐诗人有意识地研究乐府民歌并加以高度精练密不可分。盛唐绝句短小精悍，语言纯正，情韵自然，反映出最高境界的诗歌应该是最为朴素、纯真、概括和富有灵感的艺术本质所在，这也正是盛唐绝句自然魅力之根源所在。

四、苦寒的边塞

盛唐诗歌天然壮丽的风貌突出地体现在边塞诗这个题材中。从边塞诗的艺术传统来看，边塞题材与乐府的发展有密切关系，向来有拟古和拟乐府的传统。曹植的《白马篇》最早奠定了边塞诗借游侠奔赴边塞寄托建功立业理想的传统；鲍照的《拟行路难》则在复活建安文人少年豪侠意气和建功立业精神的基础上，用拟乐府和拟古诗的形式，开拓了边塞诗的题材范围，借战士功成不赏抒写寒士不遇之叹，将游子思妇的传统题材引进边塞诗，表现征人戍边之苦以及思妇伤春感秋之情，确立了边塞诗的基本主题和表现方式。盛唐边塞诗承南北朝传统，乐府古题占边塞诗的一半以上，很大程度上是沿袭传统主题和艺术表现，并不是现实生活的精确描绘。盛唐文人借边塞题材歌颂建立不朽功名的理想，成为盛唐风骨的一个重要特色。殷璠《河岳英灵集》对高适、陶翰、崔颢、储光羲、王昌龄、薛据等诗人的评语中，特别强调他们的"风骨"，而从这些诗人的选诗来看，边塞诗占有相当大的比重，或表现渴望到边塞立功的雄心壮志，或借不得勋赏的战士寄托自己光阴蹉跎、功业无成的悲愤之情。可见盛唐边塞诗只是英雄主义精神的赞歌，而不是开边战争的实录。

盛唐边塞诗之所以成为边塞题材发展中的最高峰，还在于它在继承乐府传统的基础上对前人的超越。盛唐边塞形势的改观、国力的空前强大，给人们提供了开阔眼界、振奋精神的时代条件，促使一代诗人的精神面貌发生了重大变化。不少诗人有机会亲临前线，进入军幕。如王维、崔颢、高适、岑参等，也有一些诗人自己到边塞去游历考察，如王昌龄、祖咏、王之涣等。他们在亲游边塞时针对当时边事有感而发的诗歌，反映了边塞和平宁静的现状，渲染了唐军强大的阵容与赫赫声威，同时也揭露出军中赏罚不明、久戍不得功勋的深层原因。他们对游侠边塞立功的歌颂、对大漠风光的出色描绘，以及对边塞生活情调的向往，是盛唐边塞诗最热情浪漫的部分；而将边塞问题和政治理想联系起来思考，又使盛唐边塞诗具备了前所未有的理性精神。少数诗篇触及战争的根本目的，指出边事处理的隐患，虽然这些不是盛唐边塞诗的主调，但也是盛唐才出现的新鲜内容。

典型的盛唐边塞诗没有传统语汇和习见意象的叠加和罗列，他们善于从边塞粗犷豪放的生活情调和壮丽新奇的异域风光中寻找创作的灵感，着力于表现英雄侠士的意气风貌和塞外军营中的生活习惯。王维的《使至塞上》以他善于构图的画笔，为大漠风光勾出了最辽阔壮丽的景观，《出塞》《陇西行》《观猎》则从不同角度摄取飞骑的动势，或写军情的紧急，或写射猎的豪兴，都充满了热烈饱满的情绪。崔颢诗里的战场总是生机蓬勃，春意盎然，军中诸将和少年游侠个个豪气横溢，顾盼生姿。岑参在边塞从军 6 年的独特经历给他提供了取之不竭的奇事逸闻，而他那豪爽开朗的英雄性格又使他对生活中不平凡的事物尤其敏感。初唐长篇歌行笼统铺叙的方式已不足以表现他丰富的生活体验，于是诗人将各种见闻和经历分成一组组画面，加以深入细致的描绘，如《走马川行奉送封大夫出师西征》《轮台歌奉送封大夫出师西征》《白雪歌送武判官归京》《天山雪歌送萧治归京》《火山云歌送行》《热海行送崔侍御还京》等等，热情洋溢地抒写了出师、征战、宴乐、射猎、送别等军营生活中的各种感受，展现了边塞的各种生活习俗和风土人情，以及军民共同娱乐、友好往来的融洽关系。羌儿、胡雏、歌舞、佐宴的热闹场面、美人快如旋风的婀娜舞姿、胡汉将军纵博畅饮、挝鼓同歌的豪放情兴，与绚丽的色彩、浓烈的酒香、急促的弦管，交织成一片浓烈的异乡情调。而花门城头，月色照见幕府文人欢醉中深藏的愁情，八月飞雪引起千树万树梨花开的幻觉，沙碛黎明前的夜色中掠过的飞鸟般的身影，都使好奇的诗人发现了边塞日常生活中蕴藏的美感。正是这种英雄主义的气概和豪迈乐观的精神，使盛唐诗人一扫南北朝边塞诗中悲凉萧瑟的气氛，为唐诗增添了无限新鲜壮丽的光彩。

如果说盛唐边塞诗里的奇情异彩，是诗人把建安时代英雄气概与盛唐辽阔多变的边塞生活相结合的产物，其悲壮感人的声情就是对南北朝时期边塞诗凄凉哀怨之气理性借鉴的成果。盛唐诗人之功名抱负与其经邦济世之政治理想相契合，故其对一般将士许身报国精神之歌颂，常与其对一般民众和平安定诉求之抒发有关。但是由于社会环境及个人情感等方面的差异，他们对战争的态度又有所不同，因而形成了不同风格的诗作。这就构成了盛唐边塞诗异彩纷呈的局面。盛唐边塞诗糅合了渴望立功、思乡厌战等复杂心态，但仍然能够保持刚健豁达的情调，这亦是其重要的艺术特征。为符合人之常情，将离愁别怨与英雄气概结合在一起，苦难和崇高相对照，激发和加强了悲壮激昂的复杂情感。因而盛唐边塞诗的乐观浪漫不同于魏晋边塞诗那种极度夸张的英雄主义，其乡思离情也不同于南北朝边塞诗那种缺乏英雄气魄的边愁闺怨。高适《燕歌行》概括了军中将士的苦乐不均、征人少妇的离别痛苦、紧张艰苦的生活环境以及战士们奋不顾身地浴血苦战，在这样恶劣的自然和人事条件下，战士们那种"死节从来岂顾勋"的精神才更显得难能可贵，而全诗也在这些复杂情绪的交织中产生了雄厚深广的艺术力量。李颀《古从军行》揭示出统治者发动战争的目的在于掠夺，这是盛唐边塞诗中思想最深刻的一篇。诗里虽然集中了刁斗琵琶、雁鸣人哭等边塞最哀怨的声音和风沙雨雪、野云大漠等最典型的荒凉景象，但境界仍然极其壮伟。王之涣的《凉州词》寓春风不度的哀怨于黄河白云的辽阔空间之中，王翰的《凉州词》在醉卧沙场的颓放中仍然透出直面美好人生的豪爽神情，无不渗透着这个时代审美理想的特色。王昌龄《从军行》中的玉门关羌笛、长城明月固然引起了征人的缭乱边愁，但在大漠红旗、青海孤城下鏖战的场面更加热烈激奋。著名的《出塞》诗以千年不变的明月和关塞作为历史的见证，从秦汉以来无数将士从军未还的悲剧中，提炼出多少代人民的和平愿望和爱国热情，为盛唐边塞诗奏出了雄浑壮美的主旋律。

总之，盛唐边塞诗作为这一题材的典范，绝大多数诗歌都以健康的审美观念反映了人们为盛世所激发起来的民族自豪感，以及积极进取、蓬勃向上的精神面貌，形成了一道壮丽豪放和一往情深相结合的艺术风景，因此成为文学史上一个永不复返的阶段而值得我们珍视。

五、并峙的高峰

在群星灿烂的盛唐诗坛上，李白和杜甫是最耀眼的两颗巨星。当开元精神在天宝年间逐渐暗淡下去的时候，是他们将盛唐诗推上一个新的高峰，不但大大深化和开拓了盛唐诗的内涵和容量，而且以包罗万象的艺术成就和称雄百代的创新精神确立了盛唐诗在中国诗歌史上的崇高地位。

李白和杜甫之所以成为中国诗歌史上两座并峙的高峰，最根本的原因是他们以盛唐诗所取得的极高成就作为创作的起点。

首先，他们的诗歌集中体现了盛唐诗人心胸宽广、积极进取的精神面貌和时代性格，表达了同时代诗人济苍生、安社稷、以天下为己任的共同理想，以及在追求功业的现实中所产生的不平之气。只是李白的这种理想融合了儒、道、任侠、纵横家等各种思想的影响，经过文学的夸张，放大了无数倍。他以吕尚、鲁仲连、张良、诸葛亮、谢安等非凡的历史人物自比，要求平交王侯，长揖万乘，不屈己，不干人，不屑于走平常应举的途径，而是用交游干谒、求仙访道、退隐山林等多管齐下的方式，希求一步登天，风云际会，为君辅弼，而以功成身退为最终目标。这些幻想和自信都是在盛唐鼓励士人高谈王霸、推贤进士的政治空气中激发起来的，只是他比盛唐文人表现得更强烈、更夸张。李白爱好纵横和任侠，虽然在盛唐文人中不具有普遍性，但仍然与时代精神有关，战国时代的纵横家和侠士一类的人物，能最大程度实现他们对精神自由和人格平等的追求。盛唐诗人普遍的布衣感及其对于权贵的不平之气，孕育了李白作为布衣的骄傲和自尊，并且自然促使他到纵横家和侠士那里去追溯"士"的自由精神的源头，因此李白能够成为盛唐布衣精神最优秀的代表。杜甫在盛世文明的教育下长大，整个青壮年时代在开元时期度过。他与盛唐文人一样，自负为君辅弼、化成天下的大任，对前程万里充满了信心。《饮酒八仙歌》在八位酒仙的狂态中发掘出他们将王公至尊、仕途富贵、世俗人情和各种清规戒律统统置之度外的高迈绝尘之气。这种狂放、旷达和自由正是杜甫心目中理想的开元精神。因此，尽管他的大部分诗作都写于安史之乱以后，但他一生都在不懈追求的太平治世正是以他经历的盛唐为蓝本的。只是杜甫在儒家思想的熏陶下，将盛唐文人以天下为己任的大志提纯和升华到了一个新的高度。包括李白在内的许多盛唐诗人对功业理想的追求难免夹杂着对个人功名富贵的渴望，以及退隐独善的消极态度。而杜甫却终其一生都把国家和人民的命运视为人生的终极关怀，他不愿寻找避世的桃花源，不惜沤心沥血，以供养象征国家祥瑞的凤凰，甘愿以一己之身承担天下的苦难以换取天下苍生的安定幸福。如果说盛唐开元政治实现了人们所向往的尧舜之治，那么杜甫则是体现了历代中国人理想中的古圣人之心。

其次,李白和杜甫都在开元清平政治结束以后才达到创作高峰期。他们通过各自的不幸遭际加深了对社会现实的认识,在天宝至安史之乱以后的诗坛上,满怀忧愤地揭示出社会蕴含着严重的政治危机,反映了安史之乱前后广阔的社会生活和历史背景,以深刻博大的内容充实和提高了盛唐诗的思想境界。盛唐诗以理想主义为基调,乐观开朗,意气风发,但不以批判现实见长,揭露时弊、反映民疴的作品较少。只有高适、王昌龄、储光羲等少数诗人的作品涉及边塞失控的问题和农民遭灾的痛苦。李白和杜甫则全面揭示了天宝政治中的黑暗现象。政治方面,天宝六年(747)李林甫谗害李适之、裴敦复、李邕等名臣,唐玄宗迷信神仙道士、宠信杨国忠兄妹、重用斗鸡小儿和宦官;边事方面,哥舒翰靠屠杀取吐蕃石堡城,杨国忠派鲜于仲通征南诏国,安禄山在范阳拥兵自重。以上政治、边事方面的各种危机都在他们的诗篇里被及时有力地揭露出来。所不同的只是李白更多地着眼于奸邪蒙蔽君王、内宠外戚乱政、宦竖小人得势等上层政治的问题,所以到天宝后期,他的政治理想明确地定位为清君侧,使帝道重明。杜甫则更多地着眼于普通百姓在穷兵黩武和乱政统治下遭受的苦难,以及由此引起的社会危机,抒写了大乱一触即发的忧虑和预感。安史之乱后,他们又同时卷进了肃宗即位后发生的两大政治事件中。李白因从永王李璘而获罪,杜甫因疏救房琯而获罪,都关联到玄宗和肃宗父子两代的矛盾,因而成为统治者政治斗争的牺牲品。李白在获罪后以其有限的余生迸发出最后的雄心,以平定叛乱、挽回国运为己任,表现了忧国忧民的强烈激情和匡世济时的责任心。杜甫在获罪后通过深刻的反省和思考,破除了对朝廷的幻想,他以大量诗篇真实地记录了安史之乱的整个历史过程;通过自己和家庭在丧乱中的艰难处境和见闻,反映了动荡混乱的现实和人民的悲惨境遇,愤怒谴责了"诛求"和"割剥"百姓的贪官污吏,以及谋叛作乱的各地将帅,在对现实的清醒批判中,又表达了对国家中兴的希望和信心。这些诗篇在黑暗血腥的年代里,闪耀着人道和正义的光芒,照亮了盛唐末期的诗坛。李白和杜甫忧国忧民的博大胸怀,抨击时弊的巨大力量,关注现实和追求理想的执着精神,都源于盛唐所赋予他们的高昂激情、宏伟气魄和时代责任感。

李白和杜甫的诗能达到无人超越的高度,还因为他们融会了前代和当代诗歌的全部成就，各自开创了极富独创性的艺术境界。其鲜明的风格和个性代表着中国诗歌史上两种互成对照的审美取向，交相辉映，难分轩轾。后世诗论家说李白诗风飘逸豪放、放浪纵恣，杜甫诗风沉郁顿挫、恳切淋漓；李白的笔力变化在歌行中达到极致，杜甫的笔力变化在律诗中达到极致；李白的变化在声调和辞藻，杜甫的变化在立意和格式；李白的诗语清浅自然，杜甫的诗语凝重精深。这些看法确实概括了他们的主要区别。

李杜的差别，当然首先是由两人不同的生活道路、时代条件和生活际遇所造成的。李白的诗更多地反映了盛唐诗人积极进取、意气风发的精神风貌；杜甫年辈较晚，毕生处于动荡流离之中，他的诗更多地反映了国破家亡、民不聊生的社会现实。李白崇道，杜甫尊儒，这些都是决定他们诗风差异的重要原因。如果把这两种诗风放在盛唐诗歌艺术的发展中来考察，或许能更清楚地看出二者差异的成因以及他们在诗歌史上的地位和影响。

首先，两人虽然都是荟萃前人，但所取渊源不同。其次，两人都融会了盛唐诗的表现艺术，擅长各种诗体，但个性和取向迥异。盛唐诗清新自然的特色在李白诗里也得到典型的表现。盛唐诗人普遍爱好单纯和高洁的诗境，而李白比一般诗人还要天真清高，所以诗境也格外晶亮透明。他的山水隐逸诗和送别诗，既有王孟那样清新自然、情深韵长的特色，又无不显现出自己飘逸的风格。尤其是乐府诗，在李白手中最大程度恢复了汉魏兴寄的传统和南朝乐府天真自然的风致。李白的乐府占初盛唐乐府总数的三分之一，他的乐府诗既是最能体现其天真狂放个性和特殊成就的诗体，同时也是对汉魏六朝及初盛唐乐府的全面总结和提高。如果说陈子昂是通过恢复阮籍式的比兴和汉魏五言古诗来提倡建安风骨，那么李白则是通过大量创作古题乐府弥补陈子昂的不足，完成了盛唐诗的革新。六朝风韵的古题乐府因李白的创作而臻于极盛，但也使后来的诗人难以为继。所以无论是从诗风还是诗体来看，李白的诗是对盛唐诗的综合和总结，是放大了的盛唐诗风的典型代表。

杜甫诗不仅含有盛唐豪放、清新两大风格，更兼备古今各种体式，因此他的集大成不是仅仅集六朝盛唐之大成。事实上，把杜甫放在中国诗歌史上来看，杜甫的意义除了继往以外，更多的是开来。杜甫当然也创作过不少盛唐风味的歌行和绝句，他在五律和五言排律方面的精深造诣更是以初盛唐五言律诗的成熟和普及为基础。但是杜甫对于诗艺的追求，是以他对六朝和盛唐诗的基本特色和发展趋向的自觉思考为起点的。他能在李白把盛唐诗的天然壮美发展到极致的时候，从推陈出新着眼，开出另一种境界。

杜甫最善于把慷慨述怀、长篇议论和具体的叙事、细节的描绘、用典的技巧和谐地统一在完整的艺术结构中。开合排荡，穷极笔力，深厚雄浑，体大思精，便是他那些五古五排、七言歌行等以咏怀为主的长篇诗歌的共同特色。这类诗是盛唐之音中的洪钟巨响，也开创了在诗歌中大发议论的先例。与李白全力创作古题乐府和六朝风味的歌吟相反，杜甫最重大的创新是继承《诗经》、汉乐府反映现实的优良传统，本着缘事而发的精神，开出新题乐府一体。这些诗既是从诗人自身经历的情境出发，又善于从生活中提炼出具有普遍意义的主题，既吸收了汉乐府客观反映社会现实的叙事特点，又带有强烈的主观抒情色彩。他通过高度概括的场面描写，以史诗般的大手笔展现出广阔的时代背景，将汉乐府叙事在时间和空间上的单一性变为多面性，充分调动歌行的跳跃性和容量大的长处，自由地抒写对时事的感想和见解。这是他对汉乐府叙事方式的重大突破，并开创了中晚唐至宋代以新乐府写时事的优良传统。

盛唐诗的风格大体不出清新与豪放两大类，而杜诗则除了沉郁顿挫以外，还有多种风格，或清新，或奔放，或恬淡，或华赡，或古朴，或质拙，并不总是一副面孔、一种格调。盛唐诗人往往在静态的意境中，寻找对大自然的妙悟和兴会，所表现的主要是可视可听、可用常情来理解事物。杜甫的景物描写往往超出可视可听的界限，捕捉潜意识和直觉印象，寄托朦胧的预感，表现更深一层的内心感觉。盛唐诗人的艺术表现虽然丰富，但技巧手法服从于浑然一体的艺术境界。杜甫在大量抒写日常生活情趣的小诗中，非常注重构思、立意及技巧的变化，为后人开出不少表现艺术的法门。经他提炼过的句式能微妙地传达出字面意义所不能涵盖的情绪感受。无论是融合经史典故还是使用口语俗语，都能充分地发掘语言潜在的表现力，所以他不避艰涩生僻，不避拗拙深险，冲破了盛唐以清淡为上的审美趣味，大大拓宽了诗歌的题材和境界，开出了中晚唐乃至宋诗各种艺术流派的门径。因此，杜甫诗是在继承盛唐的基础上，对盛唐诗的丰富和创变。

李白和杜甫各自以其鲜明的艺术个性和巨大的创造力发展了盛唐诗。盛唐诗也因这两位伟大的诗人而成为中国诗歌史上不朽的典范。

第三节 中唐诗歌概述

一、大历诗风

历史上著名的安史之乱历经八年之久，对唐代社会生活造成了巨大的影响，此时的人们生活在水深火热之中，诗人们更是颠沛流离，经历了各种沧桑，他们所创作的诗歌具有明显的时代烙印。杜甫的诗中蕴含了他悲天悯人的情怀，记录了战乱让广大人民所遭受的痛苦，与此同时，也展示了自身在这个时代的命运。他晚年创作的作品中蕴含了深厚的情感和丰富的艺术，正是这些内涵让他的作品爆发了令人惊叹的创造力，最后被世人称为"诗圣"，他的诗也获得了"诗史"的称号。与开元盛世的杜甫相比，年轻一代的诗人没有过多体会过繁华，而是过早地体会了战乱所带来的痛苦，他们的人生处于悲剧之中，他们在心理成熟时对社会形成的认知与他们的前辈是不同的，他们的人生观和生活态度也是不同的。战乱过后，社会环境恶化，政治局势变得极为紧张，生活中的物质变得极为匮乏。他们虽然从战乱的噩梦中摆脱出来，但是又陷入了一个空虚的现实中，无尽的忧伤充斥在他们的心灵之中。战后的现实对诗人的心态造成了极为严重的影响，从而对他们的审美趣味和创作风格产生了影响。

整体上，大历诗不仅延续盛唐，又为中唐奠定了基础。与前辈诗人不同的是，大历诗人并没有直截了当地提出自己的口号，让人很难对他们的创作原则进行把握，而是将他们的艺术追求融入自己的创作实践中。仅用了短短二十几年的时间，唐诗完成了从盛唐过渡到中唐的过程。唐诗中原本浪漫的生活态度变为了现实的生活态度，常用的诗体从古体变为了近体，题材从之前的理想表现、情怀咏叹变成了对日常生活琐事的描绘。杜甫于大历五年（770）去世，至此，开元盛世的著名诗人已经所剩无几，而战乱中成长的诗人已经步入中年，活跃在诗坛中。根据身份的不同和活动范围的不同，可以将这些战乱中成长起来的诗人划分为三个群体，分别是地方官诗人、台阁诗人和方外诗人。在安史之乱中，这些诗人所面临的战争问题是一样的，同样在战乱中颠沛流离。安史之乱结束之后，政治局势虽然不再是全国性的战乱，但是地区性的战乱仍持续不断，不同地域和不同生活环境下的诗人，在诗歌内容、方式、功能上有很大的不同。地方官诗风、台阁诗风和方外诗风三种不同的风格在这样的背景下进行了不同的发展，形成了三足鼎立的局面。其中台阁诗人在大历初才刚刚入朝，他们的创作体现了战乱初平时朝堂上苟安休息的环境氛围，也体现了迎来送往的交际需求。后来，说起"大历体"的诗作，往往会想到这批诗人。

战乱平定之后，开始了藩镇割据，这时士人仕宦主要集中在南方地区。有些诗人被流贬南方地区，有些诗人游宦南方地区，他们相继来到江南，在这里担任州县官员或当官员的幕府僚属。这些经历让他们与国民经济生活有了亲密的接触，对战后广大人民的苦难生活深有体会。除此之外，他们体验到一种新的文化地理环境。他们在江南的生活是相对安逸的，并与当地的隐士、僧侣诗人进行了密切交往，这份平和和恬淡融入了他们的创作之中，从而形成了大历诗风。唐德宗贞元以后，马祖禅在江南盛行，它是狂放通脱的，所追求的是自然舒适的风格，深受僧俗们的广泛喜爱，也影响了地方官诗人的创作。

大历时期，仅有两位地方官诗人在诗史上开宗立派，即刘长卿与韦应物，其中刘长卿对诗史的意义更为重要。刘长卿在他的创作中不仅保留了盛唐时期的范式，还将大历诗风的主要特征显著地呈现了出来。从他的诗中，我们可以清晰地看出盛唐学风逐渐转变为大历诗风的轨迹。韦应物年少时曾经当过御前侍卫，对唐朝的繁荣与现在的衰退有更为深切的体会。韦应物创作了一系列作品来对盛唐之势进行缅怀，对现如今的形势进行感叹，如《骊山行》《温泉行》《逢杨开府》《燕李录事》等，这类诗作在大历诗中是最为伤感的。韦应物的一生在行藏不定中度过，从一开始的积极进取的精神状态到消沉失望的精神状态，最后到满足安逸的精神状态，其中夹杂着仕隐的矛盾。他在苏州担任刺史一职时，曾创作了《郡斋雨中与诸文士燕集》，对于中国古典诗歌来说，这首诗是郡斋诗的开章。韦应物在诗体掌握方面的能力是非常强的，不仅善于抒写长篇歌行，也擅长抒写短篇律绝。如《滁州西涧》，这是一首七绝诗，这首诗中运用了幽寂的情调，其所运用的笔触也是非常闲淡适宜的，这在唐诗中是非常少见的。但是，他创作的所有诗作中，最让人推荐的就是五言作品。韦应物在人格和艺术理想方面比较倾慕陶渊明，创作过程中所运用的诗歌技巧对谢灵运、谢朓的优点进行了吸收，形成了意境闲淡安逸、语言超脱自然、节奏缓慢舒缓的风格特点。宋代苏东坡将韦应物与柳宗元齐名，明代之后，大多以平淡来形容韦应物与柳宗元的诗风，这时的平淡在思想层次上得到了进一步升华。对于后人来说，韦应物与柳宗元是清淡诗派风格的集大成者。

戴叔伦、戎昱、李嘉祐三位诗人不仅在生平经历上很相似，而且在诗歌创作上也很相似。他们都曾长期担任过州县令长，能够深刻体会战争给农村经济和广大人民带来的沉重困难，因此，他们在诗中描绘了安史之乱及战后人民苦不堪言的悲惨情境。他们继承了杜甫的人道主义精神和对现实批判的传统诗风。如戎昱创作的组诗《苦哉行》，对唐肃宗借回纥兵进行平叛这一策略进行了讽刺。他的诗与杜甫独立成篇的"三吏""三别"有很大的不同，在形式上进行了创新。如戴叔伦创作的《女耕田行》，这首诗用一种独特的方式从侧面揭示了当时社会所面临的重大问题——农村的经济和人民的幸福遭受了严重的战争迫害。他们在继承杜甫传统的基础上，在新题乐府创作上进行了进一步的推动。他们的作品和元结的乐府作品都为中唐新乐府的创作奠定了良好的基础。他们的诗中描绘了当时社会、政治、生活中发生的重大事件，将与国家命运息息相关的情怀充分表达了出来。三位诗人在艺术造诣方面是有所不同的，戴叔伦具有比较全面的才能，最为擅长五律和绝句；李嘉祐的诗作具有风格清丽的特征，偶尔会运用齐梁余韵，但是基本不会用典，他的诗中充分运用了景物描写的表达功能，所创作的七律诗运用了比较完整的结构、比较闲雅的笔调以及比较成熟的遣词造句和对仗；戎昱所创作的诗大多数采用了直抒胸臆的方式，表现出了刚健的气骨，但是在才力上稍弱，在造句上也有些瑕疵，以至于他的诗在同时代的诗中落于下风，然而他的诗中表现出了慷慨任气，极具个性。

除了上述诗人，大历诗坛还有很多方外诗人，如诗僧灵一、皎然、灵澈，道士吴筠、韦渠牟、李季兰等，但是他们在创作成就上明显不如上述诗人。总之，大历贞元时期缺乏激情、理想和创造力，虽然有很多诗人，但是没有第一流的作家，他们虽然创作了很多诗，但是仅有一两篇在诗史上流传下来，如张继创作的《枫桥夜泊》。对于后人来说，大历诗的缺陷是非常明显的，因此，后人对大历诗风也没有做出过高的评价。大历诗的缺陷有：一是大历诗的表达具有鲜明的群体倾向，但是在个性色彩突出上并不显著；二是在体制上有失宏伟广阔，取材时比较狭窄；三是在意象上大多雷同。虽然大历诗具有一定的缺陷，但是运用了比较细腻而深刻的语言进行情感表达，将情感的深度展现了出来，也运用纯熟的结构营造了意象，通过运用洗练流畅的语言将一种清丽闲雅的风格展现了出来，在题材上记录了当时的生活和事件，具有一定的纪实性，对杜甫诗也进行了继承和发扬，在唐诗中也占据着重要地位。

二、大历诗坛向元和诗坛的过渡

贞元八年（792）是中唐文学史上一个不寻常的年头。首先，包佶、李纾、刘太真、吴通玄4位重要作家相继去世。也在这一年，陆贽知贡举，贾稜、陈羽、欧阳詹、李观、韩愈、王涯、张季友、穆质、李绛、崔群、许季同等23人及第，时号"龙虎榜"。翌年，韩愈等人的支持者梁肃去世，而柳宗元、刘禹锡、卢景亮、穆员、许志雍、元稹等人继中科第，耆旧凋零，新秀登场，这两拨人的交替，意味着中唐诗坛完成了由大历时代向元和时代的过渡。在诗人队伍新旧交替之际，逝者已矣，新人初露头角，声望尚浅，主持诗坛的重担于是落到另一批适时入朝的台阁诗人身上，他们是权德舆、杨於陵、韦渠牟、王绍、崔从质、王仲舒、许孟容、陈京、崔邠、冯伉、张荐、徐岱、蒋乂等。这些人或出身幕府，或由太常博士起家，都有礼学背景，在贞元年间的典礼论争中悉为引人注目的人物。他们虽然不都以诗著名，但因位居清要，在诗坛新老交替的过渡时代，他们以频繁的台阁唱和与游戏诗风充当了此时唐诗的倡导者和主持者。

在这批诗人中，最重要的一位是权德舆。他凭借父亲权皋忠臣、高士的盛名和自己过人的才华，受到以老师独孤及为首的一批前辈名诗人包括包佶、戴叔伦、梁肃等人的提携，很早就奠定了在诗坛的声名。权德舆娶给事中崔造女为妻，不久岳父拜相，使他又获得一个强有力的政治背景。贞元八年（792）由幕府入朝后，他从太常博士历中书舍人、礼部侍郎、太常卿、礼部尚书，不到20年就官至宰相，成为当时位望最尊的文学家。权德舆正是这样一个才学识兼备而又有"地位"的诗人，他很快就以地位闻望和文学才能赢得了文坛盟主的地位。当时，以他为中心，形成了一个新台阁诗人群，他们以应制吊挽、赠行饯别、宿直升迁、游赏等台阁日常生活为主要内容互相唱和，长久的台阁生活导致诗歌题材日益狭窄，而无聊重复的日子将人们的新鲜感和好奇心逐渐消磨，在这样的情况下，他们逐渐向游戏化转移，通过各种不同的游戏体形式来出奇制胜，这在当时产生了很大的影响，略为装点了较为冷清的贞元诗坛。

权德舆的创作，无论台阁体还是游戏诗在唐诗史上都不占重要位置，但他文坛盟主的地位却对中唐文坛产生了极大的影响。元和诗坛的诗人队伍简直就是在他的翅膀下孵育出来的。大作家中有案可稽的，在权德舆知贡举三年所取士中，王涯、王起、李宗闵、牛僧孺、杨嗣复、杜元颖等后并为宰辅，白居易、元稹、陈鸿、沈传师、刘述古等后并为名作家，加上贞元十年（794）试所得士范传正、李逢吉、裴度、许尧佐、王仲舒、崔群、许季同，这份名单已包揽了元和、长庆以后的大部分文学和政治名家。可以毫不夸张地说，权德舆的光辉笼罩了整个中晚唐的文坛与政界。

不过，由于权德舆本人的诗歌创作未取得很高的成就，尤其是未形成独特的风格，他对元和诗坛的影响是在培养作者队伍上，而不是在诗歌创作上。真正对元和时代的诗歌创作产生影响的，是另外两位从大历时代过来的老诗人——顾况和李益。顾况诗在大历时期显出独特的个性色彩，其取材之广泛无人可比，他创作了一系列与生命、死亡主题相关的作品，也创作了众多题画诗。他的诗作不仅对生命进行了思考，还表达了对艺术的热爱之情，除此之外，还将强烈的自我表现欲进行了宣泄。古诗体裁为他的创作提供了非常恰当的形式，他在某些句法、节奏、结构形态上进行了强化，并运用了粗砺的字眼、声调与转韵的不规则性，成功地构筑了一种奇峭生涩的崭新风格。他的作品总体上虽说奇崛有余而精工不足，显得比较粗糙，但在大历这个个体风格特征不明显的时代，却能自出"骏发踔厉"的一家面目，并借其耄寿与盛名给元和诗风以直接的影响。顾况诗充分展示了对个性化的追求，这意味着开元之后自我表现意识的沉寂开始了复苏，韩愈、孟郊等人受到他的影响，逐渐树立了自己的风格。如果说元和诗风的总体倾向是从大历的清新闲雅、平易流利走向韩、孟的奇崛排奡，那么巍然独存的顾况就是在风格上对元和诗坛直接影响最大的诗人。

三、求奇复古的韩孟诗派

元和时代是唐诗的第二个高潮，清末陈衍倡开元、元和、元祐三元之说，甚至将它看作整个中国古代诗史的第二个高峰。前人所说的"中唐"一般指的就是元和时代。与大历时代的低迷不同，元和时代涌现了众多的诗人，创作了大量的作品，出现了各种风格，此时正是诗歌真正发生变化的时刻。

这一切来得是那么醒目，那么猛烈，以至当时置身其中的人们，都能清楚地看出从盛唐天宝以来诗歌发展的阶段性特征。元和诗歌乃是唐诗面貌发生极大变化、艺术表现力大大开拓的时期。重建哲学、道德的自觉努力使更多的理性内容进入诗歌，主体性的突出产生了更强烈的自我表现欲求，而坎坷的境遇又使心境由昂扬转为低沉，诗境则由外拓转向内敛，诗歌语言由天然趋向锻炼。在风格个性化、多样化的探索中，各种诗歌体裁也日趋成熟，联句的定型最终完成了对中国古代诗歌体裁的创造。无比丰富的创作经验，酝酿了诗歌理论的自觉反思，流行的诗论形式——诗歌的内容由诗法发展为诗学，由修辞上升到美学的层面，并反过来影响诗人的创作。

就唐诗史的发展而言，元和时代还是诗坛格局发生变化、诗歌流派正式形成的时代，大历时期按身份划分的较为松散的诗人群体，因科举交游和婚姻集团形成的人际关系而变得更加密切起来，终于演化成按文学思想和创作风格来划分的诗歌流派。元白诗派的重要性于今已无人怀疑，但就"大变"的实绩及给后人的印象而言，韩孟一派的贡献似乎要更醒目一些，也更为引起学界的关注。

孟郊在诗坛的盛名是和韩愈的推崇分不开的。韩愈在孟郊诗中看到了自己的艺术理想，他与孟郊联句、唱和时会有意模仿孟郊的诗风，无形中改变了自己的诗风。从李肇《国史补》的记载可以看出，韩愈在当时主要以古文著名，诗尚不足自成一家。韩愈的艺术渊源和诗歌趣味属于胡应麟《诗薮》所谓气骨一派。他抛弃大历诗人接续起来的六朝传统，要重新找回上古的传统。所以贞元八年（792）在京师初见孟郊，就对他的"古貌又古心"大为欣赏，热切寄托了自己的复古理想。韩愈是个有远大政治抱负并实具政治才干的人，他志在重建道统和理性，在政治上有所作为，他的诗歌广泛地反映了现实生活中最严酷的问题，抨击统治集团的昏庸腐朽，反对藩镇割据，攘斥佛老，反映民生疾苦，他自己屡遭贬谪的坎坷境遇更是对黑暗政治的直接控诉。事实上，他的诗歌创作融李白之瑰奇、杜甫之老健，济以古文家铺张扬厉的叙述和议论，最终创造出了一种奇肆之风，而成"唐诗之一大变"。他笔下络绎不绝的"硬语""险语""狂词""怪词""变怪"，对陈熟疲软的大历诗风是有力的反拨。

韩愈诗歌的主要成就在七言古诗，凡欧阳修说的"资谈笑，助谐谑，叙人情，状物态"的内容主要尽于七古中，而挥洒铺陈、以文为诗的作风，更集中代表了韩诗的主导倾向。自宋代陈师道断言"虽极天下之工，要非本色"，后人看法不一，但无论赞同还是反对，都不能不承认韩愈七古是唐代一大家。还有一点值得注意，韩愈七古在声律上显示出鲜明的反律化倾向，这已为清代古诗声调学者所发现。在近体格律定型之前，诗家概用自然声调，古体的声律意识是不自觉的。大历以后，诗家专攻近体，以至作古体也带有近体习气。

柳宗元当时站在与韩愈对立的政治立场上，是永贞维新的积极参与者。他的性格和为人处事原则都不同于韩愈，但这不妨碍他和韩愈互相欣赏，并在追求独创性和摆脱平庸上持有相近的主张。相对韩愈尊崇《诗经》、汉魏乐府的传统而言，柳宗元诗歌的艺术精神源于《楚辞》，光大了以《楚辞》为代表的南方文学传统。唐诗从开国起一直是北方文化精神占主导地位，安史之乱后，诗人或因贬谪或因流寓，迁徙南地，吴越风光、荆楚神话民俗等南方文化因子逐渐渗透到他们的诗歌创作中，而柳宗元因放逐而亲历南方独异的地理环境和文化传统，更因个人命运的遭际而对屈原的身世和作品产生强烈的共鸣。对于后人来说，柳宗元和韦应物是齐名并列的，都对陶渊明的诗风进行了继承，这主要是在艺术风格层面对二人的评价。实际上，在艺术表现上，柳宗元对谢灵运进行了继承；在诗歌语言上，柳宗元将谢灵运的精工和陶渊明的自然进行了结合，只是前者不易为人察觉，而后者给人留下了更深的印象。柳宗元诗中表达了舒缓而抑制的情绪，描绘了带有一定距离感的景物，运用了不求奇异的遣词造句，这得到了后人更多的关注。

李贺习惯上也被归入韩孟诗派。其实李贺是个风格十分独特，甚至可以说是绝无仅有的诗人，只因他也有追求奇异的倾向，这才勉强将他归入韩孟一派。李贺因为他的父亲名中有"晋"字，"进"与"晋"属家讳，因此他不能参加进士考试，李贺本身拥有皇族血脉，对血缘有一种骄傲，对自身的才华也充满了自信，但是，他对自己的失意人生也充满了挫折感，这种种际遇促使了他狂放性格的形成。然而，他身上肩负着家计的重担，对家庭充满了愧疚，促使他忍耐和焦躁心态的形成。在他短暂的一生中，他通过诗歌对生命进行了宣泄，并将生命寄托在诗歌中。他经常出游，身边总是跟着一个身背锦囊的小童，他将自己的所见所闻所感书写成文字放到锦囊之中，回到家之后开始将这些所见所闻所感整理成华丽的诗章。他的写作状态是令人惊叹的，就像蜡烛一样在燃烧着自己的生命，这让他在创作过程中充满了想象力和创造力。李贺在年少时期就感受到了生命的否定，那些阴森幽暗、荒寒冷落的事物激发了他的创作灵感，让他创作出了一首首伟大的诗作。他在创作过程中也偏爱运用秋坟、鬼唱、死亡、魂灵等作为意象。这些因素使他的诗作给人一种阴冷而神秘的感觉，给人的印象非常深刻。

李贺平时比较喜欢阅读《楚辞》，因此他的诗歌创作从《楚辞》中获得了灵感。梁代庾肩吾、庾信父子的诗歌轻艳绮丽，也影响了李贺的创作，让李贺在以《楚辞》为基础的乐府歌行中融入了绮丽的内容，但是这并没将他内心的阴暗成分掩盖住，反而受到阴暗的侵蚀，变为一朵朵冷艳奇谲之花。李贺有着近乎神经质的敏锐感觉，他经常不是用概念，而是用纯粹的感觉来把握事物，化实物为虚像。如冷红（秋花）、寒绿（春草）、细绿（细草）、团红（红花簇）、细青（稻）、鲜红（荷花）、青光（竹）、玉青（新竹），这种被川合康三称为"未分化的感觉"的表现，以一种强烈的主观色彩突出了事物的质感，造成独特的装饰效果。像《马诗》的"向前敲瘦骨，犹自带铜声"，《秦王饮酒》的"羲和敲日玻璃声"，辅之大量通感的表现，如《唐儿歌》的"骨重神寒天庙器，一双瞳人剪秋水"，《天上谣》的"天河夜转漂回星，银浦流云学水声"，就表现为一种感觉形式的自由转换和融通。李贺诗中有丰富的比喻和拟人化表现，它们往往在本体和喻体之间有一种可逆性的比喻关系。像《三月过行宫》"风娇小叶学娥妆"、《梁台古意》"兰脸别春啼脉脉"，都改变了通常以物拟人的比拟关系。此外如水与刀、水与天、罗与水、云与旗、旗与树等等，喻体与本体相互变换，也显出诗人在艺术感觉上对传统感觉秩序的颠覆。李贺感性的发达与对事物的全息式把握，提供了不同感觉转换的可能性。

李贺的想象力和艺术表现力都是无与伦比的，不仅在韩孟诗派中是个独特的存在，就是放到整个诗歌史中也是十分罕见的。其他诗人虽有奇思逸才，也都偏于怪异一路。当时卢仝、陈商、吕温、李观、张碧、沈亚之、于鹄、刘言史等都是这样的诗人，奇恣诡怪有余而诗味不足，如卢仝的《月蚀》等虽耸一时视听，终嫌佶屈聱牙，不堪卒读。而同是歌哭民疴、指斥官府，白居易的新乐府就较好地处理了题材和诗型、语言的关系，从而得到广泛的传播，千载以来仍具有感人至深的艺术魅力。

四、"舍官样而就家常"的元白诗派

张籍曾师从韩愈，但他的创作风格却不和老师一路。韩愈多写古诗，而张籍却工于乐府歌行，遂与同样擅长乐府歌行的王建并称为"张王"。相对而言，他们写作古题乐府较少，更多的是写自命题的歌行。歌行在当时被归入古风，故姚合《赠张籍太祝》称"古风无手敌，新语是人知"。清代贺贻孙则称"张司业籍以乐府、古风合为一体，深秀古质，独成一家，自是中唐七言古别调"。像《送远曲》结句"愿君到处自题名，他日知君从此去"便是合乐府、古风为一的例子，诚如庞增所谓"作诗者指事陈词，能将日用眼前、人情天理说得出，便是奇诗"。其他如《牧童词》《野老歌》《节妇吟》等都能化用口语，取眼前景、身边事，写出不平常的意致。然而以李怀民《重订中晚唐诗主客图》为代表的后代诗家对张籍的推崇，主要是着眼于他的律诗。张籍律诗直承大历诗的格调，五律《宿临江驿》一首简直就是刘长卿《馀干旅舍》的翻版。七律质朴少文，比大历诗更加白话化、散文化。似《移居静安坊答元八郎中》《寄王六侍御》等作语句顺妥，明白如话，多用流水对，很能体现他的特色。王建的乐府和律诗风貌接近张籍，但艺术表现手法较张籍更为丰富，平朴中往往有奇警、有巧思。王建诗总体上比张籍诗更浅白，用口语词也更多。如《岁晚自感》云："人皆欲得长年少，无那排门白发催。一向破除愁不尽，百方回避老须来。草堂未办终须置，松树难成亦且栽。沥酒愿从今日后，更逢二十度花开。"浅白如家常话。据盐见邦彦《唐诗口语研究》

统计，王建诗中用口语词65例，仅次于元稹和白居易，而他的作品数量却远少于元、白。王建的创作中还有一个值得重视的部分，那就是宫词。王建作有《宫词》七绝百首，他听族人王守澄谈宫中秘闻，笔之于诗，记载了不少唐代宫廷风俗和秘事，在当时富有新闻价值，故流传极广，后代尊之为宫词之祖，仿效者不绝。

在现知的唐代诗人中，白居易是第一位将自己的作品编集的诗人，其将自己的所有诗作分为了四类，分别是讽喻诗、感伤诗、闲适诗、杂律诗。其中感伤诗和闲适诗在题材和主题上有重叠的部分，从情感类型上很难对它们进行区分，可能不能根据题材和主题对这两种类型进行区分，而是要根据阅读对象对它们加以区分。闲适诗可以看作一种应对外围的场面话，而感伤诗可以看作对自己亲朋好友的私房话，从这个角度上，就很容易区分闲适诗和感伤诗了。然而，在白居易看来，可能就没有不可以用来创作诗歌的题材，也没有不能进行表达的内容。他在诗歌中详细记录了日常生活，如官职的升迁和转移、生老病死、种植营造等等，但是，这种太过频繁的写作和毫无限制的取材难免会让他的诗显得庸常和琐屑，给人一种饶舌的感觉。然而这并不能说是诗歌趣味发生了变化，而是诗歌的功能发生了改变。开元诗人的写作强调情感的抒发，大历诗人的写作强调情感体验之间的交流和互动，而白居易的写作就集中在记录生活上。他过几年就会整理一番自己的作品，并将这些作品编订成集，他通过这些作品来回顾和总结自己的生平。我们可以将他的诗集看作一部详细的回忆录，这部回忆录寄托了他全部的生命。

元稹虽和白居易并称"元白"，但两人的水平和成就并非等同。究两人齐名的由来，一是写作新乐府，二是亲密无间的唱和。元稹的新乐府作品成就不高，近体唱和则与白居易在伯仲间。由于诗歌写作的日常化，他们进一步发展了杜甫诗歌内容生活化与纪实性的倾向。前人说，"眼前寻常景，家人琐俗事，说得明白，便是惊人之句。盖人所易道，即人所不能道也"。诗歌内容的日常化，实际是对日常生活的诗意发现。发现和捕捉日常生活中的诗意和美，寄托人生的感慨，成为他们诗中引人注目的特点。元稹著名的《遣悲怀》三首，捕捉了清寒家庭最典型的生活细节，引发后人无限的共鸣。元稹和白居易将诗歌的交际功能发挥到了极致，有时甚至承担书信的功能。频繁的唱和在使诗歌交流变得日常化的同时，也使两人的诗风互相影响，互相接近。

元白一派的诗人还有李绅、杨巨源、朱庆余、张祜、羊士谔、陈羽、武元衡、徐凝等，各有成就，也有一二名篇为人称道，但整体水平不高。其中李绅是创"新乐府"之名并率先写出十二章的诗人，可惜他的作品已失传，无法加以讨论。这里还应该论及的两位诗人是贾岛和姚合。贾岛从韩愈学诗，后人习惯将贾岛视为韩孟一派的成员。就风格而言，只有贾岛才当得起"清奇僻苦"四字，张为以孟郊为"清奇僻苦主"其实并不合适。孟郊多了一层"沙涩而带芒刺感"的味道，而贾岛则无之，有的是禅意的清空、构思的奇创、取景的幽细、造语的锤炼，这一切都得自他每每自嘲而又自得的"苦吟"。在晚唐暗淡的世道中，贾岛冷淡无为的情调引起人们广泛的共鸣，他的诗风也为许多诗人刻意模仿。有像李洞那样顶礼膜拜的，有像孙晟那样"画贾岛像，置于屋壁，晨夕事之"的，也有像皮光禹那样自称贾浪仙之俦的，诚如宋代方岳在《深雪偶谈》中所说："同时喻凫、顾非熊，继此张乔、李频、刘得仁，凡晚唐诸子皆于纸上北面，随其所得深浅，皆足以终其身而名后世。"历史上还从来没有一个诗人被如此地偶像化过，以至晚唐人写五律，或多或少都带有一点贾岛幽奇炼饰的味道。这表明，贾岛诗风在某种意义上集中体现了晚唐末世的时代精神和士人心态。正因为如此，后来宋末江湖派、明末竟陵派、清末同光派的诗风也无不归趋于贾岛。

姚合与贾岛并称"姚贾"，应该是因诗作同以五言近体为主，尤工五律。两人的风格原不相近，在艺术旨趣上的追求尤为不同。贾岛的五律一般是对内心孤介奇僻之气的宣泄，侧重追求奇特，而姚合的五律是对人生闲适意趣品味的流露，侧重追求品味。这种差异决定了他们在题材选择和意象营造、语言风格各方面也显出孤寒奇僻和清雅闲淡的意趣。相对于贾岛的刻苦幽奇，姚合显得平易和明朗，真挚率性是其魅力所在，同时也是其艺术平庸的部分原因。姚合写诗从不"苦吟"，从后世习惯称姚合为"姚武功"而不是"姚少监"，即可知姚合的得名完全是由于《武功县中作》组诗。这组作品不仅奠定了姚合的名声，也使古典诗歌里的一个类型——衙斋诗得以确立，这是后话。而他和贾岛对晚唐诗风的影响则是主要的。晚唐诗整体上的独工律体和诗风的僻苦、平易两种取向无疑是直承贾岛、姚合。此时诗歌的创作除李商隐、杜牧一两家外，就只有细节的润饰，再没有宏大的构建了。

第四节 晚唐与五代诗歌概述

古人对晚唐诗的评价，不是一句简单的"公正与否"所能概括和评断的。我们需要深入理解其诗学背景，这样才能真正超越传统的批评框架，从更广的诗学经验和理论思考出发，对晚唐诗形成认识。目前有关晚唐诗的分析，多是从其风格入手，对艺术肌理的探讨还不是很深入。从诗学理论的广度上讲，研究晚唐诗需要对盛唐、中唐和北宋诗学都有比较全面的了解；而从理论深度上讲，还需要有意识地突破传统诗学的局限。晚唐诗学很重要的方面，是接续中唐诗学对"人工"之美的重视。

晚唐诗歌与中唐诗风之间存在很密切的联系，如苦吟清浅诗风，就接续贾姚五律的苦吟风格，这一点和中唐韩孟诗派之间有继承关系。李商隐所开创的深婉诗风，也与韩孟诗风有渊源关系。中唐元白一派的诗风，也在晚唐产生了重要的影响。如元白的"元和体"近体创作，其五律通过张籍、姚合的诗学中介而对晚唐五律产生直接的影响，其七律则对晚唐七律的影响更为广泛。从总体上看，来自元白的影响，逐渐超过了来自韩孟诗派的影响。在这种独特的接受取向中，宋代诗学的一些艺术旨趣开始萌芽。晚唐诗坛还表现出对盛唐诗学的回复，如许浑等清丽一派的创作，就吸收了盛唐诗歌善于以境象传神的意境构造特点；苦吟清浅一派，在回避僻涩、追求含蓄平淡的过程中，吸收了盛唐诗学崇尚清真之美的追求，这方面以司空图为代表。

中晚唐时期，随着藩镇势力的增强，文人入幕成为一个重要的现象，而研究文人入幕的地区分布，又可以使我们在传统的关中、山东、江南三大区域的基础上，对中唐以后文化的地域分布有更细致的了解。据考证，至德以后入幕人次由多到少，依次为西川、淮南、河东、山南东道、荆南、江西、浙西、浙东。其中长江流域的大镇成为文士入幕的趋竞之所，西川、淮南的特殊位置决定了两地入幕文士的规模极大，而江淮流域的浙东、浙西、荆南、江西等地，因其土地肥沃、物产丰富而吸引众多文人入幕。文人入幕不仅影响地方的文学创作，同时也受地方文化的影响，地方的历史文化、山川风物、民俗民情都会反映在文人的创作中。

晚唐、五代时期，地区性的文人交游十分活跃，如皮日休与陆龟蒙的吴中唱和、五代的闽中泉州诗人群、南唐庐山国学诗人群等,这些都受到研究者的关注。近来有的研究者围绕集会总集,着重研究了大和至会昌东都闲适诗人群、襄阳诗人群、咸通苏州诗人群、唐末五代庐山诗人群、唐末五代泉州诗人群,取得了重要的成果。

上述几个方面,揭示了中唐以后地域文化的发展,与前述唐王室的衰落和唐宋社会转型两个角度,共同构成了我们认识晚唐、五代诗歌社会文化背景最重要的切入点。

第五节　唐诗的历史地位与现代价值

唐诗在中国诗歌发展史上的地位是无与伦比的,它标志着中国诗歌发展到了一个全盛的时期,是后人学习作诗的样板,相关研究成了专门之学。

一、诗歌发展全盛时期的代表

中华民族是一个崇尚诗歌的民族,诗歌传统由来已久,上古歌谣自不必说,《诗经》《楚辞》各开传统,历经两汉魏晋南北朝,无数才子各有新创,各种题材、各种体裁都有尝试,各种风格、各种流派都有显现,为一个诗歌全面繁荣的时代到来做好了准备。唐代诗人对前人的经验融会贯通,进行了大幅度的创新,充分发挥了诗歌的传统,从而呈现出了诗歌空前繁荣的盛大局面。唐诗兼具众多题材和流派,众多作品流传至今。唐诗是中国诗歌的重要组成部分,被后人称为"一代之文学"。

二、后人学习诗歌创作的样板

唐诗不仅继承了前代诗歌传统,而且开创了许多新的传统,成为后代诗人学习的样板。在后人的心目中,唐诗是高水平诗歌的代名词。在宋人论诗话语中,唐诗被看作高水平诗歌的代表。北宋初年,王禹偁等人学习白居易,西昆诗人学习李商隐,到后来欧阳修学韩愈,黄庭坚等江西诗派学杜甫,几乎所有诗人都从唐人那里找到了学习的样板。至南宋严羽作《沧浪诗话》,大力标举盛唐,影响极其深远。到明代,甚至有人喊出了"诗必盛唐"的口号。

三、研究唐诗成了专门的学问

唐诗的繁荣辉煌让历代众多研究者的目光为之停留,并且取得了良好的成效,形成了一个专门针对唐诗进行研究的学问。千百年来,历代学者为了研究唐诗付出了巨大的努力,开展了大量的工作,并且在辑佚、选编、诂笺、考证、解析、品评和其他专题论述上,都取得了巨大的成果,著述更是多种多样,达到几千种。可以这么说,随着对唐诗研究的深入,已经逐步形成了唐诗学,与诗经学、楚辞学、乐府学、词学、曲学等并驾齐驱,不仅成为一个独特的研究对象,还成为一种学科体系。这些专门学问中,唐诗是唯一一个用时代进行命名的学问,由此可见唐诗的重要性和特殊性。

唐诗不仅在诗歌史上有着崇高地位,而且有着极其丰富的现代价值。唐诗不仅与现代诗歌创作相对应,也与现代人的精神生活相对应。现代人在诗歌创作过程中可以借鉴唐诗,也从唐诗中得到了训诫。发掘唐诗中包含的美好情感,彰显诗中的精神价值,如爱国、自由、平等、博爱、真理、信念、理想、民主等等,是唐诗史描述的重要任务。

首先,唐诗是今人生活的高尚元素。诗歌永远是高品质的生活元素,唐诗应该成为现代人高品质的生活元素。唐诗是诗中的经典,而经典是常读常新的。唐诗是过去的,也是现在的。

姹紫嫣红的唐诗百花园,记录了一个时代人们的喜怒哀乐,其中有离别的凄苦,有爱情的长恨,有边塞立功的豪迈,有林泉优游的惬意,有怀才不遇的诉说,有民族苦难的叙写。唐诗让我们了解了一个民族的辉煌和衰退,真切感受到一个民族昂扬、向上、开朗、包容的精神,感受到人们对多种人生价值的追求。当今天的人们遇到同样的情景时,心中就会感到一种莫名的契合,感到一种心灵的共振。比如,李白的诗歌不仅让我们感受到神采的飘逸,还让我们感受到精神的自由和人格的独立,激励着无数的士人在权势和自由、利益与人格的选择中,坚定地选择了后者。他的诗时刻提醒着人们,自由最为珍贵,人格最有价值。

我们不仅可以从杜甫的诗歌中感受到真切的历史场景,也可以从中感受到杜甫的情怀。《自京赴奉先县咏怀五百字》和《北征》给人的感觉，已经超越了艺术欣赏的层面，读到这样的作品，心里油然而生的是静穆和庄严。杜诗使人们真切地感受到了崇高的存在，是激励后人追求理想，追求高尚，忧怀天下，战胜灾难的永久的精神动力。王维的诗歌为我们展现了一幅幅优美的山水画，也让我们感受到士人在山水间徜徉的惬意。

　　唐代诗人不仅在文学上创造了丰功伟绩，还在生活中丰富了民族的话语，后人在面对唐人一样的生活场景时，会对唐诗有更为深入的切身体会，唐代诗人在诗中对此已经做出了最为恰当的表达。如诗人文天祥身陷狱中，并没有进行创作，而是借用杜诗将自己心中的悲愤之情表达出来。如在抗日战争取得胜利的时刻，人们引用杜甫的《闻官军收河南河北》将自己心中的喜悦之情表达出来。这些例证清楚地表明，唐诗是民族的话语，是活着的语言，今人的生活离不开唐诗。中国人的生活一向很特别，我们的精神家园是以诗歌为主要内容的文学艺术。诗歌是民族文化的载体，诗歌传达着民族的心声，诗歌是人们的精神家园，读诗、品诗、作诗是最高级的生活方式，唐诗就在我们的生活当中。

　　其次，唐诗是走向世界的话语资源。唐朝繁盛的诗歌活动曾给周边国家文化以深刻的影响。当时有许多人来到唐朝生活学习，写作诗歌，并把诗歌典籍带回到他们的国家。例如，晁衡就曾与李白、王维、储光羲、包佶交游，并有赠诗。《全唐诗》录其诗一首，《全唐诗续补遗》录其诗两首。遍照金刚根据唐朝流传的诗格著作写成《文镜秘府论》，今天我们能够见到的许多唐代诗格著作，都有赖于这本书得以保存。《文馆词林》与《翰林学士集》是两部初唐重要诗集，可惜中国失传已久，今日所见也是从日本影印回来的。长期以来，日本学者一直注重对唐诗的研究。唐诗也直接影响到了日本的文学创作。许多诗人都深受日本人的喜爱。

　　唐诗对朝鲜半岛的文学也有深刻影响。崔致远是晚唐著名诗人，有大量的诗歌创作，《全唐诗补逸》录其诗 60 首。他在朝鲜文学史上具有很高的地位，有《桂苑笔耕集》传世。越南 19 世纪以前的文学作品，多用汉文写成，诗歌多受唐诗影响。1962 年，杜甫被世界和平理事会定为世界文化名人，又恰逢杜甫诞生 1250 周年，中国各地都举行了纪念活动，越南也举行了纪念活动，从中可以看到杜甫对越南文化的影响。

进入20世纪以来，唐诗作为中国文化的突出代表，有了更加广泛的传播，也日益受到各国学术界的重视。唐诗是中国人民与世界人民联系、沟通、理解的文化纽带。研究唐诗、普及唐诗、传播唐诗，对于中国的强大，对于民族的复兴，都有着重要意义。唐诗是中华民族走向世界，与各民族进行心灵沟通的话语资源。

第五章 两宋诗歌研究

本章主要内容为两宋诗歌研究,共分为三节进行论述,其中,第一节为两宋诗歌与唐诗关系研究,第二节为宋代理学诗的审美逻辑,第三节为两宋的诗派与成因。

第一节 两宋诗歌与唐诗关系研究

一、北宋诗歌的变唐历程

与唐代诗人相比,两宋时期的诗人是无法与之相提并论的,他们对唐代诗人十分尊崇,并将唐代诗人作为学习的典范。不同的时代和诗人对唐诗的学习是不同的,在收获方面也呈现出了很大的不同。除此之外,不同的文化背景、不同的创作经验以及不同的审美趣味,让不同时期的诗人对唐诗的体会也是不同的,对宗唐中的变唐也是不同的。因此,在"诗学史"研究中,将对宋代诗歌中的变唐轨迹和宋代诗歌中在宗唐基础上而形成的鲜明特色的思考和把握作为研究的重点。宋代因为历史的原因分为北宋和南宋,因此,宋代诗歌的变唐情况也必须分别从北宋和南宋来述说。这里重点描述了北宋诗歌的变唐轨迹。北宋诗歌的变唐轨迹经历了三个阶段,具体如下:

(一)初期:于模仿中初显精神

北宋初期,诗歌创作在一定程度上受到了五代诗风的影响,但是受到唐诗的影响更为深刻。这时所创作的诗一般是白体、昆体、晚唐体三种体裁,其中擅长运用白体的诗人有李昉、徐铉、徐锴、王禹偁等人；擅长运用昆体的诗人有杨亿、刘筠、宋祁、钱惟演、丁谓等人；擅长运用晚唐体的诗人有九僧、寇准、林逋等。这三个诗派全面延续了唐代的风格，也就是全面宗唐，这就是北宋初期诗坛的真实状况。北宋初期的宗唐主要体现在两点，一是对唐诗进行纯粹的模仿，二是对中渐"变唐人之风"进行模仿，就是在宗唐过程中将宋诗的精神面貌彰显了出来。宋初诗人主要对唐诗的表现形式和技巧进行模仿，在当时形成了一种潮流。

如徐铉《正初答钟郎中见招》："高斋迟景雪初晴，风拂乔枝待早莺。南省郎官名籍籍，东邻妓女字英英。流年倏忽成陈事，春物依稀有旧情。新岁相思自过访，不烦虚左远相迎。"这首诗是一首赠答诗，将遣意空虚之感充分表达了出来。

又如杨亿的《无题》一诗："巫阳归梦融千峰，辟恶香消翠被浓。桂魄渐亏愁晓月，蕉心不展怨春风。遥山黯黯眉长敛，一水盈盈语未通。漫托鹍弦传恨意，云鬟日夕似飞蓬。"这首诗是在李商隐《无题》的基础上创作而成的，与李商隐的《无题》同韵，因此，可以看出诗人受到了李商隐诗的深刻影响。但是这首诗重点对事物的状态进行了描绘，不仅在内容上是比较空泛的，在情感表达和语句描绘上也无法与李商隐的《无题》相比。

再如僧文兆的《宿西山精舍》："西山乘兴宿，静兴寂寥心。一径杉松老，三更雨雪深。草堂僧语息，云阁磬声沉。未遂长栖此，双峰晓待寻。"这首诗重点对字句进行了推敲，以苦吟为主，因此，这首诗是一首典型的"贾岛格"。

从上面所举的例子来看，宋代初期三派诗人对唐诗所进行的模仿是一种有意识的活动，因此宋代初期的诗作没有创新和特点。但是，三派诗人中的王禹偁在模仿唐诗的过程中呈现出自身的特点，宋诗的精神体现初露端倪。对于王禹偁来说，学唐虽然是"韩柳文章李杜诗"，但最具成就者，是"本与乐天为后进"的"宗白"之作。

（二）中期：执着而热烈的变唐

王禹偁卒于蕲州之后，北宋中期的诗坛开始以欧阳修为盟主。与北宋初期相比，这个时期的宗唐是更加执着的，也是更加热烈的，并且在"变唐之风"上也更为鲜明，在个性和风采体现上也更为明显。这一时期的诗人不仅对宋诗审美特征和艺术精神的形成起到了重要的作用,还为宋诗的繁荣和发展提供了强大的推动力,在文学史上具有极其重要的意义。北宋中期,诗歌中的变唐主要体现在以下三个方面:

1. 确立了"以文为诗"的特征

用"以文为诗"来形容宋诗,主要是为了与唐诗进行区分。"以文为诗"主要是运用了散文化的手法,但是它将议论与说理融为一体,这种特质又促使"以议论为诗"的出现,从而让宋诗的面目更加清晰地呈现出来。"以文为诗"其实是一种创作手法,是以王禹偁为开端的,之后被北宋中期的诗人广泛应用,并进行大力发扬,这在当时成为一种潮流。这种创作手法在欧阳修的作品中得到了充分体现。欧阳修宗唐,主要学习李白、杜甫与韩愈,他在向韩愈学习的过程中,重点学习韩愈以"古文之法"作诗的技法。韩愈以"古文之法"作诗主要是受到了杜甫诗歌和当时"古文运动"的影响,正是因此,韩愈让唐诗的创作发生了重大变化。北宋中期也存在"用古文章法"创作诗歌的诗人,如苏舜钦、梅尧臣、石介、石延年等人。这些人非常支持欧阳修倡导的"诗歌复古运动",并进行了大量的艺术实践,并且跟着欧阳修进行了各种形式的宗唐,也由此成为"宋调"的开创先锋。总之,北宋中期,经过这些诗人的变唐努力,"以文为诗"这一散文化的手法得以形成,在宋诗中焕发光彩。

2. 形成了异彩纷呈的风格

在风格上,北宋诗歌是多种多样、异彩缤纷的。这种文化现象形成的原因主要体现在两方面:其一,这种文化现象与北宋中期诗人所具有的艺术修养、精神内涵、审美趣味等有非常紧密的关系;其二,这种文化现象是由北宋诗人从一开始的宗唐逐渐转变为变唐而导致的。这里对第二条原因进行讨论和分析,北宋中期诗人的宗唐在师学对象的选择上有很大的不同,因此,由于变唐而呈现出的特点也大不相同,其中最典型的是风格呈现上。

3. 传承和发展了论诗诗

唐代的论诗诗中,最具代表性的作品是杜甫的《戏为六绝句》、《解闷》六首等。北宋中期诗人受到杜甫这类诗的影响,也陆陆续续创作了一些论诗诗,其中欧阳修的论诗诗虽然是在杜甫这类诗的影响下创作的,但是与杜甫的论诗诗相比,又有很大的不同。第一，在体裁方面，杜甫的论诗诗主要是七言绝句，篇章比较短，而欧阳修的论诗诗则大多是五古、七古，篇幅相对比较大，如欧阳修的《答苏子美离京见寄》，一共有52句，是运用了赋体创作而成的。这种诗中运用了明显的散文化手法。第二，在论诗范围上，杜甫的论诗诗涉及了古今的诗人，也就是杜甫所处时代以及之前时代的诗人，而欧阳修的论诗诗多数涉及的是与他同时代的诗人，这说明欧阳修的论诗诗所强调的是当代诗坛。第三，在论诗人数上，杜甫的论诗诗一般一首只会涉及一位诗人，而欧阳修的一首论诗诗会涉及多个诗人，如《水谷夜行寄子美圣俞》中，对苏舜钦诗与梅尧臣诗进行了比较分析，从而得到一个比较中允的结论，被后来众多的文学史家所称赞和引用。这三个不同反映了欧阳修虽然学习了杜甫的论诗诗，但在杜甫论诗诗的基础上进行了一定的变化和创新。

（三）晚期：宗唐而变唐的高峰

北宋晚期的诗歌达到了北宋诗歌的最高成就，这时的诗歌佳作众多，成绩斐然。这个时期的诗人以"苏黄诗派"与"江西诗派"两个派别为主。这个时期的诗人在宗唐而变唐上尤为热烈，在变唐的形式和内容上也更为丰富，具有代表性的诗人有王安石、苏轼、黄庭坚等，他们的诗歌具有鲜明的个性，在当时的诗坛上达到了很高的成就，并且因为变唐的斐然成就让他们在宋诗史上占有了一席之位。与北宋中期的变唐相比，这个时期的宗唐而变唐主要体现在两个方面：一方面是"以才学为诗"，另一方面在艺术技巧方面进行了精益求精。其中，"以才学为诗"与欧阳修的"以文为诗"共同构成了宋诗的艺术特征。由此可知，宋诗具有的"以文为诗""以才学为诗""以议论为诗"三大特点都是北宋诗人在"宗唐而变唐"的过程中形成的。下面通过介绍苏轼、黄庭坚的诗歌来对北宋晚期的变唐状况进行简要述说。

苏轼在北宋晚期诗人中是宋诗三个特点的集大成者，在"以文为诗""以议论为诗""以才学为诗"三个方面都做出了斐然的成绩。苏轼本身博学多才，在学习唐代诗人的过程中，并不是向一两个人进行学习，而是对李白、杜甫、刘禹锡、韩愈、白居易等多人进行学习。苏轼在杜甫"读书破万卷，下笔如有神"的基础上提出了"读书万卷始通神"的认识,二者可谓是同宗同脉,非常明显。苏轼在杜甫和韩愈的影响下形成了"以才学为诗",但是又在二人的基础上进行了发展和延伸,主要体现在使事用典、化用诗句、集古人句等方面,并用自己的才华进行了艺术实现,在北宋诗坛上焕发光彩。

黄庭坚是"江西诗派"的典型代表人物,在宗唐和变唐上甚至超越了苏轼。因此,在"一洗唐调"上,他的成就比苏轼更为突出。黄庭坚宗唐中学习的对象与苏轼一样,也是向多位唐代诗人进行学习。但是在学习的唐代诗人中,他最敬仰杜甫,不仅是敬仰杜甫这个人,也敬仰杜甫的诗。黄庭坚详细学习了杜诗中的创作方法,并进行了认真总结,在苏轼提出"点瓦成金"之后,提出了"点铁成金"的观点。以此为基础,他又提出了"换骨说"与"夺胎说"。黄庭坚在前人的基础上推陈出新,甚至超越了前人。他所提出的观点在当时造成了很大的影响,成为"江西诗派"一个非常重要的诗学纲领。

北宋诗坛中,次韵诗的存在显然与变唐是不符的,因此,北宋时期的人以及之后的人都对其进行了批判,当然,这也是必然之势。

二、南宋诗歌的变唐成就

虽然黄庭坚的诸多观点在"江西诗派"中有很大的影响,但是北方战事爆发,让黄庭坚的学说变得几乎无人问津。这是因为宋朝国都南迁之后,那些具有民族大义的仁人志士,他们纷纷要求驱逐金人、收复失地,因此,这时的山河丧失之痛,家国被侵之恨,一跃成为当时的时代精神。这其实是一种民族情绪,诗人将这种情绪融入传统诗歌中,铸就了一篇篇爱国诗章。由此可以看出,南宋初期诗歌的变唐因为历史事实而具有了独特个性和风采,之后涌现了以陆游为代表的一大批"中兴"诗人,他们将理论与实践进行充分结合,让变唐又呈现出一个新面目,让南宋的诗歌具有了时代性和艺术性。接着,"四灵诗派"与"江湖诗派"出现,这时的宗唐之风更为热烈。此时,诗坛变唐呈现出"诗得唐人句"的鲜明特点,由此在诗坛上形成"唐风复现"之风。相比北宋诗人,南宋诗人在宗唐和变唐上都显得比较成熟,也呈现出更高的理性,并且在创作中与社会现实进行更为紧密的联系。总之,南宋诗歌的变唐虽然受到"江西诗派"的影响,但是南宋诗人的创作更多的是在不断的艺术实践中进行的。

（一）特殊条件下的"诗史诗派"

历史事件"靖康之耻"的发生，让宋王朝的历史命运发生了改变，也改变了当时的文学之风，尤其是与爱国相关的诗歌被大量创作出来，几乎占据了整个南宋初期的诗坛。我们可以从地域的层面对南宋初期的诗人进行划分，将其划分为三个群体，分别是江西诗人群、闽中诗人群、湖州诗人群。在"靖康之难"的影响下，这些诗人在宗唐上都将杜甫及其诗作为师学的对象，如陈与义、曾几、吕本中、汪藻等人都非常敬仰杜甫本人以及他所创作的诗篇。但是，这些诗人的宗杜与北宋诗人的宗杜有很大的区别，因为北宋诗人主要在艺术形式上师学杜甫，而南宋初期的诗人则是在"诗史"方面师学杜甫，他们与杜甫一样，将感时伤怀、忧国忧民的爱国思想和仁爱精神融入诗歌创作中。

不同的诗在内容上虽然有所差别，有的诗是在描写诗人的所见所闻，有的诗在描绘与友人的离别之情，有的诗是在向异地的亲朋好友抒写寄语，有的诗是在抒发心中对胡人的恨意等，但是因为这些诗人处于丧乱之后，因此，诗中都带有感时伤怀、忧国忧民的思想和精神。这些诗篇在艺术上受到了杜诗的显著影响。在宗唐与变唐方面，南宋初期的爱国诗篇虽然受到江西诗派一定的影响，但这是非常有限的，更多的是因为他们处于特殊历史条件下，心中饱含山河之痛与家国之恨，在这样的历史和心理条件下，再加上尊唐宗杜的成分，诗人们抒写了众多伟大的爱国诗篇，因此，南宋初期的宗唐与变唐和江西诗派并不是一脉相承的。这些爱国诗篇为宋代诗歌史书写了全新的一页。

（二）"中兴"时期的变唐新面目

陆游生活的时代，金兵不断向南侵略，导致陆游三岁时就跟着父亲一路向南逃亡，经受了跋山涉水和颠沛流离之苦。因此，"靖康之耻"对陆游的童年以及后来的成长都产生了非常深刻的影响。也正是因为陆游的这些经历，让他写下了一首首爱国诗篇，这些爱国诗篇饱含了陆游伟大的爱国主义精神，如陆游所创作的《关山月》《追忆征西幕中旧事》《客从城中来》《醉歌》《感愤》《北望》《感中原旧事》《夜泊水村》《十一月四日风雨大作》等诗，皆为《陆放翁全集》中的爱国名篇。陆游在宗唐过程中,也是师学多人,对此,我们从《剑南诗稿》之《吊李翰林墓》《夜登白帝城楼怀少陵先生》《夜读岑嘉州诗集》《夜读唐诸人诗》《草堂拜少陵遗像》《绵州录事参厅观姜楚公画鹰少陵为作诗者》《读王摩诘诗》《读李杜诗》《读乐天诗》《读许浑诗》等诗中就能了解到。

  陆游师学杜甫,在变杜中与现实进行了紧密结合,从而创作出了众多"诗史"般的爱国诗篇。与此同时,他也向同时代的诗人进行学习,创作了一些个性鲜明的诗篇。如他对梅尧臣诗进行了效仿,我们从《剑南诗稿》中的《寄酬曾学士学宛陵先生体》《假山拟宛陵先生体》等作就可以看出来,因为其中的"宛陵先生体"就是"梅尧臣体",只是说法不同而已。在严羽的《沧浪诗话·诗辨》中,有关于梅尧臣的记载,说他是北宋中期"学唐人平淡处"的一位具有代表性的诗人。陆游的诗作中集中了唐人诗和时人诗的优势特色,形成了他的个性化特征,是他在变唐方面的又一个新面目,这类诗有《临安春雨初霁》《西村》《小园》《山头石》等。陆游在变唐方面的特征影响了同时代的杨万里与范成大等诗人的创作。

  对于文学史家来说,他们普遍认为杨万里师学唐人是以晚唐时期的杜牧、陆龟蒙为主的,也就是说杨万里的一些诗篇中带有晚唐"杜、陆"之风。然而事实却非如此,他在一生中曾师学多人,如王维、李白、杜甫、白居易、元稹、于濆、刘驾等众多唐代诗人都是他的师学对象,他的诗作《读唐人及半山诗》《书王右丞诗后》《读退之李花诗》《读元白长庆二集诗》《新晴读樊川集》《读唐人于濆刘驾诗》《春愁诗效玉川子》《读笠泽从书三首》等就为这个事实提供了充分的佐证,当然,杨万里的师学对象也包括晚唐杜、陆二人。因此,杨万里对于唐人唐诗的学习集中了从初唐到晚唐之间的众多诗人,由此可见杨万里的师学对象之多与师学范围之广。正因为此,爱国诗篇与"诚斋体"共同构成了杨万里诗歌的变唐成果。杨万里曾奉命接伴金国的贺正旦使,正是在这段时间,他抒写了众多的爱国诗篇。这时距离"靖康难"发生的时间已经有60多年了,但是杨万里因为亲临了宋、金交界地,对沿途的风景有感而发,触景生情,写下了这些爱国佳作,如《过瓜州镇》《舟过扬子桥远望》《过扬子江二首》《初入淮河四绝句》等。

  在时人评价杨万里诗歌的基础上,严羽在《沧浪诗话》中将杨万里的诗歌列为单立的一"体"——"杨诚斋体",并且在南宋诗人中"以人而论"者仅有这一例。

之所以用"诚斋体"来称呼杨万里的诗歌，正是因为杨万里宗唐的关系，他的诗中具有"回复唐诗传统"的诗风，这也是杨万里变唐的重要收获。

范成大和杨万里于同年高中进士，他也比较擅长宗唐和变唐。根据现有的资料显示，在师学杜甫方面，范成大是不如陆游和杨万里的，但是，南宋初期的"诗史诗派"对他的影响非常大，其中比较典型的例子就是范成大45岁的时候，因为出使金国，写下了由72首诗组成的纪行诗，这72首诗全部是七言绝句。题材上，有的诗对历史人物进行了追忆缅怀，有的诗对忠臣义士进行了歌颂赞扬，有的诗对中原父老对故国的眷恋怀念之情进行了抒发，有的诗将金人统治辖区内的荒凉残破场景进行了揭露，有的诗对使神州陆沉的误国权奸进行了谴责等，题材和内容可谓是多种多样。

从"诗史诗派"发展为"中兴爱国诗"，这种文学现象的出现虽然受到了"靖康之耻"的重大影响，但是从宗唐角度来看，是南宋诗人宗唐而变唐的结果，当然也是宗唐学杜的结果。"中兴"时期的诗人主要以陆游、杨万里、范成大为代表，他们抒写了一篇篇爱国诗，但是由于他们宗唐的对象和形式是不同的，所以他们获得的成就也有所不同，如陆游的"平淡"诗风，杨万里的"诚斋体"，范成大的新乐府等。这些诗人的不同成就，正彰显了这个时期诗歌变唐的个性化特征，进而让这个时期诗歌的艺术精神得到了丰富，审美时尚得到了提升，而且对后面"四灵诗派"与"江湖诗派"的出现产生了非常显著的影响。

（三）"诗得唐人句"的变唐特质

南宋后期，"四灵诗派"、"江湖诗派"以及以文天祥为代表的爱国诗人共同构成了这个时期的诗坛，这种情况持续了有百年之久。这个时期有很多诗人，并且诗人们宗唐的对象也很多，宗唐的形式也是多种多样，并且宗唐之风非常激烈，因此，此时有了"唐风复现的时代"这个称号。

"江湖诗派"在南宋历史上可以说是最大的一个诗人群体，《四库全书》中的《江湖小集》与《江湖后集》就收集了当时109位诗人的诗，由此可见，这个诗派的诗人在百人以上。张瑞君《南宋江湖派研究》也为此提供了良好的佐证，他在里面详细列举了118位"江湖派"诗人。"江湖诗派"的人数繁多，成员之间的背景也是比较复杂的，并且他们不仅有不同的生活经历，也有不同的社会地位，但是他们在师学唐诗方面，尤其师学晚唐方面，都是非常一致的。刘过、姜夔、戴复古、刘克庄4位诗人是这个诗派最具代表性的人物，其中刘克庄在宗唐和变唐上的成就是最为突出的。下面从刘克庄诗的变唐来了解"江湖派"诗人的变唐。

刘克庄对陆游、杨万里等人的宗唐进行了一定的继承和发展，是他们之后最为杰出的一位诗人。刘克庄在诗歌创作中博采众家之长，让自己的诗歌创作得到了丰富。根据刘克庄的《后村诗话》可以看出，刘克庄本人非常尊崇唐代诗人，其师学的对象包括李白、杜甫、李贺、韩愈、张籍、王建、姚合、贾岛、许浑、朱余庆等诗人，其中他师学的重点对象是杜甫、张籍、王建三位诗人。刘克庄师学杜甫主要体现在两方面：一方面，他的诗作体现了"诗史"特质，如《有感》《苦寒行》《国殇行》《北来人》《戊辰即事》等，他的诗歌中，有的抒发了感时伤怀、忧国忧民的爱国之情，有的对现实进行了揭露，有的对权臣进行了抨击和讽刺，这都无疑体现了"诗史"的特质，与杜诗的沉郁顿挫有异曲同工之处；另一方面，刘克庄的诗歌创作学习了杜诗的一些创作手法，并在杜诗创作手法的基础上进行了继承和发扬。由此可见，刘克庄宗杜而变杜的收获非常突出。刘克庄在艺术上虽然师学杜甫，但是又没有局限于杜诗，这也是刘克庄变唐的其中一个特点。

刘克庄在乐府诗上师学张籍与王建。张籍与王建两位诗人的乐府诗大多都是五言诗，但是刘克庄创作的乐府诗都是七言歌行，其中有的诗将一韵贯彻始终，有的诗在中间进行了换韵，有的诗运用了平声韵，有的诗运用了仄声韵，他诗中的变化之妙令人叹服。这也是刘克庄变唐的另一个特点。

1276年，也就是刘克庄逝世后的第八年，元兵攻入临安，当时的赵恭帝举手投降，1279年，南宋王朝彻底结束。元兵在攻入临安的前后，诗人们的创作也进行了宗唐而变唐，如著名的文天祥、谢枋得、林景熙、汪元量、谢翱等人。谢翱之外的4个人在宗唐上具有很大的共性，他们都是师学杜甫，因此，在当时诗坛中宗杜成为一种风气，并形成了颇为壮观的形势。这几个人中，文天祥宗杜的特点最为突出。文天祥的《读杜诗》等就充分表现了他对杜甫及其诗的尊崇，并且文天祥在狱中抒写的《集杜诗》达到了200首，这也是他在变杜方面的又一成果。集前人诗句以为诗的创作方式在北宋时期被众多诗人应用，发展到文天祥这个时期,已经成为诗坛上的一种时尚,当时的诗人尤为喜爱杜诗的"诗史"特质,纷纷开始创作集杜诗,而文天祥的200首集杜诗是其中的典型代表。谢翱与上面几个人的宗唐有很大的不同,他师学的对象不是杜甫,而是中晚时期的李贺、孟郊、贾岛、李商隐等人。在南宋晚期,谢翱的宗唐则影响了另一类宗唐诗人,这些宗唐诗人与宗杜诗人共同为南宋晚期诗歌变唐做出了多方面的成就,对后来的元代诗人的宗唐而变唐产生了重大影响。

第二节 宋代理学诗的审美逻辑

一、以诗言道的审美逻辑

从古至今,无论是时间上的学术探索,还是空间上的学术探索,都可以将美作为研究对象。古语云,"天地有大美而不言""原天地之美而达万物之理""大乐与天地同和"等充分说明了这点。从这个角度上说,对宋代理学的美学内涵进行研究是非常有必要的。通常情况下,美感是伴随着情感心理状态而产生的。因此,如果没有感受到自由快乐,没有体验到美,那么邵雍、程颢及朱熹等人的理学诗也就不会出现。从另一方面来说,诗歌创作中,说理内容的呈现是最难的,也可以说是"义从玄出而诗兼玄义,遂为理境极致"。由此可见,两宋作家在创作过程中将情感和"义理"进行了完美结合,以此来表达自己的内心,其艺术素养和艺术水平是相当高的。

从哲学角度来看,毫无疑问,理学家身上具有明显的主体性,但是,在审美体验基础上所进行的诗歌创作,其主体性是否能够得到确认,这是一个至今未能解决的学术难题。

文章中难免会有"害道"之虞,而诗歌中也难免有"文章之余"。如果以此为论据,对理学家的文学主体性进行否定也是情理之中的事。

对于理学家来说,一首诗作只要具备了"明理"功能,能够为圣人微旨的"情意"的探索提供佐证,那么这首诗作就是值得被肯定的。由此可见,两宋理学诗经久不衰的魅力和相关作者的主体性就很容易得到理解和确认了。

理学家在诗歌创作过程中的出发点与"诗人之诗"的抒情言志诗人之间有着很大的不同,理学家的出发点并不是进行抒情言志,而是对儒学"义理"进行阐述和表达。这深刻表明了他们"为天地立心,为生民立命,为往圣继绝学,为万世开太平"的高尚人格,因此,他们通过诗歌创作表达的不是通俗的情,表达的是"理""道""智""心"等深奥的道义。即使他们抒写了吟咏性情的佳作,也往往在其中蕴含了深刻的人生哲理。这些诗歌将理学家理性的智慧充分展现出来,这是非常值得肯定的。但是,从诗歌创作的角度来说,这些"心性""理道"的审美价值是否真正存在,是值得讨论的。

在价值哲学层面上,对一个事物的价值进行判断,首先要根据这个事物在物质上和精神上的需求程度进行评判。一个有价值的事物一定是满足了人某些方面的需求,可以是物质上的需求,也可以是精神上的需求。如果一个不具体的、不艺术的事物能够将人的情感激发出来,在精神上让人获得愉悦感和满足感,那么我们说这个事物就具有了美感,这是情理之中的事,不应该被否定。例如,对于数学家来说,抽象的公式、定义或者曲线具有表象美;对于天文学家来说,他们所掌握的天体运动规律具有表象美;同理,对于宋代理学家来说,他们对理性的儒学探索也具有表象美。虽然理学诗缺少了"诗人之诗"中的风骚情韵,但是其蕴含的客观审美逻辑不能由此而被否定。对于理学家来说,他们在对理学进行研究的过程中让自己的精神获得了满足,并且将这种情感体验转化为外在的艺术形式,不仅成为审美主体,也成为抒情主体。

美所具有的内在规律包含变化、差异和多样性等。对于审美主体来说,他们所获得的经验的不同,在审美客体的形式和内涵上也会表现出很大的不同,最终呈现出千差万别的美感状态。宋代理学家用朴实无华的语言和"修身以道"的真诚,怀揣着"期于己成,亦以成物"的强烈渴望,谱写了理学诗的审美特质。

"横渠四句"包含了学者生命的主体意识,也是以此为开端,两宋理学家逐渐对自己的"主体"地位进行了确立,这在他们的诗作中有充分体现。对于宋代理学家来说,他们将实践智慧作为一直探寻和追逐的核心论题。与此同时,对于理学诗来说,实践智慧是其最为重要的审美内涵。

在理学诗人的眼中,"性理""圣心"才是美的,也就是认为实践智慧是美的,并且通过不同的方式将儒学的实践智慧进行展示，这也是一种独特的诗歌创作模式。但是，从学术情感向审美过程转移过程中，那些求真向善的追求和渴望以及为了实现自己的追求和渴望所进行的艰难探索都是审美探索的对象。理学家通过情感中介的引领，以"主体"的身份在对象世界中对美感进行无尽探索，并最终将这种美感体现在诗中，毫无疑问，这是非常成功的。我们从理学诗中可以体会到一种独特的审美逻辑，这种审美逻辑正是美的变化、差异性和多样性的体现。

二、谈理之诗的艺术流变

学术探索和诗文创作虽然是两种不同的文学方式，但是对于那些名儒来说，他们不仅能够进行学术探索，还能进行诗文创作，两者之间虽然有区别，但是本质上是血脉相通的。宋学与理学诗便是如此。客观说来，"道学宗师于书无所不通，于文无所不能"的学养积淀，很容易使他们将诗歌创作深陷"理路"，甚至呈现出重"理"寡"情"、形同说教的非审美景象。不过，若谓"为诗好说理"的文学风尚肇自宋儒，这种说法则不够客观。究其根本，或与嘉定进士熊节所编《性理群书句解》以及宋末元初金履祥所辑《濂洛风雅》等密切相关。从那个时候开始，学术界基本上是在宋元之后才对理学诗的艺术特点进行讨论，很少有人对理学诗进行溯本探源，也很少有人对理学诗的流变轨迹进行探寻。理学诗的源头并不是在两宋时期才出现的，早在魏晋时期和唐朝时期就出现了，在之后的朝代陆陆续续也有出现，如魏晋玄学家的"玄言诗"，唐代的禅理诗，五代的道情诗等，都是两宋时期理学诗进行创作的艺术先导。对于理学诗，我们不能将其看作"宋学"的附庸之物，对其进行过于简单化的解读，我们应该尝试从所有与之相似的诗作艺术中去探本溯源，从中寻找其流变的轨迹。

在宋代的理学诗中，有的诗抒写"义理"，有的诗将"义理"抒写与情感吟咏进行结合，两种题材虽然略微有些差异，但是艺术渊源却是一致的。抒写"义理"的诗作，运用了学术理性的思维方式，通过诗歌作品将玄学或者释、道思想展现和表达出来，从而营造出古雅而浅淡的审美诗境。对于两宋的理学家来说，他们"以诗人比兴之体，发圣贤义理之秘"，只是将论题的范畴进行了重新确定。邵雍所谓"行笔因调性，成诗为写心。诗扬心造化，笔发性园林"者便是如此。

魏晋时期的玄言诗是理学诗的早期艺术形式。这个时期的诗人创作时将玄学及佛理融入其中，非常重视"理"的抒写，而在"辞"的抒写上有所忽视。随着何晏、王弼、阮籍、嵇康、孙绰、许询及卢谌等人的不断探索和实践，玄言诗的艺术特点逐渐趋于成熟。

宋代学者对于玄言诗的认识是非常清醒的，对它的评价也非常客观，但是很少有人将玄言诗与理学诗联系起来，关注它们之间的艺术联系。其实，理学诗对"圣人义理"的阐发和玄言诗对玄学和佛理的演绎二者之间有异曲同工之处。

隋唐以来，方外诗家将佛理道情作为诗歌创作的重要题材，虽然与玄言诗相比，没有那样寡淡乏味，但是很多诗作都对佛、道、义理进行了直接描述，有的诗作直接劝人向善，重"理"轻"辞"，与抒情言志的"诗人之诗"相比，缺少了风骚趣味。

再谈吟咏情性之诗。程颢有《游月陂》诗云："月陂堤上四徘徊，北有中天百尺台。万物已随秋气改，一樽聊为晚凉开。水心云影闲相照，林下泉声静自来。世事无端何足计，但逢佳节约重陪。"这首诗是程颢为了酬和邵雍而创作的，诗中蕴含着他的新体，也表达了他超脱万物不被外界物质所累的怡然情态。与之相仿佛者还有《秋日偶成》，云："寥寥天气已高秋，更倚凌虚百尺楼。世上利名群蠛蠓，古来兴废几浮沤。退居陋巷颜回乐，不见长安李白愁。两事到头须有得，我心处处自优游。"诗人通过颜回和李白的事情来述说名和利的诱惑，蕴含了深刻的道理，并运用了委婉的言辞，值得我们深思。虽然这首诗是一首吟咏情性的作品，但却蕴含了从容娴雅的淡然。

程颢的诗作通过自然物象对理性智慧进行委婉述说，这样的创作手法在魏晋时期和隋唐时期就已经广泛应用了。魏晋时期，阮籍、嵇康的诗歌为玄言诗的创作开辟了先路。阮籍在《小雅》的基础上创作了《咏怀》，但是这首诗中蕴含了浓厚的崇尚玄理的志趣。诗句中述说了《易》《庄》中的一些事情，将诗人心中的"幽思"和"感慨"充分表达了出来，这也是玄言诗的早期艺术形式。钟嵘在《诗品》中对阮籍的《咏怀》进行了描述和评价："《咏怀》之作，可以陶性灵，发幽思。言在耳目之内，情寄八荒之表。洋洋乎会于《风》《雅》，使人忘其鄙近，自致远大，颇多感慨之词。厥旨渊放，归趣难求。"由此可见，阮籍玄言诗中蕴含了清幽和雅正，这是孙绰、卢谌所不及的。

嵇康也通过创作说理诗将自己的"情性"表达出来，但是他的做法相比阮籍要更为深切一些。如其《赠兄秀才从军》云："息徒兰圃，秣马华山。流磻平皋，垂纶长川。目送归鸿，手挥五弦。俯仰自得，游心太玄。嘉彼钓叟，得鱼忘筌。郢人逝矣，谁可尽言。"其诗"词旨玄远，率根于理"。

以诗说禅的诗人在诗歌创作中也要借助一些自然界的物象，这样才能将他们心中的"修持净戒""六根解脱"充分展示出来，但是这种表达是相对比较隐晦的，需要诗人有很高的悟性。而杜光庭、郑邀等人的诗作是在宣扬道情，与以诗说禅的诗人相比，他们是张扬直率的。如郑邀《思山咏》曰："因卖丹砂下白云，鹿裘惟惹九衢尘。不如将耳入山去，万是千非愁杀人。"这首作品营造了一种浅率爽朗的诗境，但是这种以诗论道的创作手法与两宋理学诗的创作有异曲同工之处。

从哲学角度上来看，无论是魏晋时期的玄学，还是两宋时期的理学，都对道家和佛家的思想和智慧进行了吸收和借鉴，都持有破旧立新的观点，从而将新的理论体系构建起来。二者不仅在学术内涵上有很多相似之处，还在指引相关人群超越自我和实现自我上有很多的相似之处。因此，无论是玄言诗还是理学诗，都是一种人格情感的外化形态，二者一脉相承，异曲同工。但是在学习和实践上，两宋的学人比魏晋文人要高出许多。可以这样说，两宋时期的理学诗对魏晋时期的玄言诗进行了继承和发展，与此同时，也对隋唐时期佛理道情诗中所蕴含的艺术智慧进行吸收和借鉴，将"义理"阐释与心灵体验进行融合，不仅让"理"与"物"完美融合在一起，也让"性"与"情"完美融合在一起，呈现出一种淳朴和谐之美。

三、天道自然中的理趣和美感

两宋理学主要是将天地万物和历史现象进行抽象性的还原，从而探索和寻找人与社会以及人与自然之间的统一和谐关系。"理""道""心""性"是比较抽象的，众多理学家通过以诗说"道"的方式将它们通俗直观地表达出来。他们在诗中，通过描述自然景象将"道不远人"的沉思与感悟充分表达出来。理学诗借用具体的物象来营造诗境和传理达义，在这方面充分展现了自身的特点。诗人在描述物象的时候往往将其与自己的微妙心迹结合起来，让二者达到匹配的程度，所营造的诗境中也蕴含了"理""心"等对哲学的深思，这与传统"诗人之诗"之间有很大的不同。理学诗追求的是"理趣"，所营造的诗境往往呈现出一种古雅和谐之美；传统"诗人之诗"追求的是"兴趣"，所营造的诗境往往是一种风骚意韵之美。

第一，理学诗追求"理趣"，这是与传统"诗人之诗"最大的区别。

邵雍在隐世过程中深深感悟到"观物达理"的意趣，在《龙门道中作》说道："物理人情自可明，何尝戚戚向平生。卷舒在我有成箅，用舍随时无定名。满目云山俱是乐，一毫荣辱不须惊。侯门见说深如海，三十年来掉臂行。"对于邵雍来说，他认为人需要明白物理人情，这样才不会让人产生戚戚之感，舒卷以道，用舍随心，对云山之乐来说，世俗中的荣辱得失是无法与之同日而语的，面对名利富贵，毫无倾慕之心，对此不屑一顾。这首诗表面上给人一种只是在记录旅途遐想的感觉，实则是通过这些表面的物象来阐述"观物达理"的道理。范祖禹在《资中》中说道："风定江澄境象间，水清波影倒云山。渔舟荡漾清光裏，白鹭惊飞杳霭间。"以上两首诗都是在记录行旅，但是所强调的重点是不同的，《龙门道中》这首诗意在述说"物理人情"，而《资中》意在表达悠闲"境象"。在《伊川击壤集》中有很多这样的诗篇，如《小圃睡起》云："门外似深山，天真信可还。轩裳奔走外，日月往来间。有水园亭活，无风草木闲。春禽破幽梦，枝上语绵蛮。"这首诗描绘了诗人避世隐逸之乐的场景，在山水草木的描绘中蕴含了"天道自然"的性理情趣。邵雍共有135首《首尾吟》，第一句就说"尧夫非是爱吟诗"，从而向世人揭示了这是为了言"理"论"道"而创作的作品。

总之，理学诗中所呈现的"理趣"并不是简单的"睹道"，而是理学家将自身独特审美过程所进行的形象化展示，也是理学家对"性""理"之美的丰富和升华。这就需要作者足够了解自身所要描绘的审美对象，这样才能将"理趣"之美更好地展示出来。

第二，理学诗强调"言志之功"，对诗艺"工拙"并没有那么重视，这样的创作手法与"诗人之诗"有很大的区别。理学诗将"默契造化，与道同机"的灵魂充分展现了出来，这是诗人对"平易近人，觉世唤醒"的不竭追求。

金履祥曾直言不讳:"莫把律诗较声病,圣贤工夫不此如。"两宋时期的道学诗一般是诗人率意创作而成的,对格律并没有太多的重视,他们认为天籁自鸣,出入风雅。对于众多名家来说,他们尤为喜爱邵雍诗,如《安乐窝中好打乖吟》云:"安乐窝中好打乖,打乖年纪合挨排。重寒盛暑多闭户,轻暖初凉时出街。风月煎催亲笔砚,莺花引惹傍樽罍。问君何故能如此,祇被才能养不才。"这是一首吟咏情性的诗作,这首诗表达了对安贫乐道的追求,并将其作为人生的最高境界,在述说内心孤独寂寞和痛苦之感的过程中将美感展示了出来,充分体现了诗人强烈的主体生命意识。因此,这首诗一经面世,就受到了众多名家的称赞和喜爱。

总之,理学诗往往通过运用率真的语言将心性理气表达出来,将思辨智慧与自然境象完美地融合起来,这是众多理学诗人的惯用手法。

第三,在语言表达上,理学诗所追求的是古雅简洁,在体裁形式上主要以古风为主,这对"象"的选择和"境"的营造起到了一定的制约作用。

理学诗将理学的审美意境呈现了出来,这与"天机""性真"是浑然天成的。随着性理之说逐渐繁盛以及名儒的涌现,理学诗大多追求自然平淡,在语言表达上追求古雅简洁,与其他类型的诗有很大的不同。其中,《伊川击壤集》是一个具有典型代表性的作品集。有的诗人善于运用诙谐的方式来表达"理趣",有的诗人善于运用直率的方式来表达"理趣"。

理学诗往往给人的感觉是高洁清雅的,没有进行过多的雕饰。如张栻《喜闻定叟弟归》曰:"吾弟三年别,归舟半月程。瘦肥应似旧,欢喜定如兄。秋日联鸿影,凉窗听雨声。人间团聚乐,身外总云轻。"朱松《微雨》云:"端居身百忧,况乃贫病俱。天公颇相哀,雨我蔬药区。晓晴新青匀,日薄生意苏。卫生固未必,一饱行可图。故园天一涯,茅荆谁为锄。峥嵘岁云晚,此念当何如。"诗中虽然没有失去"心性",但是诗中的言语让人一目了然,将坦荡从容的"真味"充分表达了出来。

对于理学诗"境象"的呈现来说,不仅语言是重要的影响要素之一,体式选择也是重要的影响要素。宋代理学诗运用的体式往往是"古体",其中"古乐府"有四言的"铭""箴""赞""辞"及杂言,"古风"有五言、六言、七言。但是,近体律绝相对比较少，很少有佳作。无论是四言的"古体"，还是五、七言的"古风"，它们对"境象"的描绘是很有限的，并且没有留给"意在言外"足够的感悟空间。如，朱熹是南宋时期的理学大家，他所创作的理学诗呈现出来的是雅正明洁的诗境，但是诗中对自然境象的描绘往往只能体现出"明理"和"自然"。这类诗所描绘的"物象"和"心象"是无法达到"境外造境"的审美境界的。还有一些诗作虽然呈现出比较浅显的"明理"意味，将"道学之诗"的清雅也描绘了出来，但是，由于受到体式的限制，情与理、意出言外的幽远韵致则有所欠缺。

理学诗意在呈现"理趣"和自然清雅，通过自然的物象和自然平淡的言辞，从而创作出具有"觉世唤醒"作用的诗作。至于能否鉴赏和正确解读出理学诗中所蕴含的言外之"境"，这与读者的"心性"修养有很大的关系。对于艺术审美来说，它不仅代表了美感的丰富，也代表了美感的升华，同样理学诗的艺术审美也是如此。要想以诗言"道"，诗人会先从"义理"入手，他们更加偏向于运用"古风"的体式，而不计较言辞的"工拙"，这样的创作理念对选"象"造"境"有着严重的制约作用。

总之，理学诗凝聚了两宋鸿儒思辨的智慧，他们通过理学诗的艺术表达将思辨智慧呈现了出来。虽然在魏晋时期就有了"以诗说道"的艺术传统，以及后来隋唐时期的佛理道情，到了两宋时期，对其进行继承和发展，形成了盛名在外的理学诗，但是将儒学"义理"作为主体审美的对象却是很难让人理解。两宋理学家对"以求诚为本，躬行实践为事"的儒学思想进行了不断探索，在这个过程中，他们不仅享受了情感上的快乐，在精神上也得到了更深层次的满足。他们通过理学诗的创作来"明理""修身"，在这个过程中，他们在情感上受到了超逸自在的指引，将"与道同机""觉世唤醒"的自觉主体性充分发挥了出来，将"笃学力行"的实践智慧充分展示在世人面前。他们在理学诗上付出了巨大的努力，当然，所做出的成绩也是斐然的。无论是语言和体式，还是在选"象"造"境"上，理学诗与"诗人之诗"之间都有很大的差别，如果文史学家因此而对理学诗的诗学价值进行否定，难免有失偏颇，不是智者所为。

第三节 两宋的诗派与成因

与唐代诗人相比，宋代诗人的结社意识更为强烈，因此，这个时期，各种诗派和词派如雨后春笋般涌现。以诗派为例，北宋时期的诗派有"宋初白体诗派""宋初晚唐诗派""西昆体诗派""北宋革新诗派""苏诗派""江西诗派""理学诗派"等，南宋时期的诗派有"南宋爱国诗派""永嘉四灵诗派""江湖诗派""宋末遗民诗派"等。这些诗派起到了承前启后的作用，既受到晚唐、五代诗歌创作的影响，又对金、元时期的诗歌创作产生了影响。宋代诗歌创作的辉煌成就完全可以与唐代诗歌相媲美。

一、北宋诗派：在宗唐中崛起

文学史上，一个流派的形成是非常复杂的，不仅涉及作家所处的时期，还涉及作家的文化背景、创作风格、文学思想等内容。对一个流派的命名所采取的依据和形式也是不同的，有的诗派根据时代命名，如"唐宋派"；有的诗派根据地名进行命名，如"桐城派"；有的诗派根据总集命名，如"花间派"；有的诗派根据风格命名，如"本色派"；除此之外还有很多的命名依据和形式。在诗歌史上，"体派合一"是诗派命名最为突出的特点，如严羽在《沧浪诗话·诗体》中列举了一系列诗体，如建安体、黄初体、正始体、太康体、元嘉体、永明体、齐梁体、苏李体、曹刘体、陶体、谢体、徐庾体、沈宋体、陈拾遗体、王杨卢骆体、张曲江体、少陵体、太白体等。这些都为文学史家提供了依据，于是就出现了"建安诗派""正始诗派""太康诗派"等。除此之外，"诗派"与诗人群体和文人社团之间有甚为密切的关系，如"建安诗派"与建安七子之间存在着密切联系，"正始诗派"与竹林七贤之间存在着密切联系。

北宋的诗歌史仅有不足170年，但是创立的诗派有很多，如"宋初白体诗派""宋初晚唐诗派""西昆体诗派"等。北宋时期所创立的这些诗派都呈现出一个特性，就是具有较强的文人结社性，其中比较典型的代表是"江西诗派"。吕本中的《江西诗社宗派图》曰："自豫章以降，列陈师道、潘大临、谢逸、洪刍、饶节、僧祖可、徐俯、洪朋、林敏修、洪炎、汪革、李錞、韩驹、李彭、晁冲之、江端本、杨符、谢逸、夏倪、林敏功、潘大观、何觊、王直方、僧善权、高荷，合二十五人，以为法嗣，谓其源流皆出豫章也。"这为北宋诗派的文人结社性提供了一定的佐证。但是"江西诗派"的成员众多，不仅仅是以上所陈述的成员，还有其他成员，如江端友、吴则礼、苏庠等。方回在《瀛奎律髓》第二十六卷中对陈与义的诗作《清明》进行了"一祖三宗"的评价，这充分证明了"江西诗派"具有较强的结社意识。总之，"江西诗派"的结社性质是毫无疑问的。这也说明了以"江西诗派"为代表的北宋诗派与唐代的"格律诗派""风雅诗派""山水田园诗派""边塞诗派"等相比，有很大区别。对于唐代各诗派的诗人来说，无论是人生经历，还是文学活动，都没有结社的意识，而宋代诗人在结社意识上尤为强烈。虽然北宋诗派众多，但是都有一个非常明显的共同点，就是都对唐人唐诗进行了学习。也就是说，北宋各个诗派的形成与诗人普遍宗唐的文学现象有非常密切的关系。

在接受史和影响史层面上，宋代诗人的宗唐和变唐是非常普遍的，这是既定事实。也正因如此，北宋诞生了各种诗派。因此，北宋时期的各个诗派与唐人唐诗之间有着极为密切的关系，即使跨越两宋时期的"理学诗派"也是如此，它们都是在宗唐和变唐中诞生的。如"宋初白体诗派"中的"白体"，"宋初晚唐诗派"中的"晚唐"都充分揭示了北宋诗派与唐人唐诗之间的关系。其中"白体"是唐代诗人白居易的诗风，主要体现在他创作的闲适诗和唱和诗上。北宋初期，一大批诗人师学白居易，对白居易的这种诗风进行了效仿，如徐铉、苏易简、张咏等，这在当时形成了一股潮流。"晚唐"是指北宋皇帝宋真宗在位期间，诗坛上有一批诗人师学晚唐贾岛、姚合，对二人的诗歌风格进行了效仿，具有代表性的诗人有魏野、潘阆、寇准等。这些诗人被称为"晚唐诗派"，其诗也叫"晚唐体"，这个诗派在当时有着众多的成员。晚唐贾、姚二人诗歌的特点主要表现在两个方面：一方面强调苦思苦吟，另一方面在诗风上强调清淡幽静。北宋诗人效仿二人正是因为这两个特点，如魏野创作的诗作《冬日抒事》、潘阆创作的诗作《叙吟》、寇准创作的诗作《春日登楼怀归》等都充分说明了这一点。"西昆体诗派"的诗人师学李商隐，对李商隐的诗风进行效仿，在当时也是名声大噪。严羽《沧浪诗话·诗体》云："李商隐体，即'西昆体'也。"

欧阳修是北宋时期诗坛"北宋革新诗派"的领袖人物,这个诗派由三个诗人群体组成,分别为"东京诗人群""西京诗人群""山东诗人群",其中"东京诗人群"的代表人物有苏舜钦、苏舜元、穆修等人,"西京诗人群"的代表人物有梅尧臣、欧阳修等人,"山东诗人群"的代表人物有石延年、范讽、张方平等人。欧阳修作为领袖人物,在三个诗人群体的相互认同和达成共识上付出了巨大的努力,让这个诗派成为当时影响力比较大的诗歌流派。这个诗派的诗人多数师学中唐韩愈等人,对他们的诗风进行效仿。梁昆在《宋诗派别论》中也将这个诗派称之为"昌黎派",但是这个称谓有待讨论。这个诗派的诗人与中唐"韩孟诗派"之间有很大的关系,这是大家都认可的事实。如欧阳修在《读蟠桃诗寄子美》中将自己比作韩愈,梅尧臣在《依韵和永叔澄心堂纸答刘原甫》中写有"欧阳今与韩相似"的言辞,这都说明了欧阳修诗与韩愈诗之间有着极为密切的关系。另外,梅尧臣在《依韵和永叔澄心堂纸答刘原甫》中写有"石君苏君比卢籍,以我拟郊嗟困摧",这两句诗将苏舜钦比作张籍,将石延年比作卢仝,将自己比作孟郊。由此可见,将这个诗派称之为"昌黎派"也未尝不可。

"苏诗派"是以苏轼为中心的诗派,梁昆在《宋诗派别论》中将这个诗派称之为"东坡派"。但是这个诗派的成员基本上都属于宗唐派,如"苏门四学士""清江三孔"等,都与唐人唐诗之间有不同程度的联系。苏诗派在创作中博采众长,也正是如此,让诗的境界达到了前所未有的高度,成为继韩愈之后的又一大变。"苏门四学士"是黄庭坚、秦观、张耒、晁补之,"清江三孔"是孔文仲、孔武仲、孔平仲,"清江三孔"是同胞兄弟。以孔平仲为例,他创作了《李白祠堂》《题老杜集》等诗,这充分说明了他对李白和杜甫的敬仰之情。他的《寄孙元忠》是一组大型连章体,共有38首集"杜句"而成,在北宋集杜诗中可谓是最高成就了,南宋文天祥创作的《集杜诗》在一定程度上也受到了孔平仲的影响。孔武仲的诗集《白公草堂》,充分反映了他师学白居易,对白居易及其诗表达了敬仰之情。凡此种种,都证明了"清江三孔"与唐人唐诗之间有非常密切的关系。总之,"苏诗派"与唐人唐诗之间的关系非常密切,在宗唐方面成就显著。

"江西诗派"是从吕本中的《江西诗社宗派图》而得名的,黄庭坚是这个诗派中最具代表性的诗人,被称为"宗派之祖",这个诗派的其他人被称为"法嗣"。

这个诗派的众位成员几乎都宗唐，前文提到的"一祖三宗"说，就已经将这个信息透露了出来。"一祖三宗"中的"祖"指的是杜甫，而"三宗"分别指的是黄庭坚、陈师道、陈与义，"一祖三宗"其实就反映了以黄庭坚为"宗派之祖"的"江西诗派"与杜甫本人和其诗之间有很大的关联，也就是说这个诗派的众人都师学杜甫，即宗杜。在《宋史》中记载了黄庭坚"其诗得法杜甫"，充分说明了黄庭坚宗杜，并且他曾写下《次韵伯氏寄赠盖郎中喜学老杜诗》《老杜浣花溪图引》等诗，也为他宗杜提供了有力的佐证。黄庭坚师学杜甫，主要对杜诗的创作技巧进行了效仿。黄庭坚创作了153首拗体七律诗，这些诗就是对杜甫的拗体诗进行的效仿。方回在《瀛奎律髓》中对黄庭坚的《题落星寺》进行了评价："此学老杜所谓拗字吴体格"，为黄庭坚效仿杜甫的拗体诗提供了可靠的佐证。陈师道位于"三宗"之列，在《后山诗话》中提出"学诗当以子美为师"的观点，其中"子美"是杜甫的字，也就是说陈师道也非常认可师学杜甫，但是他又提出了师学杜甫必须先从师学黄庭坚开始。陈与义在"三宗"中位列第三，他并没有师承"江西诗派"，但是他在诗歌创作方面受到了黄庭坚等人的显著影响。他在诗歌创作上的成就非常突出，并且他的诗歌极具特点，因此，方回将他列入"三宗"。陈与义的学杜，主要是对杜诗"诗史"方面的特质进行效仿，与前面两位效仿杜诗的创作技巧有很大的不同。因此，"江西诗派"是北宋中后期诗人宗杜的结晶。

二、南宋诗派：因时局而集聚

北宋诗派的形成主要是宗唐造成的，但是南宋诗派的形成与北宋诗派的形成有很大区别。在一定程度上，南宋诗派的形成也有宗唐的原因，但是更多的是当时的局势和国家的命运所致，因此，南宋各诗派的形成具有明显的时代性。靖康之变后，南宋开始登上历史的舞台。南宋时期，王朝虽然得到了一时的安宁，但是在金、元不断侵犯的情况下，最终走向了灭亡。在金、元不断南下侵犯之时，南宋的诗人在抗金和抗元上达成了共识，纷纷参与到斗争中。南宋初期的第一个诗派"南宋爱国诗派"由此诞生。从诗派创作的宗旨来说，又可以将"南宋爱国诗派"称为"诗史诗派"。当时，还存在一批"江西诗派"的诗人，但是他们因为国家局势纷纷加入了"南宋爱国诗派"，具有代表性的有陈与义、曾几、吕本中等人。

　　在南宋历史上,"南宋爱国诗派"在时间跨度上是非常大的,并且属于这个诗派的诗人非常多。从发展史的层面上来看,"南宋爱国诗派"主要是南宋前期的一个诗派,这个诗派的时间下限是公元1234年金国被蒙古灭国。这个诗派的诗人主要有曾几、李纲、宗泽、岳飞、汪藻、王庭珪、邓肃、叶梦得、张元幹、张孝祥、吕本中、辛弃疾以及"中兴四大诗人"等。这个诗派在总体上并没有领军人物,也没有明确的文学纲领,这个诗派只是爱国诗人用他们的热血和赤诚凝聚而成的,他们始终坚守自己的爱国信念,为收复中原、将身处水火之中的中原人民解救出来做出了巨大的努力,他们愿意为自己的信念牺牲生命。这个诗派的诗人在国难背景和信念的加持下,创作了一首首伟大的爱国诗篇。如吕本中创作的《城中纪事》《怀京师》《兵乱寓小巷中作》等诗都表达了爱国情怀。他所创作的组诗《兵乱后杂诗》是他爱国诗篇中的精品佳作,方回在《瀛奎律髓》中对这组诗进行了称赞:"皆佳句也。"这组诗是吕本中回到故都的时候创作的,这时正值金兵攻陷汴京,并掳走了当时的徽宗、钦宗父子。这组诗不仅痛斥了金兵的种种罪行,表达了心中对金兵的痛恨之情,还批判了当时的误国权臣,这充分反映了作者的爱国思想。

　　相同类型的诗还有很多,陈与义、刘子翚、杨万里、范成大等人的一些诗作皆是这类型的诗,如陈与义的《题继祖蟠室三首》、刘子翚《望京谣》、杨万里《过瓜洲镇》以及范成大出使金国所作的七十二绝句等。这些诗中有的表达了对金兵入侵的痛恨之情,有的抒写了诗人对故国的怀念之情,有的对朝中权臣的误国行为表达了批判之意,这些诗都对深刻的政治历史内容进行了揭示,受到时人和后人的称赞。陆游是"中兴四大诗人"中的一位,他也创作了众多爱国诗篇,让这个诗派的光辉更加耀眼。陆游一生曾经"平生铁石心,忘家思报国",并抱有"犹当出作李西平,手枭逆贼清旧京"的希望,从而创作出了一首首爱国诗篇。梁启超在《读陆放翁集》中对陆游本人和他的诗进行了高度赞扬:"集中十九从军乐,亘古男儿一放翁。"陆游所创作的爱国诗篇有《关山月》《大风登城》《长歌行》等,从他的诗中不仅能够感受到激昂悲愤、气壮山河的恢宏气势,还能感受到他奋勇抗金、收复中原的坚定决心。除此之外,陆游的诗中饱含了深处水火之中的人民心中对国土统一的热烈渴望。因此，陆游的诗歌在"南宋爱国诗派"中极具代表性和时代性。

在南宋历史上，曾经向金兵发起过两次重要的军事行动：一是宋孝宗时期发起了"隆兴北伐"，二是宋宁宗时期发起了"开禧北伐"，但是这两次军事行动最终都以"议和"而告终。其中"开禧北伐"的失败给南宋主战派造成的打击最为沉重，严重挫伤了这些主战派对于收复中原的信心，不仅如此，对于当时的文人志士来说，造成的打击同样不小，他们为此而陷入了消沉。因此，"南宋爱国诗派"逐渐从一开始充满激昂斗志到后来充满哀婉和悲怨，最终变成了凄厉悲怆。在这种时代背景下，诞生了两个诗派——"永嘉四灵诗派"与"江湖诗派"。

"永嘉四灵"是浙江温州的4位诗人，分别是徐照、徐玑、翁卷、赵师秀。这4位诗人在诗风上非常接近，也有着相同的志趣，他们有一个名叫潘柽的同乡，这个人宗唐，并师学中晚唐诗人，在这位同乡的影响下，"永嘉四灵"均师学中晚唐的诗人。在当时，"永嘉学派"宗主叶适对他们的宗唐进行了极力称赞，从而这4位诗人的名号在当时达到了天下尽知的程度。"永嘉四灵"中的徐玑与赵师秀曾经担任过下级官吏，而徐照与翁卷则一生为布衣。他们几乎都远离官场，因此能够集中心力在诗歌创作上。他们4个人宗唐，将贾岛、姚合二人作为师学对象，对二人的五律进行了效仿。赵师秀从贾岛的诗中选取了81首，从姚合的诗中选取了120首，编制了《二妙集》；又从刘长卿等76人的五律中选取了一部分编成了《众妙集》。赵师秀的这一系列行为充分说明了他宗唐。"永嘉四灵诗派"是一个专注于"作唐诗者"的诗派，与之相类似的诗派有之前的"江西诗派"。他们内心丧失了收复中原的信心，因此将自己内心的失望寄托在诗歌上，将感受和情思抒写出来，对日常生活和旅途中的风光美景进行描绘，并没有涉及太多的社会现实。总之，虽然在当时"永嘉四灵诗派"造成了非常重要的影响，但是他们的诗歌与社会现实和时代风气之间并没有太多的联系。尽管如此，在"永嘉四灵诗派"的影响下，"江湖诗派"逐渐形成。由此可见，两个诗派之间具有非常密切的联系。

"江湖诗派"是由一批"介于官僚与农工商之间"的诗人构成的，有一位名叫陈起的书商编制了《江湖集》，这部诗集让"江湖诗派"名声大噪。根据张瑞君《南宋江湖派研究》我们可以了解到,"江湖诗派"由118位诗人构成,其中77位诗人在当时具有很大的影响力,并且他们也有自己的诗集传世,可见,这个诗派的成员非常多,这在宋代诗派中是比较少有的。这个诗派在历史上从宋宁宗时期到宋末活跃了100年左右。这个诗派的形成受到了"永嘉四灵诗派"的重要影响,并且其中不少诗人与"四灵"有着非常密切的交往,但是本质上这两个诗派之间的差距还是非常大的,其中最大的不同就是,虽然"江湖诗派"中的多数诗人都身处江湖,却时时刻刻关心着国家命运和劳苦大众,因此创作了一首首忧国忧民的伟大诗篇,如刘克庄《运粮行》《开粮行》《苦寒行》《筑城行》《军中乐》《感昔》《开壕行》《国殇行》《北来人》,戴复古《织妇叹》《频酌淮河水》《江阴浮远堂》《灵璧石歌》《淮上寄赵茂石》《阿奇碎日》《庚子荐饥》,方岳《农谣》《三虎行》《山庄书事》,以及刘过《夜思中原》、毛珝《甲午江行》、周文璞《剑客行》、赵汝能《耕织叹》、叶绍翁《题鄂王墓》、乐雷发《时事》等诗。这些诗作,有的将作者心中对中原沦陷的愤慨之情表达了出来,有的将作者心中对国家形势衰败的忧虑充分表达了出来,有的将作者心中对劳苦百姓的深切关注充分展现了出来。由此可见,这些诗作具有较强的社会现实性和时代性。

宋恭帝德祐二年(1276),这也是蒙古国将国号改为"大元"之后的第五年,元兵向南宋进攻,并攻入了京都临安,当时恭帝面临这样的局势举手投降。三年后,宋军彻底战败,陆秀夫与当时的幼年皇帝赵昺投海,这宣告了南宋的彻底灭亡,宋朝彻底消逝在历史的潮流中。处于宋、元易代时期的诗人被称为"宋末遗民诗派"。这个诗派的成员众多,有400人之多,文天祥、汪元量、谢翱、林景熙、谢枋得、郑思肖、杜本等是这个诗派中具有代表性的诗人。这个诗派不仅有众多的成员,他们的创作也达到了空前繁盛的状态,黄宗羲曾对这个诗派的诗歌创作活动做出了评价:"文章之盛,莫盛于亡宋之日。"钱谦益在《胡致果诗序》中发表了同样的观点。这个诗派主要由两大诗人群体组成,分别是仕宦类诗人和隐逸类诗人,其中仕宦类诗人中具有代表性的有文天祥、汪元量、谢翱等,在这个诗派中属于中坚力量;隐逸类诗人中具有代表性的有连文凤、东必曾、刘蒙山等。面对元军的进攻,仕宦类诗人积极参加到抗元战斗中,如文天祥、谢翱等。除此之外,他们还师学杜甫,创作了众多爱国诗篇,如文天祥创作的《正气歌》《扬子江》《常州》《过零丁洋》《纪事》《言志》《使北》《金陵驿》等诗，汪元量创作的《湖州歌》（98首）、《越州歌》（20首）、《醉歌》（10首）等诗。他们的诗歌作品不仅受到了时人和后人的一致好评，还获得了"易代之际的战歌与悲歌"的伟大称号。

三、理学诗派：道与诗的结合

宋朝从建立以来，为了达到巩固和强化中央集权的目的，在政治上对"正统"进行了重点强调，在思想上对"道统"进行了重点强调，在文学上对"文统"进行了重点强调。对于当时的理学家来说，他们对孔、孟二人的道统进行了继承，因此，理学在宋代思想领域是一个非常重要的组成部分。"理学"也就是"道学"，西方学者称之为"新儒学"，理学对一些重要哲学理论进行了研究和讨论，如"道""器""性""命"等，并且其主要研究的对象包括本体论、心性论、认识论三种，是宋学中一门具有主体特质的伟大学问，与宋朝的统一和发展是相适应的。在宋代诗人中，出现了一大批理学家，他们专门研究"理学"，并将人格的提升和立德成圣作为最终目标，其中具有代表性的有"宋初三先生""北宋五子"。宋代的理学家不仅对"理学"层面的内容进行了研究，他们还凭借自身的才华在文学领域大展身手，创作了众多"哲理"与"理趣"二合一的诗歌佳作，因此，也就诞生了"理学诗派"。"理学诗派"的形成对于宋代诗派史来说，可谓是非常重要的一件大事，并且对于中国诗歌史来说，其贡献也不可小觑。因为"理学诗派"的形成反映了宋朝理学的繁盛，也代表了理学与文学之间的完美融合。理学诗派的诗人在诗歌创作中融入对人性、自然、天体、物理等方面的哲学感悟和认识，并且在很大程度上将宋代诗歌的题材范围进行了有效扩大，将宋代诗歌的表现领域进一步丰富，为宋诗的繁荣添砖加瓦。

北宋时期是"理学诗派"的发展之初，孙复、胡瑗、石介三位诗人开创了北宋理学诗的先河，他们在诗歌创作中提倡"以师道明正学"，这三个人被称为"宋初三先生"。理学派诗人中具有代表性的还有邵雍、周敦颐、张载、程颢四位诗人，这四位诗人是"北宋五子"其中的四位。邵雍编撰了文学史上的第一部理学诗集——《伊川击壤集》，这部诗集包含了1500多首诗歌作品，因此，他也被称为"理学诗"的开山祖师。理学诗派的"宋初三先生"与"北宋五子"一同被称为"击壤派"。邵雍所创作的诗歌作品，将"理学"与"理趣"进行了完美融合，严羽在《沧浪诗话》中将他的诗称为"邵康节体"，这对邵雍在理学诗创作上的成就进行了充分肯定，与此同时，也表达了对"击壤派"的高度认同。多数理学诗展现的是儒家的义理，但是，一些理学诗也展现了平淡和清新之感，如邵雍创作的《安乐窝中好打乖吟》、周敦颐创作的《题春晚》、张载创作的《绝句》等。

北宋到南宋的更迭，不仅没有让理学诗衰亡，反而使其在历史的发展中不断壮大，与北宋的理学诗相比，南宋时期理学诗的发展更为繁荣和昌盛。南宋理学诗人中具有代表性的有朱熹、陆九渊、吕祖谦、张栻、真德秀、魏了翁、"南剑三先生"、"北山四先生"等，其中"南剑三先生"是指杨时、罗从彦、李侗三位诗人，"北山四先生"是指何基、王柏、金履祥、许谦四位诗人。朱熹、吕祖谦、张栻三位诗人被称为"东南三贤"，其中朱熹在所有理学诗派诗人中所获得的成就最高，并且他也是两宋理学的集大成者。北宋和南宋的理学诗人创作了众多的理学诗，并且，南宋理学诗人编选了诗集《濂洛风雅》，这在理学诗史上是第一部理学诗总集，为理学诗的繁荣和发展做出了重大贡献。这部理学诗集是由金履祥编选而成的，共有6卷，收录了约420首理学诗，包含了48位理学诗人，诗集中附有"濂洛诗派图"。因此，宋代诗歌史上也将"理学诗派"称为"濂洛诗派"。这部诗集出现之前，理学家真德秀根据"理学义理"编选了《文章正宗》，这部著作既有诗歌也有文章，在"纲目"下面设置了"诗赋"，理论性地阐述了"义理"，这为时人和后人认识和把握理学诗的"义理"提供了有力的帮助。

理学诗人不仅是道学家，还是诗人，他们认为"道"应排在"诗"的前面，即"诗其余事"，也创作了众多对义理进行阐述的诗歌作品，但是"理学诗派"是文学史层面的一个诗歌流派，而不是哲学史层面的。这个诗派所创作的诗作不仅具有生动鲜明的形象，还富有理趣。"理学诗派"对宋代很多仕宦类诗人产生了影响，如著名的欧阳修、王安石、苏轼、苏庭坚、杨万里等人，这些诗人纷纷加入理学诗的创作行列，创作了众多富有理趣的理学诗。

四、不同的背景与共同的创作

通常情况下，我们可以将文学史上的文学流派分为自觉和非自觉两种，其中自觉文学流派不仅有一定的组织和纲领，还有一定的创作实践，是一个作家集合体；而非自觉文学流派是一批由创作风格相近的作者所组成的派别，因此，这个流派也被称为"特定的文学流派"。由此可知，宋代的诗派一般是属于自觉类的，当然也包括理学诗派。从这个方面来说，宋代诗派与唐代诗派之间有很大的区别，因为唐代所形成的派别基本上都是非自觉诗派，就是由相近创作风格的诗人所组成的诗派，如"王孟诗派""高岑诗派""韩孟诗派""元白诗派"等。诗派自觉地发展，标志着诗派的逐渐成熟。因此，在宋代，自觉诗派逐渐代替了非自觉诗派。

无论是唐代还是宋代，每个诗派都是在一定的社会历史条件下诞生、形成和确立的，当然也包含之前所说的宋代多个诗派。北宋时期，各大诗派因宗唐而形成，这是因为当时所制定的典章制度、文化学术等社会背景都与唐代有着非常密切的关系。在典章制度方面，宋代沿用了唐代的一些典章制度，元人马端临在《文献通考》中提到的"田赋考""钱币考""户口考"等就提供了有力佐证。在文化学术层面，宋代文人对唐代的诗文进行了整理，整理出的文学总集有《唐文粹》《太平广记》《唐省试诗集》等。在这样的文学风气影响下，出现了"千家注杜"的文学风尚，这对中国的学术史发展具有重大影响。而宋代宗杜的文学格局也在这种背景下逐渐形成。因此，北宋诗歌史上的各大诗派都印上了"宗唐"的时代痕迹。

从中国思想史的角度来讲，北宋时期的学术思想非常活跃，因此，为了适应时代新形势的发展，传统儒学与佛教文化、道教文化中的精华进行了融合，从而形成了一种崭新的哲学思潮。理学诗派在这样的背景下应运而生，并且理学诗的发展可谓高潮迭起，颇为壮观。理学家所研究的对象主要是主体论、心性论和认识论，但是他们没有脱离现实，他们将理学方面的思想主张融入诗歌，将其宣扬出来。因此，他们所创作的诗歌作品基本都与现实之间有很大的关联。如朱熹创作的《感事书怀十六韵》《次子有闻捷韵四首》《闻二十八日报喜而成诗七首》《杉木长涧四首》等诗都展现了他的忧国忧民。理学诗派的诗人也不是一直沉浸在"道学"中的,"靖康之耻"让理学诗派的一些诗人转移到了"南宋爱国诗派"的行列,并创作了众多忧国忧民、悲壮愤慨的佳作。在宋朝濒临灭亡之际,文天祥、汪元量等遗民诗人谱写了一首首爱国诗篇。

　　北宋诗派和南宋诗派的诞生和形成虽然因为历史而有所区别,但是有一个共同点就是对唐诗极力推崇,并将唐代诗人作为师学对象。宗唐贯穿了北宋诗派和南宋诗派发展的始终,当然,"理学诗派"也是如此。由于历史的原因,北宋诗派的宗唐与南宋诗派的宗唐有所区别,北宋诗派的宗唐一般是对唐诗的创作技法和表现手法进行效仿,而南宋诗派的宗唐则是效仿唐诗"诗史"的特质。理学诗派的诗人在宗唐方面,对杜甫的诗歌极力推崇,在《答刘子澄书》中有这样的记载,"古乐府及杜子美诗,意思好,可取者多",这为其提供了有力的佐证。

第六章　明清诗歌研究

本章主要内容为明清诗歌研究，共分为四节进行论述，分别是明代诗歌总体格局与审美风格演变、明代遗民诗与时代背景研究、清代诗歌新风研究、清代诗歌的历史文化价值。

第一节　明代诗歌总体格局与审美风格演变

一、明代诗歌的特征

在中国诗歌史上，明代诗歌的发展不仅承接了元诗，还对清诗的发展产生了重要影响。与此同时，明代诗歌的发展与汉魏盛唐时期的诗歌之间有着极为密切的联系，并且具有浓厚的中国古代诗学色彩。不过，明代诗歌自身也具有明显的独特性，具体如下：

（一）具有复古诗歌思想和性灵诗歌思想

明代诗歌的思想主要有两种，一种是复古诗歌思想，另一种是性灵诗歌思想。复古诗歌思想主要是对格调说进行了坚持，主要体现在前后七子诗歌流派的理论和创作上。明初，在文化上，将全面恢复"汉官威仪"作为最终目标；在诗歌上，以将诗歌恢复到汉魏盛唐时期的繁荣为理想目标。这种种表现都体现了明代具有强烈的复古心态。但是，不同的时期，不同的流派之间具有不同的复古目的。如明朝初期，诗歌的复古主要强调对纤弱元诗的纠正，进而恢复诗歌的大雅风尚。明代茶陵派在诗歌复古上对诗歌的诗体和审美进行了强调；前七子在诗歌复古上讨论了宋诗说理上的弊端，并对诗歌抒情的本质进行了强调；后七子在诗歌复古上对汉魏盛唐诗歌中的技巧和审美进行了强调。云间派主要以陈子龙为首，这个诗派的风格主要是沉郁顿挫，这是因为这个诗派形成于明清易代之际。复古派在诗歌创作中都有一定的模仿对象，这是这个时期诗歌创作的一大共同点，只是在模仿对象的数量和模仿痕迹上有所不同，有的对一家进行模仿，有的对多家进行模仿，有的模仿比较明显，有的模仿比较隐晦。因此，我们在对明代复古诗派的诗作进行研究和欣赏的过程中，需要对诗人的模仿对象有所了解，包含模仿对象的诗体、用典和风格等多方面。在复古观念的加持下，明代诗人在诗歌创作中对"诗体"进行了强调，如胡应麟所创作的《诗薮》、许学夷所创作的《诗源辨体》等在理论探索方面将"辨体"作为核心；明代诗人在编撰诗集的过程中将文体作为分类依据，并且在诗歌创作中追求各种诗体的齐全以及体与体之间的区分。后人对明代诗人的诗歌进行评价时，通常会在诗体上对其进行评论。如果在辨体上不能很好地确认，那么对明代诗歌的研究也会出现众多困难。

中国古代的诗歌创作与诗学思想自中唐以后发生了明显的转变，其重要转变之一便是诗人主观因素的明显增加。尤其是自宋代理学产生以后，对诗学领域产生了极为深远的影响。无论是以苏轼、黄庭坚为代表的文人诗歌创作，还是以邵雍、朱熹为代表的理学家诗歌创作，均表现出明显的作家主体自我的特征，形成了所谓的性理诗。性理诗中多议论、多说理、多教训，缺乏形象与意境，从而显得抽象枯燥而少审美趣味，极端者往往成为押韵之语录，严羽曾称此种现象为诗歌之"理障"。在明代前期诗坛上，理学诗曾一度较为流行。性灵诗则与性理诗有明显的不同，从哲学角度来说，明代心学对性灵诗产生了较大的影响，尤其是陈献章与王阳明的思想。有些性灵诗也会有说教和议论的内容，因此，对于传统诗歌批评来说，他们认为性灵诗并不是诗家之正途。一首优秀的性灵诗往往能够将诗人的自我个性展现出来，重点关注个体的才气和灵感，主张在表达上要流畅自然，反对因袭模拟与法度限制。如陈献章、王阳明、李贽、公安派所创作的诗歌都属于性灵诗派。总之，明代的性灵诗派与复古诗派是相对立的，此消彼长。

（二）具有流派论争、理论批评与创作实践相结合的特征

明代诗歌在发展过程中，流派论争、理论批评与创作实践之间进行了密切的结合。前人在谈论明代诗歌的门户之争时，认为它是明诗的一个很大的弊端，但是，将它看作缺陷，未免太过偏激。明代诗歌流派之间的争论在某种程度上存在一定的不良风气，对与自己观念相符的就袒护，对与自己观念相悖的就加以攻击。如李梦阳与何景明在创作主张和文学风格上有很大的争论；谢榛与李攀龙、王世贞的观念不同，被李、王二人驱除后七子之列。与此同时，流派的盛行造成一呼百应的局面，让众多人陷入追求潮流的境地，在这个过程中，他们在独立个性展现上有所缺失。但是，从另一层面上讲，各流派之间的争论对文坛的发展也是有利的，能够避免诗坛独霸的现象发生，为文坛的活跃提供推动力，让文学变得越来越独立。明代前期诗歌的创作呈现出台阁体一统的局面，明代后期逐渐发展为风格各异的多元化局面，诗坛局面的转变离不开各流派的形成，当然也无法脱离各流派的争论，从这个层面上看，各流派之间的争论促进了明代诗歌多元化的发展。明代诗歌从台阁体逐渐发展为前七子，这说明从开始的文学与政治的融合逐渐向文学审美独立化转变；明代诗歌从前七子逐渐演变为公安派、竟陵派，这样的转变使文学逐渐从朝廷走向了民间。从人生价值观层面上看，这样的转变是从之前对群体的重视到之后对个体的重视，也是从一开始对格调的追求转变为对情绪的追求。上述的这些转变都与文人流派的形成与争论有很大的关系。因为文人如果在政治上没有较高的地位，在文坛上往往会获得更高的成就，他们在文坛上结成流派，从而来增强在文坛上的声势。与前七子相比，之前的台阁体与茶陵派在政治上具有一定的地位，并以此来引领文坛，前七子想要改变这种局势，不能从政治地位上出发，而是要与志趣相同的人结成一定的流派，从而得到相互支持，这样才能引领文坛。流派的诞生和形成一定有明确的理论主张和批评原则，这样才能让流派的追随者有确定的目标，这样才能将自身的影响力进行有效扩大。因此，前后七子才有了"文必秦汉，诗必盛唐"的理论主张，唐宋派才有了"信手写出，如写家书"的主张，公安派才有了"独抒性灵，不拘格套"的主张。与创作主张密切相关的，便是诗歌选本的大量出现。因为只有选本，才能具体地体现自身的诗学主张，并为学诗者提供具体的模仿学习对象。而这又在客观上推动了

诗歌批评的发展。当然，这个过程中很难避免文人之间的相互标榜以及自我夸赞。可以说，这不仅是文坛上所形成的不良风气，也是流派争论之后所形成的必然产物。因此，我们在对明代诗歌进行研究和探索的过程中，在关注明代诗歌创作的同时，也要关注对明代诗歌理论的批评，只有经过较为综合的考虑，才能从整体上对明代诗歌有所了解。

（三）具有明显的地域性

明代诗歌在发展过程中，呈现出比较明显的地域性，并且不同地域之间的诗风在相互影响。明代诗歌史上，不同的地域，在诗歌上呈现出来的特色是不同的，但是不同地域之间的特色互相影响。在这样的背景下，明代诗坛局面逐渐复杂纷纭。明代诗歌地域性特征的形成涉及多方面的因素，如经济因素、传统因素、政治因素等。明代诗歌地域性特征的形成与当地的经济状况有很大的关系，如吴中地区的城市经济比较发达，这里的诗派比较讲究享乐、追求闲适、崇尚才华，诗人的个性往往带有狂傲的特点。吴中诗派地域性特征的形成与吴中的经济状况有很大的关系。当然，明代诗歌地域性特征的形成与传统影响因素也有一定的关系，如浙东诗派，这个诗派的成员主要以刘基为首，诗作大多表现对劳苦大众的关注以及对现实弊端的批判，这个特征的形成主要是因为这个诗派的多数成员受到了金华学派浓厚理学传统的深刻影响。除了上述两种因素，明代诗歌地域性特征的形成也受到政治因素的影响。政治因素也是其中最为重要的因素，如明代台阁体、茶陵派、前后七子等多个文学派别都活跃在北京，后来，一些主要成员远离了北京，这个派别就会以很快的速度步入衰落的境地，由此可见，京城对于一些派别形成的影响是远远大于其他地域的。除此之外，京城能够让地域风格融入主流思潮中，并让二者之间相互影响，如吴中四才子之一的徐祯卿，他与唐寅、文徵明等人有着非常密切的交往，诗作往往带有一定的吴中色彩，是华美而流畅的，但是他在高中进士进入京城之后，他在诗歌创作中开始学习李梦阳的复古风，诗风由此发生了很大的变化。但是，他的诗风虽然朝着复古进行了一定的转变，与李梦阳的诗风还是有所不同，李梦阳常常说他的诗风仍带有吴中风格。此时的吴中地域诗风在一定程度上得到丰富和发展，在文坛上的声势和影响力也得到进一步的扩大。后七子也是如此，王世贞的加入让这个流派产生了全国性的影响，尤其是在江南。

由以上论述可知，我们研究明代文学地域流派，必须关注地域流派与主流诗坛的关联问题。在中国古代，由于地域的辽阔与民族文化特征的差异，会形成纷繁复杂的地域诗歌流派，所以中国古代诗歌的发展线索从来都不是单线的，往往会形成纵横交叉的网状格局。但是作为一部数十万字的作品，显然又不可能将所有的地域文学与流派全都纳入其视野，否则将会庞杂而失去清晰的发展脉络。这就需要密切把握地域诗歌流派与主流诗坛的关联性问题，从二者互动的角度来决定取舍的原则，即凡是与主流诗坛具有较为密切关联并对诗歌创作产生推动作用的，就将其作为关注的对象，凡是与主流诗坛没有关系或者关系不密切的，就不加讨论或简略叙述。可以说，研究地域流派与主流诗坛的复杂互动关联乃是诗歌史的重要内容之一。许多诗人就是因为介入了主流诗坛才提高了自身的名声并扩大了地域流派的影响。

值得注意的是，当地域流派介入主流诗坛后，并不会失去其地域特色，反倒能以地域特色丰富主流诗坛。这不仅有李梦阳讥讽徐祯卿未能除去吴中旧习的负面评价为证，更有公安派的鲜明楚人意识作为典型代表。许多人只关注到袁宏道"独抒性灵，不拘格套"是晚明文学观的核心，却很少顾及此种观念是由楚人意识作为支撑的。公安派最终能够以其鲜明的理论主张而引领诗坛，乃是由各种复杂因素促成的，其中心学的影响与政治环境的宽松具有决定性的意义。但是如果认真思考，当时的思想界怪杰李卓吾何以不回故乡而一直居于湖北麻城，以及晚明最为重要的两个文学流派公安派与竟陵派均以楚人为领袖，又不能不说楚人的地域特色发挥了不可忽视的作用。

（四）具有明显的群体性

第四个特征，是明代诗歌往往以群体的面目出现，他们结成诗社或流派，不仅有理论主张、诗歌创作，同时还会举行种种的诗歌活动，为后人留下许多值得借鉴的文学经验。元末明初的玉山雅集活动主要是以顾瑛与杨维桢为主要领袖人物，在元顺帝至正八年（1348）到二十年（1360）的10余年中，这个活动聚集的诗坛名流达到了50余人，他们在这里喝酒听歌，吟诗作赋，非常惬意。他们在诗歌创作过程中，采用了联句、分题、和韵的集体创作手法。他们所创作的诗歌作品往往将文人享乐闲适之趣表达出来，所表达的往往是自己的私人情感，因此，也就不会出现像杜甫那样的忧国忧民之作。在艺术特征上，他们所创作的诗往往是分韵赋诗或者采用多人联句的方式，因此，这些诗作是没有经过精心揣摩而创作出来的，没有具体鲜明的风格，往往是流畅的、奇巧的。这次文人结社所体现的诗学意义有四方面：第一，将江南文人身上的文化优越感充分体现了出来；第二，可以让文人暂时地躲避祸乱，让文人的身心得到暂时的休憩；第三，能够让文人在此施展自己的才华，在这里争奇斗胜；第四，为文人对生命不朽的追求提供了有效途径。总的来说，元代江南文人在政治上看不到发展之后，转而采取一种游戏人间的享乐心态面对生活，他们不再过于追求文本的审美创造，反而在追求游戏享乐中逞才斗巧。想要对元代诗歌的文体特征有所了解，需要清楚文人身处时代背景下的心态以及他们诗歌作品的诗学意义，这是研究文学史发展的重要环节。不仅玉山雅集具有如此的诗学意义，后来的平江文人群体、浙东文人群体、闽中文人群体、岭南文人群体、金陵文人群体等，均有极为丰富的文学经验内涵。其实，不仅这些具有鲜明地域色彩的文人群体值得关注，即使那些传统意义上的文学流派，也拥有可供深入开掘的研究空间。

公安派属于京城文学流派之列，这个流派在诗歌创作上的主张是"独抒性灵，不拘格套"，他们的诗歌风格活泼自由。他们与李贽、焦竑等人有着密切的交往，经常在一起讨论哲学层面的问题。他们在京城中常常聚集在一起谈禅论诗，偶尔还一起游山玩水，品评山水景致，这为他们在诗歌创作上的成就奠定了良好的基础，让他们所创作的诗作中富有鲜明的自我价值，从而达到一定的审美境界，为后人留下一首首文学作品。

在研究和欣赏明代诗歌的过程中，需要充分考虑上述四个主要特征，这能够帮助我们更深入地了解明代诗歌，这样才能在整体上把握明代诗歌发展的格局。实际上，明代诗歌的发展状况并非简单单一的，而是比较丰富和复杂的，仅用上述四个特征也无法将明代诗歌进行全部概括，因此，下面仍然需要对明代诗歌的发展过程进行探索。

二、元末诗坛与明诗发展之关系

元末明初，诗歌创作主要集中在江南地区，当时的诗坛主要呈现出诗分五派的格局。这时的诗派与明代中后期不同，主要区别是明初的流派并没有形成典型的特征，并且一个流派内没有统一的创作理论，也没有形成相对统一的创作风格，但是他们在创作上所取得的成就是非常大的，并且影响了明代后期诗歌的发展。从理论层面来说，明初的诗派在诗歌创作上都主张复古，但是并没有固定和单一的效法对象；从创作风格上来说，很多诗人在一定程度上仍然受到元代纤弱诗风的影响，但是他们却创作出了刚健有力、清新自然的诗歌作品；从审美倾向上来看，这个时期诗人所追求的诗风不仅是高雅自然的，也是气盛志壮的。因此，这个时期的诗歌创作倾向于重气。

吴中诗派在诗歌创作中对"逸气"进行了强调。逸气指的是在世俗之上的审美情趣，是一种纯艺术性的创造，也就是高启在《青丘子歌》中所说的"妙意俄同鬼神会，佳景每与江山争"。高启所创作的《独庵集序》展示了他在诗歌创作上的主张——格、意、趣。其中，趣将"超俗"作为创作核心。吴中四杰指的是高启、杨基、张羽、徐贲四人，这四个人虽然在创作成就上不同，有的成就高，有的成就相对较低，但是在诗歌创作上的追求都是一致的，都在诗歌创作上追求隐逸、闲适，从而创作出具有审美意趣的优秀诗作。这是因为元代的政治环境相对比较宽松，再加上吴中地区的经济相对比较发达，这才形成了吴中四杰在诗歌创作追求上的一致。但是，这却与明代初期在士风整顿上的要求是极为不符的。明代初期，这个诗派在创作风格上整体呈现出凄凉哀婉的格调。但是这个诗歌流派所创作的诗歌具备了审美意趣，顾起纶在《国雅品》中对高启的诗作进行了高度赞扬："发端沉郁，入趣幽远。"后人对高启的成就也有很高的评价，甚至有的将高启之诗视为明诗之冠。高启之所以能够得到如此高的评价，不仅离不开他自身所获得的成就，也离不开他在诗歌审美上的主张——包含了明代诗歌几乎所有的审美形态。

前后七子在诗歌创作中对诗歌的格调进行了强调，尤其是体与格的关系，他们对高启重视"格"的特质进行了继承；唐顺之、徐渭、李贽等诗人则重视本色论和童心说，强调对真实情感的表达，同时对高启重"意"的主张进行了有效发挥；公安派在诗歌创作中重点突出趣与韵，在审美理想上比较追求超越世俗之感，这与高启"趣"的追求和主张相同。高启在诗歌创作过程中，对体格的雅正极为重视。他的诗作将自我的情感和个性进行了充分展现，将内心深处的真挚情感充分抒发了出来；他的诗作不仅体现了他对隐逸闲适生活的向往之情，还体现了他对诗歌艺术的高度迷恋之情，具有鲜明的气质。

浙东诗派有如下共同特征：均有理学背景，均有事功的追求，均以文为主而以诗为辅，诗歌创作中都多用古体而以雅正为归，在体貌上讲究理正气雄而又不乏高远之意趣。刘基的诗崇尚的是忧愤悲怨之气，其风格也偏于沉郁豪壮。这些诗人本来都有入世的倾向，但是元朝末年社会正处于混乱之际，官场更是黑暗，他们很难在政治上有所作为，只能选择隐逸从而等待更好的入世机会，因此，他们的作品往往体现了对贫苦百姓的关心，对黑暗现实的揭露，对官场上昏庸官吏的讽刺和批判，与此同时，也表达了内心对建功立业的深切渴望。他们在追随朱元璋之后，认为这是一个千载难逢的机会，天下有望统一，因此，他们这时创作的诗歌中充满建功立业的雄心壮志，也充分表达了天下即将太平的喜悦之情，当然也对新王朝和新天子进行了高度歌颂。这时所形成的诗风是正大高昂的。但是现实与希望之间的差距很大，新天子朱元璋在文化上所实行的政策极为严酷，并且对文人有一种猜忌的心理，当时很多的文人都没有得到很好的结局，甚至连宋濂与刘基这样的朝廷重臣都免不了郁郁而终，其他文人更是惨不忍睹。这种状况在建文时期得到了缓解，明代的诗坛开始逐渐活跃起来，明初诗坛所倡导的正大高昂的诗风开始有了明显呈现，尤其是方孝孺等人的诗歌作品中充分体现了这种诗风。但是后来燕王朱棣上位之后，方孝孺被灭族，这种诗风也就此消逝了。之后，雍容平和的台阁体在诗坛上广为流传。越派诗人在政治上具有强烈的入世意识，并且具有浓厚的理学观念，因此，他们所创作的诗作具有明显的政治色彩和伦理色彩。除此之外，越派诗人也非常重视气的运用，他们的诗作中也展现了一定的个体化、独立化以及情感化特征，也就是他们的诗作越来越具有审美意味。他们在诗作中融入了自己的个性和理想，还融入了自己的想象和灵感，更融入了文学境界和力度，因此，这些诗作能够给阅读者带来感染和鼓舞。

在明初诗坛上，以吴派与越派的成就为最大，所以王世贞在《艺苑卮言》中论元末明初诗坛时说："胜国之季，业诗者，道园以典丽为贵，廉夫以奇崛见推。迨于明兴，虞氏多助，大约立赤帜者二家而已。才情之美，无过季迪；声气之雄，次及伯温。"潘德舆曾对比过刘基与高启的不同："予又就青田、青丘二子衡之，则青田之雄浑博大，又非青丘之所能及。盖青丘犹诗人之诗，而青田则士君子言志之诗也。岂惟明一代之开山，实可跨宋、元上矣。"潘德舆的看法存在一些问题。首先，刘基的诗作并不能全部概括进"士君子言志之诗"的范围内，这已见于以上所论。其次，刘基能够"跨宋、元上"的判断，也只能视为潘德舆的一家之言而不能当作准确的评语，因为且不说苏轼，如何安排陆游、元好问恐怕都将成为问题。再次，关于高启与刘基的地位高低问题，当然见仁见智，但大多数人也只是论其差异而不论其高低。如果一定要论高下，恐怕赞成高启为明诗第一人者要占多数。比如朱彝尊《明诗综》选明诗，只有高启与刘基能够单独成卷，但高诗入选138首，而刘诗却仅104首。沈德潜是格调说的倡导者，而其《明诗别裁集》选高启诗21首，刘基则20首，看不出他有刘基强于高启的判断。尽管如此，潘德舆的看法依然值得重视。他的"诗人之诗"与"士君子言志之诗"的概括，不仅抓住了高启与刘基二人的最大区别，同时这也是元明之际吴中诗派与浙东诗派的根本区别。正是由于刘基的诗是"士君子言志之诗"，所以他才会关注现实民生，抒写慷慨不平，从而形成其雄浑博大的沉郁顿挫格调。高启的诗是诗人之诗，他要表现的是超然之性与自适之情，因而形成其飘逸清新的自由挥洒格调。可以说他们代表了各自所属的诗派：刘基代表了浙东诗派重事功、重现实的传统，同时突显了自身重讽刺、重悲怨的个性；高启则代表了吴中诗派重自我、重个性的传统，同时也表现了自身超然飘逸的个性。他们从两个方面提升了元诗的品格，因而也就得到后人的一致好评。

吴越之外其他三派的诗歌创作成就要稍差一些。闽中诗派继承南宋严羽论诗追求盛唐格调的传统，往往以复古相号召，其核心人物为林鸿与高棅。高棅的《唐诗品汇》将唐诗分为初、盛、中、晚四期，对各时期的风格体认也多有心得，并选诗以为模仿的对象，因此该书对明代诗坛具有深远的影响，《明史·文苑传》称："终明之世，馆阁宗之。"但该派的创作成就却比较有限，其歌颂常常流于浮泛，情感上也缺乏深沉的力度,尤其是模拟的痕迹太重,在审美上新鲜感与个性特征较少。李东阳在《怀麓堂诗话》中说林鸿的《鸣盛集》极力模仿盛唐,"不但字面句法,并其题目亦效之,开卷骤视,宛若旧本。然细味之,求其流出肺腑,卓尔有立者,指不能一再屈也",可谓一语中的,评价公允。

在王夫之看来,林鸿是受了唐人李颀的不良影响,李颀的缺点就是林鸿的缺点。李颀在明清诗评家眼中是位有争议的诗人,誉之者称其律诗章法严整,声韵谐贴,篇篇合律;讥之者贬其补凑肤壳,几近制艺。王夫之就曾说:"盛唐之有李颀,犹制艺之有袁黄,古文词之有李觏,朽木败枝,区区以死律缚人。"综合各家看法,则李颀七律主要在严守格律上做得比较出色,而在情感的深刻鲜活上颇有不足。在盛唐作家于格律上还大都不能熟练自如的情况下,李颀对律诗成熟所做的贡献自不容忽视,而其缺陷亦难免,因此王夫之对李颀的批评略显苛刻。在林鸿的创作中,只有部分律诗有这样的缺陷而并非全部,更何况他的古诗、绝句的创作便很少有此种状况,他诗歌创作饱含情感的丰富性与诗歌体貌的多样性。如果说林鸿所有的诗体均可"高下各适情性",则不免绝对。陈田综合诸家评语后说:"子羽诗以盛唐为宗,诸体并工。论者谓晋安一派,有诗必律,有律必七言,引为口实,亦蹈袭者之过也。"说林鸿的诗并非仅七律一体当然是对的,说他"诸体并工"笼统讲亦无大错,但如果说此种七律浮泛的毛病均系"蹈袭者"之病而无须林鸿负责,显然不符合事实。作为闽中诗派的领袖,他的确是开了泥古不化的风气,为诗歌创作带来了浮泛的毛病,其本人是难辞其咎的。其实,闽中诗派从地域流派的角度看,其特色在于隐逸情调的表达与山水审美的把握,在这方面他们创作过不少优美的诗篇,但是传统的评论家总是盯住其鸣盛的特征与复古的影响,常忽视了他们山水审美的创造。

岭南诗派以孙蕡等南园五先生为核心,明清诗论家喜欢拿他们五人去和吴中四杰相比,如果从对个性放任、审美情趣的追求上看,二者的确有相似之处,但在其他方面并不完全相同。岭南在元末基本上是一个没有受到战乱影响的安静之地,因而这些诗人能够从容地结社吟诗,而且诗中较少有生灵涂炭、忧愁困苦的沉重感。他们诗中所写大多是像孙蕡《广州行》那样对城市的歌咏,以及对景色与风物的描写,往往色彩明丽,格调轻松,但在厚重感与丰富性上往往赶不上吴中四杰,尤其是高启。然而,以南园为象征的岭南诗派也具有重要的诗学意义。南园是这个诗人群体初次结社的地方,孙蕡的《南园歌·赠王给事彦举》对当时南园结社赋诗的情景有过生动的描绘:"昔在越江曲,南园抗风轩。群英结诗社,尽是词林仙。南园二月千花明,当门绿柳啼春莺。群英络组照江水,与余共结沧洲盟。沧洲之盟谁最雄?王郎独有谪仙风。狂歌放浪玉壶缺,剧余淋漓宫锦红。青山日落情未已,王郎拂袖花前起。欢呼小玉弹鸣筝,醉倚庭梧按宫徵。哀弦泠泠乐向终,忽看华月出天东。裁诗复作夜游曲,银烛飞光如白虹。当时意气凌寰宇,湖海诗声万人许。……"

江右诗派在元末与朝廷有较多的联系,尤其是危素更成为元末有代表性的台阁文人,而刘崧、陈谟、梁兰等人则构成了当时江西作家的核心骨干。江西在宋代时曾产生过影响巨大的黄庭坚江西诗派,但在元明之际似乎已不再受黄庭坚的影响,而论诗多推崇元诗四大家的虞集和范梈,就其创作风格来看,则又不同于虞、范二人。江西地区当时曾经是朱元璋与陈友谅两大军事集团反复争夺之地,受战火摧残最重,因此该派诗人也往往以关注民生、反映现实为其主要创作特色,像刘崧的《筑城叹》《采野菜》《壬辰纪事》等作品都是写战乱的残酷与百姓的苦难的。这些诗在艺术上的特点是长于叙事,平易流畅,缺点是较少波澜与变化,从而形成其平正典实的风格。这种风格影响到同为江西人的杨士奇,并最终形成了明前期最有影响的台阁体。总的来说,元明之际的诗坛比较活跃,创作成就较大,好的诗歌一般都能做到内容充实,风力遒劲,并具有突出的个性与灵气。

以杨士奇、杨荣、杨溥等三杨为代表的台阁体,流行于明前期的永乐、洪熙、宣德、正统、景泰年间。该派诗歌的特征,钱谦益《列朝诗集小传》称其"词气安闲,首尾停稳",后来《四库全书总目提要》把它概括为"雍容典雅",现代学者大多都批评它内容空洞而缺乏生气。造成这种结果的原因很多,比如诗的作者生活阅历单调、文学修养不够,加之文化政策保守等,但最重要的却是因过于追求伦理教化的政治效果而使作者以理性的态度写诗,从而丢失了情感、灵气、想象、个性等诗歌审美所必备的要素。须注意的是,明前期的台阁体也有一个发展演变的过程。从早期作家陶安、刘基等人追求盛大的诗风,再到吴伯宗、方孝孺的重道尚气,乃至永乐前期解缙、王偁的狂傲不羁,均显示出与后来三杨台阁体不同的诗风。台阁体直到三杨手中,才真正形成其典型的体貌。不过从总体上看,台阁体缺乏审美情趣。

三、复古诗歌流派的审美风格变化

明代诗歌创作在沉寂了近百年之后,于弘治年间又重新趋于活跃,而首先体现这种活跃特性的是以李东阳为代表的茶陵诗派。一般学者都把茶陵诗派看成从台阁体到前七子的过渡流派,理由是李东阳等人还没有摆脱台阁体作家狭隘的生活环境。的确,从人格类型上讲,李东阳平和而李梦阳等人愤激,因而也就有了气之强弱的区别。但是从诗学的角度看,茶陵派的崛起就是对诗歌审美特征自觉追求的兴起。这主要体现在理论与创作两个方面。在《沧州诗集序》中,李东阳首先将诗歌与散文在体式上明确区分开来,并将诗歌的发生定位在"畅达情思,感发志气"上,也就是抒情性上,所以才会在《怀麓堂诗话》中,一再强调诗歌重音律、重节奏、重比兴的文体特征,并形成了他以声调为核心的诗歌理论。

茶陵派与台阁体强调文章与德行的关系、追求和平纯粹之美,但是这一特点未能得到充分发展。真正将诗歌的审美追求推向高潮的是前七子复古派。前人论前七子时无不将"文必秦汉,诗必盛唐"作为其论诗的核心,并将攀拟定为其创作原则,从而总是对他们采取一种批判的态度。其实,前七子复古派是一个南北诗风交融的流派,其中既有北方李梦阳的雄健,也有南方徐祯卿的婉丽;在理论主张上既有李梦阳"尺尺寸寸"的模仿论,也有何景明"舍筏登岸"的模仿论。但在以下两点上他们又都是相同的:一是都强调要真实地抒发情感,都主张从民歌中吸取营养;二是都反对宋诗的议论与说理,而主张情景的融合与比兴手法的使用。他们的矛盾之处实际上是追求汉魏盛唐格调与抒发真情的难以调和,这也在一定程度上影响了他们的创作成就。但在创作上,他们实现了两种重要的转变:一种是从歌颂到批判的转变,从中显示了充沛的气势与鲜明的个性;二是从对伦理教化的强调到对声律、结构、对仗、比兴等形式美的讲求。前七子复古派是一个松散的诗人群体,因而其诗风亦多姿多彩,难以一概言之。但他们有两点大致是相近的:一是大多为气节之士,在弘治、正德年间的朝政混乱与政治争斗中皆能保持自我之节操,并能关注民生,忧心国事,表现出正直文人的可贵品格;二是他们大都经历过诗风变化的过程，即弘治时的昂扬奋发与正德时的愤激感伤。也就是说，此一文人群体的诗歌创作与诗学观念是与朝政的变迁紧密相关的，或者说他们的诗歌创作具有鲜明的社会性。至正德末年，诗坛逐渐发生转向，或转向王阳明之心学探究，或转向六朝之华美流畅，而始终坚持盛唐格调者逐渐消失。此乃当时文坛之总体趋势。

后七子继承了前七子以格调论诗的传统，同时在气节劲直与富于才情两方面保持了气盛的一贯特点，其不同之处在于后七子对形式技巧的讲究更为细致具体，对于诗歌审美特征的探讨更为深入。像谢榛《四溟诗话》对情景范畴的探讨，已经达到了很高的水平。王世贞的《艺苑卮言》更是明代后期研究诗法的集大成之作。谢榛的五律、李攀龙的七律、王世贞的七古都是达到了很高艺术造诣的作品。王世贞是个值得重视的人物，这不仅表现在他长期身处文坛领袖的地位，同时也取决于他在理论与创作上所表现的一些新的特征。他将诗歌发生的第一要素明确地定位为情感。更重要的是在格调与才情的关系中，他将二者并重。在前七子那里，格调其实指的就是汉魏的理想风格，即所谓格高调古，所以往往与才情的抒发形成矛盾。王世贞则把才情与格调统一起来，并把"才"放在第一位，所以他的诗作往往超出理想格调之外，唐宋界限的打破其实意味着格调说的渐趋解体。尽管王世贞在理论上还不愿承认这一点，但他晚年从审美情趣上偏爱苏轼，在创作上认可陈献章，在诗歌功能上倾向于"自娱"，都说明这位吴中文人受时代和地域的双重影响，已经将自我审美旨趣从单一转向了多元。我们看他晚年的《偶成自戏》："愚公自笑昔日愚，日对黄卷声伊吾。那知愚公今更愚，问着胸中一字无。贫子自笑昔日贫，但有载籍无金银。那知贫子今更贫，一丝不挂悲田身。贫子之贫犹未误，更有愚公堪笑处。蹒跚两足钝于鸭，便欲高飞向天去。"没有典故的使用，没有章法的安排，更不讲究格调的高古，在自戏自嘲中显示出幽默与趣味，这不仅已经接近于宋调，甚至与稍后的袁宏道有些相像了。但是他晚年的诗成就有限，难以和公安派相比。此时王世贞的表现视野变得狭窄，与晚年的白居易一样，仅限于身边事、口头语。赞之者如李维桢所说的"随语成韵，随韵成适""真率切至"，其实无丝毫新意可言。《龙性堂诗话》载袁中道深赏其"送客总归惟月在，游人欲老奈山何"之句，谓"四部稿"中所无妙语。其实不过于诗中表现了一点近禅的理趣而已,这正是宋人之所长。以多数诗歌而言,情思内容了无新意,在构思布局上又不复讲究。

前后七子经过晚明公安派的冲击,势力尽管大为减弱,但却并没有在诗坛上完全消失,钱谦益所谓的"中郎之论出,王、李之云雾一扫",实在是文学性的夸张之言,万历之后复古派不仅依然存在,而且还出现了著名代表人物云间派领袖陈子龙。陈子龙的创作具有鲜明的时代特征,这除了指他早年醉心于七子派的复古主张外,也包括他受到晚明士大夫风流潇洒习气的影响,在创作上具有浮艳藻丽的倾向。但在明清易代之际,却显示出慷慨悲凉的格调。他此时的诗作内容充实,风力遒劲,已经超越七子的模拟与公安派的浅近。这是因为他此时已经把沉郁悲愤的情感抒发与工于用典对仗的诗歌技巧完美地结合起来,真正达到了格高调雄的审美境界。陈子龙的代表作能够将李颀、李白、杜甫等人的诗风融为一体,形成了自己沉雄瑰丽的艺术风格。

《寄献石斋先生》五首是其歌行的代表作,兹录其第三首以见一斑:"阊阖门开翡翠城,凤凰十二相和鸣。碧血一洒玉阶裂,惊雷急电何时平。门生往往自引匿,故吏不复来通名。贾彪奔走何恻起,曹鸾上书翻桎梏。钩连几作甘陵部,相将同人黄门狱。绯衣狱吏行生风,黄封小匣担当中。更番榜掠不知数,但称汝罪如山崇。小臣万死不足惜,圣德如天辉简策。带血晨兴写孝经,和枷夜卧编周易。爰书一旦出风尘,薄谴由来湘水滨。万里同声颂明主,海内相看似古人。"

这首歌行既有李白的瑰奇想象,又有李颀的平正畅达,而沉郁悲慨的感情则近乎杜甫。

《种柳篇》是诗人痛定思痛之作,情调由驰骤激荡而转为深沉舒缓:"日月逝矣心飘遥,冰霜满眼风萧条。野夫吞声披短褐,天寒野旷随渔樵。终朝惨淡柴门下,有时拾橡还山椒。手砍柳枝作柳树,何年送尔干青霄。长安城外春风起,高梁桥头玉泉水。万缕常垂绣毂旁,千条尽拂朱门里。凤舸龙舟人似云,缇城锦幔山如绮。当年种树属何人,岁岁看花常在此。予时婉娈金门游,走马章台百不忧。三枝戏折灵和殿,带露笼烟拂御沟。黄莺紫燕无消息,故国三年成古丘。金茎玉树生秋草,桂苑兰台色如槁。三户飘零仅寡妻,五陵游冶无年少。长条短叶日悠悠,飞絮浮萍空渺渺。比来屏迹北山阿,门外氄氄绿渐多。彭泽漫能称傲吏,阳关无处寄悲歌。起看庭树一婆娑，叹息年华奈若何。何日金城重见尔，攀枝流涕问山河。"

前八句平直朴素近乎杜诗，中段二十句借咏柳寄托兴亡之感，表现手法与艺术风格均受到杨慎《垂杨篇》的影响，但杨慎之作系个体沉浮之叹，而此诗则深寓家国沦败之悲。"比来屏迹"以下八句回到现实之中，与开篇八句呼应。诗思极度悲慨，但语脉深沉，个人处境的沦落与国家的败亡融为一体，读之令人怆然。

明代自立朝始至沦亡终，复古诗派可以说构成了一个气势强大的诗歌潮流，它与性灵诗派各自展现了独特的审美风貌。论明诗者对复古派的诟病，主要集中于其模拟失真的食古不化从而对当时诗坛造成了不良的影响。明人在辨别诗体上的眼光成就，至今仍受到多数学者的重视。他们所提出的唐诗初、盛、中、晚四阶段论，古体与近体之异同论，情景交融论，等等，至今仍是研究诗歌的基本范畴与途径。但是从复古派自身的目标定位，亦即所谓"预设的目标"看，却是基本失败的。因为除了极少数人是以学术研究为目的外，其他人均是以创作出格高调雄、意境浑然的理想诗歌文本作为复古模拟的最终指向的。然而遗憾的是，他们并没有成功。从文学经验总结的角度说，此次复古运动向人们提供的只能是一次失败的教训。说它是失败的，并非言其一无是处。其实，明代复古派的诗歌创作不仅拥有丰富的思想内涵与心灵世界，更体现了他们娴熟的诗歌创作技巧与写情造景能力。王世贞的《登太白楼》一诗，颇能展现此种特征："昔闻李供奉，长啸独登楼。此地一垂顾，高名百代留。白云海色曙，明月天门秋。欲觅重来者，潺湲济水流。"本诗的好处在于作者那种大处落笔、虚实结合的手法。前四句突出李白当年的风采，但却并不从具体事件入手，而是将其襟怀风度与太白楼同笔写出，从而显得既传神又精练。五、六句是虚实结合的写法，黎明曙光中白云飘动，明月当空时辽阔无际，这既是王世贞登楼时的所见景象，也是李白当年在山东时常常写到的诗境。也正是通过这种高远阔大的意境，将作者与李白的精神连接起来。最后两句是作者的深深感叹：当他凭楼远望时，景还是这样的景，楼还是同一座楼，但是却再也没有李白那样的人物来登临长啸，再也没有人能写出像李白那样意境高超的诗作了，所见到的，只有那日夜缓缓流动的济水，默默无言，长久不息。至此，一种向往、思慕、惆怅的复杂情感，便通过这一幅"潺湲济水流"

的画面生动形象地表现出来了。

　　本诗充分说明王世贞在创作上深得唐人笔法,他不仅用笔灵活多变,而且决不直接将情写出,而是在叙事写景中见出情来,给人意味深长的美的享受。就此诗看,笔法是唐人笔法,境界是唐诗境界,甚至连作者梦牵魂绕的也是那位可以作为唐诗双子星之一的太白诗仙。如此的学唐功夫,在一般诗人那里其实是很少有人能够达到的。可是,它依然是明代复古派的诗而不是唐诗。它们之间的差别是在底气的厚薄与境界的高低,而不在于技巧与笔法。王世贞心底里透出的是盛世不再的遗憾与叹惋,而不是"抽刀断水水更流,举杯消愁愁更愁"的伟大的孤独。从历史的角度讲,身处晚明的王世贞写不出汉唐盛世的诗歌,这是历史的责任而不是王世贞的过错。然而,在一个充满世俗气息与腐烂政治的晚明环境里,却幻想再造一个盛唐那样的诗的世界,这才是复古派的真正悲哀。所以,王世贞只能去默默无言地面对"潺湲济水流"了。

　　从复古诗派的整体情形看,其一头一尾则基本避免了此种模拟失真的弊端。像刘基、高启那样的诗人,其诗歌创作皆情感饱满而风骨凛然,虽有意模仿前人诗歌体貌,却又能显示自我的个性与鲜明的诗风,故而成为明代最有成就的大诗人。代表了复古诗派尾声的陈子龙,尽管其前期有泥古不化的痕迹,但随着王朝的危机加深与朝代更替的巨变,最终使他将目光转向对现实的反映与慷慨不平之气的抒发,从而获得了真气饱满、骨力劲健的诗风,从而也真正代表了明代复古诗歌创作的最高水平。不仅他本人的诗歌创作是如此,明清易代之际的许多诗人均表现出此种慷慨深沉的诗风,像夏完淳、张煌言、顾炎武诸位抗清志士的诗作,均有慷慨激越的诗风,成为明代诗歌有力的尾声。

　　在讲究格调的复古派之外,明代诗歌史上还存在着一个重情韵的诗人群体。当今的文学批评家一般将薛蕙、高叔嗣等人视为格调说的"同调""羽翼",其实他们艺术追求的核心不是声宏调高,而是意象情韵之美。嘉靖时期,还有蜀中杨慎、长洲"皇甫四杰"、华亭徐献忠、无锡华察、昆山周复俊、宝应朱曰藩、德清蔡汝楠、山阴陈鹤等,都表现出重情韵的文学倾向。到晚明,出现了邓云霄、谢肇淛、陆时雍等重情韵的批评家。从这些人到明清之际的王夫之,再到清初的王士祯,审美观点虽互有异同,但大体可以看成一条线索,最终走向"神韵说"。

重情韵的诗人追求的审美范型是色调明朗、辞采秀丽、情意婉雅，与雄壮粗犷、慷慨激昂的"风骨"不同。情韵美更重视诗歌含蓄蕴藉的余味，强调诗人与社会的和谐关系，以保持情感的平和舒缓。尽管这些诗人的影响不及复古派与性灵派那般大，但数量还是相当多的。

四、性灵诗歌流派的审美风格变化

从时间上来看，性灵诗派的崛起时间与复古派相近，两者都发端于成化年间。思想家陈献章可以说是性灵诗派的鼻祖，他本来热衷讲学，在讲学之余，也喜欢作诗。陈献章的诗作以自身经历为素材，表达了他对人生的独特感悟，后人称他的诗为性理诗。不过如果从诗学的角度看，性理诗这个概念是不够准确的，因为它对陈献章诗歌特征的概括是片面的。陈献章追求内心的修行，体现在诗歌创作上，显示了他由外向内的转变。追求自我性情之本然呈现，这是白沙学派的主要特征，也是其诗歌理论的核心。他说诗之根本在于性情，好诗是性情的自然流露。不加伪饰，任情而发，是作诗的根本。此一过程，不是理性的推演，而是直觉的活动。他把"言为心声"的说法与"物感说"结合起来论述诗歌的创作过程，并将创作的关键落实在真情的充分表现上。其不仅与宋明理学家以诗文为"小技"、为"闲言语"的看法不同，也与传统儒家的"载道""明道"说有区别。根据他的理论，文学所"载"、所"明"的对象是人的心灵，文学的功用是抒发本心，传达内心的感受、情思。值得注意的是，白沙学派对诗中之"情"没有过多的约束。它并不特别指出诗歌所写的情感必须合乎儒家的君臣、父子、夫妇等道德原则，也不像台阁体那样要雍容典雅、合乎性情之"正"。由物到心再到诗，诗歌的创作过程就是诗人真情实感的流露过程。陈献章创作诗歌的目的并不是迎合统治者或者描写普通百姓的生活，只是为了愉悦自我，创作倾向上侧重抒发自我的审美情趣，创作方法多采用自由随意的艺术表现手段。可以说，他的诗不仅在外在形式上具有高超的表达技巧，同时蕴含着丰富隽永的文学意境和审美情趣。正因为陈献章有着高度艺术化的审美人生，所以造就了他的诗歌也具有极高的审美品位。从这个角度讲，陈献章开创了性灵派诗歌的先河，他不仅是明代思想史发展的转折点，同时也是诗歌史发展的转折点，但是后人对陈献章在思想史上的成就进行了大量研究，而对于其在诗歌领域的成就则关注不多。

虽然从诗歌的性质上来说，明代中期的吴中诗派与性灵诗派有着很大的差异，但是二者具有不少共同特征。明代中期，吴中地区的经济比较繁荣，人民的生活也比较富足，受该地发达经济的影响，吴中文人享受着快乐的生活，重视自我个性的张扬与表达。在这一时期，吴中的文人才子不断涌现，其中最著名的有吴中四才子之称的唐寅、祝允明、徐祯卿、文徵明，同时沈周、徐霖、蔡羽、黄云等都是当时名噪一时的诗人。他们大多以名士自居，不仅文学功底深厚，创作了很多脍炙人口的诗歌，而且擅长绘画，在绘画领域也留下了令后人赞叹的画作珍品。同时，他们还喜好饮酒，留下了很多韵事佳话。他们也讲究复古，但更看重的是古代诗歌中所蕴含的文化底蕴与优秀诗人的才情，而不是具体推崇某个朝代或者某个诗人的作品。吴中文人欣赏盛唐诗人的豪迈爽朗，但更喜欢南北朝及唐朝初期诗人所创作的富有才情且风格华丽的作品。吴中诗人追求人生的享乐与看重个体生命价值的创作理念对于晚明公安派的崛起有着深远的启蒙意义。同时期，复古派诗人在诗坛占据着重要地位，对于复古派诗人而言，吴中诗派的作品是没有格调的。以王世贞为例，他就曾经讽刺唐寅的诗是"乞儿唱《莲花落》"。但从文学的角度来说，复古派诗人的作品缺乏节奏感和人生情趣，也无法像唐寅的诗歌那样表达超然洒脱的自由心境，而这些才是诗歌真正的灵魂。然而，他们也有共同的缺点，就是流畅生动有余而深沉凝练不足。他们的想法是新奇的，也开拓了许多新的题材，但有时又不免流于庸俗与浅薄。这些固然是性灵诗派的共同缺陷，但也与他们缺乏深刻的思想与严肃的生活态度密切相关。性灵派的诗派创作要走向真正的成熟，尚须与阳明心学相结合，才能提供高尚的境界与思想的深度。而此时的吴中诗人显然是做不到的。

需要特别强调的一点是，真正为明代性灵诗派奠定思想基础的是弘治、正德时期的大儒王阳明。王阳明交友广阔，曾经与李梦阳等前七子进行过诗文交流。同前七子的作品相比，王阳明诗作中的感情更加丰富饱满。王阳明喜爱山水，能够敏锐地觉察出自然界中的美，并能够运用娴熟的技巧展现出这种美，因而拥有他人难以企及的审美情趣。王阳明的诗在风格上体现为清新自然、秀逸有致，迥异于复古派巧于工拙的艺术特质。王阳明对于性灵派诗歌最大的贡献在于，他的

"致良知"奠定了明代性灵派诗学思想的哲学与文学观念的基础。

"良知说"对于诗学观念的影响首先体现在心与物的关系上。阳明心学和朱子理学都属于新儒学的范畴，其共同点在于都重视伦理道德，强调经世致用。二者的最大区别在于，朱子理学认为对人的行为进行规范的是外在的道理，而阳明心学则以为内在的自我良知才是规范人行为的最佳动力。传统的诗学理论认为，心和物是平衡的关系，王阳明的"良知说"却打破了这一理念，他认为在心物关系中，心占据主导地位，从而突出了诗人的主体意识。宋代以前的诗学理论以为，感物是文学发生的动力，从《礼记·乐记》的"人心之动，物使之然也"，到《文心雕龙·物色》的"情以物迁，辞以情发"，可知在文学的创作过程中，"物"占据着不可忽视的主导地位。为了更好地营造意境，唐代诗学提出了情与景均衡交融的构造法，从侧面印证了"感物说"中"物"所发挥的重要作用。中唐以后，南宗宣扬的见性成佛的观点受到了文人的欢迎，"感物说"逐渐松动，南宋以后朱子理学崛起，动摇了诗学中"物"的主导地位。但由于禅宗的宗教特性以及理学中对于情欲的排斥，他们的观点并未在诗学领域产生重大的影响，感物的诗学发生论仍然占据主导地位，其理论根据并未被撼动。王阳明的"良知说"则改变了这一局面，从理论上确立了"心"的主导地位，是中国诗学史上从早期的"感物说"向后期的"性灵说"转变的关键环节。

"物"对于"心"来说是相当重要的，这一点是毋庸置疑的。如果没有"物"的存在，就无法印证"心"的功能。但是从价值取向上来说，"物"本身的存在是毫无意义的，因为人赋予了"物"自己的主观想象和感情色彩，"物"才有了生命力。从诗学观念上看，"心"在心物关系中占据核心环节，是主动的一方，只有实现心灵与"物"的有机融合，才能构造出诗歌的意境，才能得到"明白"的诗意。从发生学的角度讲，主观心灵在心物关系中占据主导地位。朱熹认为，所谓"格物"就是究极物理的意义，人的内心中蕴含的天理与世间万物所具有的天理就好像是河流映照出月亮，没有主要和次要的区别。但在王阳明看来，"格物"的意义在于规范不正确的行为以进行合适的行动，"物"的意思指的是"意之所在"，也就是说事之意。王阳明认为，人的灵明要成为主宰，物退居到次要地位。虽然在王阳明的著作中并未找到明确解释"性灵说"的诗学理论，但是王阳明在实际的诗歌创作中已经凸显了他重视主观、重视心灵、重视自我的倾向。王阳明的"良知说"将人的心灵比喻为天上的明月，月亮有着照亮世间万物的作用，但同时又有着阴晴圆缺的遗憾，为此苏轼有"此事古难全"的感叹。当自然界中的月亮成为照亮人类良知的心灵之月时就被人类赋予了永恒的色彩，它不仅自身拥有澄明的心灵，而且还能够照亮世间的山川河流。对于王阳明来说，中秋的月亮是否变化是一件无足轻重的事，心中的明月一直光辉皎洁才是具有决定意义的。

其次，"良知说"对于诗学观念的影响还体现在人生境界对于诗歌的创作具有决定作用。从本质上来说，王阳明的心学是一种成圣的学说，而达到圣人境界的前提和基础就是发现自我的良知，人只要发现了良知便具有了圣人的品格。拥有了良知的境界，才会拥有澄明的心境与崇高的人格。拥有这些品格的人，不仅有着渊博的知识、超凡的才能，而且具有高雅的审美情趣，也才能创作出优美的诗篇。王阳明以"洒落"来概括此种良知境界，有时又称之为"乐"。这种境界包含两方面的内容：一是忘怀得失的超逸，二是自我实现的自足。所谓"忘怀得失"指的是不过分追求功名利禄、爵位权势，又可以称之为克己；所谓超然指的是不畏惧外在环境的毁誉，无论身处何种环境都能安然自在。

万廷言作为阳明心学的继承者，在《阳明先生重游九华诗卷后序》中，详细论述了良知境界与诗歌创作的关系。在万廷言看来，一般文人如果身处"凶竖壤功""阴构阳挤""祸目莫测"的危险境地中，都会"垂首丧气"，即使是英雄豪杰，一旦处在危难的境地也免不了"绕床叹息"。但是王阳明先生处在危难的境地，却写出了"捐得失之分，齐生死之故，洞然忘怀，咏叹夷犹于山川草木之间"这样从容浑然的诗篇。

万廷言认为，王阳明先生之所以能写出如此豁达的诗作与其超然的心境是分不开的，可见，良知境界与诗歌创作之间是互为依存的关系。正因为王阳明先生拥有以良知作为核心的大丈夫人格，因此在面对患难危机时，他才能保持平和的心态，讴歌大自然山水的雄伟秀丽。那些"感触微存凝滞，念虑差有未融"的些许不快，也在"咏叹夷犹于山川草木之间"变化消融，最终达到"上下与天地同流"的和乐之境。可以说，良知构成了王阳明先生的大丈夫人格，伟岸崇高的人格决定了他的诗歌风格，而这些诗歌又陶冶了他的情操，使他的心灵世界得到进一步的升华。这种修养心性和创作诗歌的做法值得后人借鉴。万廷言的这种论述是否是真实可信的，目前学术界尚未有定论，需要结合王阳明的创作实践来进行考证。万廷言提到的《阳明先生重游九华诗卷》已散佚在历史长河中，但是流传于世的《王阳明诗文集》中的确有游九华山的一组诗，包括《游九华》《春日游齐山寺用杜牧之韵二首》《将游九华移舟宿寺山二首》等，万廷言所序的应该就是这些诗作。王阳明的这组诗中，的确看不出作者的忧愁烦恼，反而表达了他闲适的心境与幽默的情趣，如"静听谷鸟迁乔木，闲看林蜂散午衙""风咏不须沂水上，碧山明月更清辉""深林之鸟何间关？我本无心云自闲"。

对于诗仙李白，王阳明赞赏其即使身处谪居之地依然能够"放情诗酒"的豪放性情，或者说正是由于李白自身所特有的豪放不羁的性情，才使得他无论面临多么险恶的环境都能"放情诗酒"。对于李白的行事作风，王阳明并不是完全赞同的。在王阳明看来，李白之所以能够"放情诗酒"只不过是其狂放的气质和过人的才华所决定的，并不是因为李白达到了圣人"无人而不自得"的良知境界。从王阳明的角度来看，人首先应该具备良知的境界，然后转化成豪放的性情，再依托自身超凡的才气，这样创作出来的诗歌才能达到最理想的状态。这便是王阳明所倡导的"良知说"与诗歌创作的关系。王阳明的"良知说"受到广大文人的普遍欢迎，明代中后期的著名诗人，如徐渭、李贽、汤显祖等受到了这种观念的影响。这些具有圣人情结与狂放精神的文人，创作出了大量展现其个体超然情怀与主观性灵的诗篇。

最后，"良知说"对诗学观念的影响又体现在对"乐"的功能的强调上。王阳明称君子之学为"自快其心"，他的这种看法间接证明了他对心体或者良知的认识。深受儒家经典熏陶的王阳明，秉持着和其他儒学先辈类似的观念，即诗歌具有教化的功能。但是和其他儒家大师所不同的是，王阳明倡导的教化是与求乐紧密相连的。在王阳明看来，诗歌必须具有教化的功能，但是教化的过程又不能过于生硬，要"无意中感激他良知起来"。他的这种观点与汉代大儒所倡导的"上以风化下，下以讽刺上"的主文谲谏的原则可谓不谋而合。王阳明诗歌与当时占据诗坛主导地位的复古派诗歌的最根本区别在于诗歌功能上的差异。以李梦阳为代表的复古派诗人提倡在诗歌创作时应以汉唐为尊，坚守汉唐格调，同时他们又强调诗歌要抒发诗人的真情实感，事实上，强调抒发真性情与坚守汉唐格调是一对不可调和的矛盾。对于诗人而言，如果想要模仿古人就很难表达出自身的感情，而诗歌又是传达诗人喜怒哀乐的载体，两者相互冲突，最终格调覆盖了性情，导致诗人在创作诗歌时无法体验到愉悦感，反而认为作诗是一件苦差事。王阳明提出的在诗歌创作中求乐自快的良知属性，使得诗歌功能观发生了改变，诗歌创作不再是费心苦吟的枯燥的事情，而是一种陶冶性情的生命方式。既然是寻求快乐，那么方式也应是多种多样的，不应该局限在诗歌创作上，但凡有益于提高人生情趣的活动都可以作为寻求快乐的方式，如登山临水、谈学论道，作诗也只不过是抒发人生情趣的方式之一。

关于诗歌的功能，不同的学者有着不同的理解。中国传统的文学理论盛行着两种观点：一种是儒家的政教观，一种是儒家的自适观。从诗歌艺术本身来看，诗歌的创作中也有着苦吟派和求乐派的区别。苦吟派的代表人物为孟郊和贾岛，对于他们而言，诗歌就是他们的生命，为了创作完美的诗歌他们不惜牺牲自己的生命。求乐派诗人认为，诗歌是吟咏性情、愉悦自我的工具，其代表人物为宋代的邵雍，他就曾经专门作诗来和朋友谈学论道，愉悦性情。陈献章是明代较早提出诗歌是用来抒发性情的诗人，对于世人所称颂的唐诗，陈献章并不欣赏，相反他认为唐诗存在着"拘声律，工对偶"的缺点。对于众人称道的李白、杜甫的诗篇，陈献章也不满意，他指出李杜有着如下的缺憾：一是李杜的诗作无法承担起教化民众的作用；二是李杜创作诗歌的过程非常辛苦，缺乏性情风韵。陈白沙在继承陈献章思想的基础上形成了白沙心学。白沙心学提出了求乐的理念，但是没有明确提出诗歌创作的求乐观念。从思想体系上来说，王阳明先生提出的致良知与白沙心学属同一思想路径，两者都强调诗歌应具有愉情功能。与白沙心学不同的是，王阳明倡导的求乐意识更具有系统性。他将良知的属性、生活的情趣与诗歌的功能三者有机地融合在一起，构成了明确的求乐诗学观念。

王阳明的诗学观念是建立在"良知说"的基础上的，具有浓厚的心学色彩。在王阳明思想启发下产生的性灵诗学观具有如下特点：首先，在"心"与"物"的关系上，象征着"心"的主体性灵占据主导地位，具有压倒性的优势；其次，在诗歌的创作过程中，诗人是否具有高尚的人格、超凡的思想境界成为决定诗歌是否优劣的关键性因素；最后，在诗歌的功能上，更强调愉悦性情、快适自我的作用。这预示着明代诗歌史上一种新的诗学思潮的产生。

明代性灵诗学思想在从中期的王阳明到晚期的公安派的转变过程中，有三位诗人发挥了重要作用，他们是徐渭、李贽和汤显祖。徐渭曾经跟随王阳明的再传弟子季本学习。徐渭有着过人的才气，不仅擅长绘画，而且在诗坛也是小有名气。徐渭的诗作具有自由挥洒、不拘一格的特点，既有李贺的怪异凄清，又有苏轼的幽默诙谐。但是他也有过于怪诞粗俗的作品，以致影响了其诗作的审美属性。其总体艺术效果则是"冷水浇背"的冲击与震撼。他的这些做法也许是不自觉的，甚至被时人视为病态，但却实实在在地起到了晚明诗歌先声的作用。

如果说徐渭的诗作尚属于打破复古派推崇格调的初始阶段，是自我感情的不自觉的宣泄，那么李贽就有了更明确的理论自觉。研究李贽的诗作可以发现如下特点：首先，从创作上看，李贽的诗作无论是抒情、议论还是写景、纪事都是自我感情的真实流露，完全是情之所至而随意挥洒，诗作中看不到格调的束缚，也找不到刻意安排的痕迹。对于诗作，李贽是自信的，他认为读书写作是为了自我的生命愉悦，不管他人如何评价自己，即使是众人都唾弃自己，也不能屈从，要始终坚持自我的个性，正所谓"夺他人酒杯，浇自我之垒块"，具有强烈的主观色彩。其次，从格调上来说，李贽从理论上打破了"格调说"的戒律。李贽认为他的格就是作者的个性，他的调也就是个体的风格，即作者具有什么样的性情，作品就会具有什么样的声调。一味吹捧汉唐格调的观点是错误的，也是没有意义的。

李贽在明代文学史上占据着重要地位，他可以说是晚明文学特别是晚明性灵诗派的奠基者。虽然李贽在哲学思想和诗学理论上的论述动摇了复古诗派的地位，具有一定的冲击性，但是缺乏周密性和实践性。"有是格，便有是调"，即便从语言上来说，都不容易理解，更不用说诗歌艺术实践过程中，是否所有的格调性情都有着同等的诗学价值呢？"旷达者自然浩荡，雄迈者自然壮烈"，这种观点自然是正确的。可是认知肤浅的人创作的诗歌自然单薄，行为卑琐的人创作的诗歌自然粗鄙，这种自然性情的肆意表达如果不加以限制，那恐怕会影响诗歌的品位。正因为有着这种忧虑，黄宗羲提出了一人之性情与万古之性情的区分。同时李贽倡导的真实自然的审美标准具有浓厚的哲学化色彩，诗学需要富有诗意美的标准，两者在范畴和内涵上还是有区别的。"真实自然"适用于所有的文学体裁，李贽提出的审美标准确实成了晚明文学界的一个核心范畴，但是具体到每一种文体，又需要更加详细、明确的标准，只有这样才能开展针对性的创作指导工作。之后，袁宏道在真实自然的基础上提出了"趣"与"韵"的审美范畴，作为诗歌与小品文的美学追求。从诗歌史的发展阶段来看，李贽的主要贡献在于其对复古派诗学观念的批判与颠覆，在建设性上需要后继者加以完善。

汤显祖是性灵诗派的又一重要作家，他的诗学观的核心是"情"。虽然复古派诗人倡导创作诗歌时要抒发真情，但是这种论述是笼统的。汤显祖所说的"情"与复古派有很大的不同，其主要特征有以下两点：一是汤显祖的诗学观念受到了泰州学派意识的影响。在汤显祖看来，情的内涵是极其丰富的，既包括男女之间浓烈的爱情，也包括朋友之间纯洁的友情，以及自身对政治理想的热情。诗歌是情的集中体现，所以说"世总为情，情生诗歌，而行于神"，那些让世人赞赏的优秀诗歌就是"神情合至"的结果。二是强调诗是作家心灵与才气的体现。诗歌具有自然灵动气质的前提是创作诗歌的诗人必须拥有卓越的才情如此才有飞动的灵心。有了澄澈如明镜般的灵心，才能写出神情合至的诗歌来。因此在汤显祖的诗歌中，我们可以发现诗人以丰富饱满的感情，通过营造奇特玄幻的想象世界，抒发了对现实世界不满的不平之气。

以三袁为代表的公安派可以说是性灵诗派的集大成者，三袁的诗作体现了性灵诗派的鲜明特征。公安派的诗学观念包括如下几点：首先，对于复古诗派，公安派持否定态度，以尖锐的笔锋批判了复古诗派极力模仿汉唐格调的做法；其次，公安派提出了"独抒性灵，不拘格套"的创作主张；最后，在文学功能观上，公安派强调文学的功能应是求真自适。公安派的诗学理念并不是凭空出现的，而是受到了李贽、徐渭等前辈的影响。公安派最大的贡献在于他们提出了"趣"的审美观来作为评判诗文的标准。

事实上，在公安派之前，汤显祖便已经开始用"意趣神色"作为评价诗文优劣的标准了，只不过汤显祖的论述比较笼统。袁宏道将"趣"论述得更为具体。公安派所说的"趣"有着明确的理论内涵：第一，"趣"是超越了世俗功利的纯审美意识，袁宏"道"称之为"无心"状态，即诗文的创作中要摆脱对物质享受和功名利禄的追求之心，这种状态接近于懵懂童子和喝醉酒之人的天真烂漫，与满心金钱权势的官僚贵族无缘；第二"趣"是作家灵心慧性所表现出来的机智与幽默感，是作者才气、智慧与生命力的集中展现；第三，"趣"所要达到的最理想的艺术效果是自然流畅的表达，在创作方法上就是不假雕饰。欣赏性灵派诗歌时的关注重点不应该是作品是否具有情景交融的深远意境，是否对仗工整，具有节奏感，而是应该看诗作的语言是否真率自然，体现的审美情趣是否趣味盎然、是否诙谐幽默。

公安派追求快乐幽默的文学审美情趣只维持了很短的时间。随着万历后期政治局面的恶化和党争的加剧，诗人们被卷入了政治的浪潮中。面对朝不保夕的政治环境，他们无法再保持轻松快乐的心境，以表达孤傲冷峻为主要人格特征的竟陵诗派顺势崛起。该诗派的审美倾向为"幽深孤峭"，诗人侧重于表现个体刚介冷峻的人格。为了营造这种意境，他们喜欢描写僻静孤独的意象，在字句的锤炼上有时故意使用生僻的字词，目的是寻求一种富于独创的全新诗境。这种风格形成的原因是多样的，如为了纠正公安派末流刻意追求浅俗的弊端而进行的艺术创新，或者是受传统诗歌审美风格的影响等，但黑暗的政治环境是竟陵诗派得以盛行的最重要的因素。

接受儒家教育的文人有着构建一个海晏河清的理想世界的崇高追求，但是朝廷腐败、宦官专权的社会现实粉碎了他们的理想，一批正直的文人不愿意同流合污，又苦于自己的政治抱负无法实现，除了用冷僻孤傲来保持自己的清白之外，似乎也没有更好的出路。竟陵诗派的代表人物有钟惺、谭元春。儒家传统诗论认为"亡国之音哀以思"，但是不像钱谦益、朱彝尊所言的那样是因为哀思而亡国，而是因为国欲亡而哀思。

明代的诗歌成就是无法和唐宋相比的，但是在中国诗歌史上也有着独特的地位。明代诗歌具有思想活跃、流派众多等特点，明代诗人对于诗歌的探索精神是其他朝代所无法比拟的。虽然复古诗派在诗歌创作上并未取得卓越的成就，但是经过复古诗派的探索，中国古典诗学的特征、内涵范畴、方法等都鲜明地呈现出来。比如今天文学家常谈论到的唐朝诗歌盛唐和晚唐的划分标准、诗学理论中情景交融的意境营造,以及对各种诗体特征的概括,都是明代诗人探索的结果。清代的诗论家斥责性灵诗派的诗作浅俗失体,但事实上,性灵诗派才真正代表了诗歌的发展方向,为诗歌的再生提供了新的出路。这是因为诗歌的核心在于创造美感,而性灵诗派的创作正切合诗歌的宗旨,尽管性灵诗派的作品在形式上并不完美,却比复古诗派的作品更具有生命的活力,与现代诗歌也有着更为密切的关系。

第二节 明代遗民诗与时代背景研究

一、黄宗羲的诗与时代背景

黄宗羲,字太冲,号南雷,余姚(今浙江余姚)人。其父黄尊素为东林名宿,遭魏忠贤阉党残害。崇祯改元时,他仅18岁,入都为父申冤,声名大振。崇祯十一年(1638),与周镳、吴应箕等140人起草《南都防乱公揭》,讨伐阉党余孽阮大铖。顺治二年(1645),从孙嘉绩等起兵抗清,兵败后,入四明山结寨自固。不久入海从鲁王政权,任左副都御史。不时潜往内地,联络部属,清廷极畏忌之,悬赏缉拿,几濒于死。及至郑成功抗战失利,海上倾覆,他感到恢复无望,乃返回故里,奉养父母,从事著述和讲学。他为学与复社张溥等人一脉相承,是明末清初著名的思想家,著有《明夷待访录》《南雷文案》等。

黄宗羲于诗,虽非专长,但有自己独到的见解,他在《陈苇庵年伯诗序》中说:"盖诗之为道,从性情而出。"显然这是针对当时盛行的拟古或故作怪僻而说的。所以他的诗在当时独具风格,正如钱锺书在《谈艺录》中说:"独梨洲欲另辟途径,尤为豪杰之士也。"他是一个富有民族气节、誓不降清的志士,所以他的诗多故国之思、怀旧之感,苍凉悲愤,沉郁情深。

其中,第一首为《花朝宿石井》:"廿年曾宿溪山路,枕上仍前彻夜风。清气不容尘外虑,好诗多在月明中。花前闻鸟声偏乱,兵后持杯泪易浓。珍重西窗书甲子,续游何日剪灯红。"

第二首是《寻张司马墓》:"草荒树密路三叉,下马来寻日色斜。顽石鸣呼都作字,冬青憔悴未开花。夜台不敢留真姓,萍梗还来酹晚鸦。牡砺滩头当日客,茫然隔世数年华。"

第三首是《卧病旬日未已闲书所忆》（其一）："此地那堪再度年，此身惭愧在灯前。梦中失哭儿呼我，天末招魂鸟降筵。好友多从忠节传，人情不尽绝交篇。于今屈指几回死，未死犹然被病眠。"

以上三首诗，直抒胸臆，不玩弄辞藻，不堆砌典故，明白易懂。需略做说明的是，第一首中的"书甲子"，在清朝统治下，遗民不书清朝帝王的年号但"书甲子"，这是表明不承认清朝。第二首是悼念友人的诗，情意独深，言辞沉痛，有不尽之意于言外。第三首是病中抒事，前四句写病中情况。颈联转入对故旧的思念，前句指忠烈之士，都已壮烈牺牲，后句指与那些变节之人都已绝交。尾联前句回忆进行反清战斗时几次遇险，濒于死亡，后句写今日不幸卧病，抚今思昔，不胜凄楚。

二、顾炎武的诗与时代背景

顾炎武，初名绛，字忠清，明亡后，更名炎武（一作炎午），字宁人，学者称其亭林先生，昆山（今江苏昆山）人。早年积极参加抗清斗争，失败后，遍游山东、河北、陕西、山西等地，致力考察山川形胜，并秘密联络各处志士，试图建立抗清根据地，待时而动，未果。康熙十八年（1679），清廷诏举他博学鸿词，誓死相拒。他是明末清初著名的思想家、学者，主张博学多识，经世致用，强调"天下兴亡，匹夫有责"，反对空谈心性。他论诗主张言志为诗之本，观民风为诗之用，提倡"诗主性情，不贵奇巧"，著有《顾亭林诗文集》《日知录》等。其诗沉郁苍凉，雄健悲壮，风格接近杜甫。学杜甫，不徒袭其貌，而在于学其忧国忧民的精神实质，因此其诗多眷念故国之情与反映人民的疾苦，如下面几首诗：

第一首《秋山》（其一）："秋山复秋山，秋雨连山殷。昨日战江口，今日战山边。已闻右甄溃，复见左拒残。旌旗埋地中，梯冲舞城端。一朝长平败，伏尸遍冈峦。北去三百舸，舸舸好红颜。吴口拥橐驼，鸣笳入燕关。昔时鄢郢人，犹在城南间。"

第二首诗为《酬朱监纪四辅》："十载江南事已非，与君辛苦各生归。愁看京口三军溃，痛说扬州十日围。碧血未消今战垒，白头相见旧征衣。东京朱祜年犹少，莫向尊前叹式微。"

第三首为《友人来坐中口占二绝》（其一）："不材聊得保天年，便可长栖一壑边。寄语故人多自爱，但辞青紫即神仙。"

以上三首诗，第一首《秋山》写于顺治二年（1645），是年五月，清兵陷南京；七月，苏州、昆山等地相继沦陷。江阴、嘉定、松江等地人民奋起反抗，陷落后遭到清兵残暴的屠杀与抢掠，极其惨烈。这首诗反映了当时的这种情况。前八句写清兵进军之速，后六句写清兵攻城后残酷屠杀，无恶不作。结尾二句是说城市虽然陷落，但不愿投降的人还多着呢！第二首是写给一位志同道合的抗清志士，诗中写了亡国的惨痛，但表示并不因此消沉，来日方长，勉励友人要坚定信念，抵抗到底。这里显示了顾炎武百折不挠的崇高品质。第三首诗是写给一位意志不太坚定的朋友，劝他一定要固守气节，不要贪恋"青紫"（清廷高官厚禄的诱惑）而丧失民族气节。顾炎武自己就是誓死拒绝清廷授予的官职，固守节操。

三、王夫之的诗与时代背景

王夫之，字而农，号薑斋，又有一瓢道人、双髻外史等20多个名号。衡阳（今属湖南）人。崇祯十五年（1642）中举人，时23岁，两年后明亡，参加抗清武装，追随明桂王在广西一带作战。失败后，窜身岩洞，其后筑土室于湘西石船山，闭门著述，学者称之为船山先生。他的著作十分丰富，凡百余种。对"五经"、诸史都有解评，并有诗集、文集。王船山的学术思想博大精深，对诗也有独到的见解，著有《姜斋诗话》。他论诗主情重意，重视写景，主张诗歌必须以情动人。他重视写景，主张情景结合。他的诗尽力体现他的诗歌理论。

第一首为《正落花诗》："弱羽殷勤亢谷风，息肩迟暮委墙东。销魂万里生前果，化血三年死后功。香老但邀南国颂，青留长伴小山丛。堂堂背我随余子，微许知音一叶桐。"

第二首为《补落花诗》（其五）："记得开时事已非，迷香逞艳炫春肥。尽情扑翅欺蝴蝶，塞耳当头叫姊归。桃李畦争分咫尺，松杉云冷避芳菲。留春不稳销尘土，今日空沾客子衣。"

第三首为《绝句》（其六）："半岁青青半岁荒，高田草似下田黄。埋心不死留春色，且忍罡风十夜霜。"

在诗艺中，王夫之特别重视"兴"，以上三首诗都有兴寄，表面上是吟花咏草，但都另有寄托。第一首借以抒写自己多年来奔走抗清，虽困难重重，但抗清之志坚贞不渝。颔联中以"销魂万里"比喻作者曾为抗清斗争游离辗转于湖南、广东、云南、贵州等地；以"化血三年"表明抗清之志至死不渝。颈联自喻其志其节永不衰变，尾联则感叹不少人已变节，剩下的知音不多了。第二首是咏落花，但其拟喻意义与前一首完全不同，这是借以回顾南明小朝廷的情况。对这个不争气的小朝廷，船山"哀其不幸，怒其不争"。首联写南明开创之时局势十分危急，清兵已长驱南下，但福王昏庸无能，沉迷声色，不思振作。颔联写当时马士英专权，起用阉党余孽阮大铖，两人互相勾结，倾陷正直之士，排斥史可法等爱国志士，堵塞言路。颈联写小朝廷中邪恶小人争权夺利，正直之士不得已只得洁身引退，在这里，桃李比喻奸邪小人，松杉比喻正直之士。尾联写南明小朝廷终于难逃灭顶之灾，化为尘土，空使遗民悲痛流泪。第三首吟咏的不是花而是草，作者以草的坚忍比喻遗民志士不屈不挠的抗争精神。王夫之的诗比起黄宗羲、顾炎武的诗来显得隐晦曲折，但其精神是一致的，浩然之气，长留天地之间。

这一大批遗民诗人的诗具有比较突出的共同特点：从思想内容看，他们怀抱民族立场和民族气节，颂扬抗清的志士和英烈，斥责清军的血腥暴行，抒发深沉的亡国之痛，同情广大人民的血光之灾，具有强烈的反清民族意识；从风格取向看，虽彼此各有特色，但都比较倾向现实主义的诗风，缘事而发，直抒胸臆，质朴浑厚，激越苍凉。

第三节　清代诗歌新风研究

清代开国以后，在诗坛上驰骋的都是从明代过来的人，其中有的坚守节操，誓不降清，成为前朝遗民，有的变节仕清，成为新朝官吏。他们是遗民也好，是官吏也好，入清前都深受明末诗坛的影响，因此在清初诗坛上纵然千岩竞秀、万壑争流，其实都是明末诗坛的继续。及至康熙二十年（1681）平定三藩后，大规模的用兵征战基本结束，新王朝由炫耀武功转向弘扬文治。整饬诗坛，为其重要内容之一。况且新王朝站稳脚跟后，注重经济复兴，经过数十年的努力，到康熙中叶,经济有所发展,出现了所谓的"康熙盛世"。为适应新形势的需要,以往那种悲愤激荡、哀伤苍凉的诗风已不合适了,需要代之以新的格调,需要与之相适应的"盛世之音",于是王士禛的"神韵说"便应运而生。

诗歌从明末一路走来,在内容上逐渐由现实趋向空阔,格调上逐渐由激越演变为平和,终于定格于"淳雅"。这变化,伴随着朱彝尊一生才完成;而王士禛如同接力赛接到了最后一棒,很快接近目标,登上顶峰,不但完成了演变,而且成了"盛清之音"的"正宗",开启了有清一代的新风。

一、王士禛与神韵诗风

王士禛,原名士禛(雍正时,因避雍正之名胤禛讳,改名士正,乾隆中又改为士禛),字子真,一字贻上,号阮亭,别号渔洋山人,山东新城(今桓台)人。出身仕宦世家,书香门第。幼年入塾即开始学诗,其长兄王士禄授以唐代王、孟、韦、柳诸家诗,为他日后倡导"神韵说"埋下了种子。刚满15岁,他就结成了第一个诗集《落笺堂初稿》,其长兄王士禄序而刻之。顺治十二年(1655)中会试,为提高诗歌理论修养与创作水平,他放弃接下来的殿试机会,回家攻书。两年后,漫游济南,在大明湖畔与诸名士结社吟诗,他赋《秋柳》诗四首,博得名士们一致赞赏,顿时传遍大江南北,从此名噪天下。顺治十五年(1658)补殿试,登进士第。初授扬州推官,与诸名士"文燕无虚日",诗益工。几经升迁,康熙十七年(1678)正月,王士禛得以破例由部曹改词臣,以翰林官用,改为侍讲,不久转侍读。康熙十九年(1680),迁国子监祭酒。至康熙三十八年(1699),累迁至刑部尚书。康熙四十三年(1704)因事罢官,时已是70岁。后7年,病卒于家。著有《带经堂集》《渔洋诗话》。他是清代著名的诗人和诗论家,其论诗倡导"神韵",创立"神韵诗派"。清代开国以来,诗派林立,但各派都以地域或郡邑命名,如"岭南诗派""河朔诗派""虞山诗派""娄东诗派""秀水诗派"等,而"神韵诗派"则独以诗歌的风格命名。神韵诗派的影响遍及全国,且经久不衰,几成一统诗坛的"正宗"。

"神韵说"的内涵究竟是什么,王士禛本人也未做过系统论述,而散见于其各类序跋和晚年的几部笔记中,所以在后人的理解上,难免模糊游移,甚至产生歧义,不过仔细考察,大体上还是可以说清的。"神韵说"要求把诗写得朦胧含蓄,令人揣摩不透其主旨含义;要吞吐不尽,似有言外之意,有所寄托,然而又无法实指,即如水中之月,若有若无,令人捉摸不定;语言力求华美,流畅清秀;风格要求冲淡清远,自然入妙。由此看来,"神韵说"的提出,有得有失。其所得之一,终止了几百年来的"唐宋之争",即从王士祯本人来说,早年取法唐诗,后又师两宋,及至"神韵说"出来后,诗不论唐宋,只取具有神韵的。其所得之二,无论写诗还是欣赏诗,都十分重视"韵"和"味",要求把握"神韵"进入"清远"的境界,要求诗"神韵天然""自然入妙",扫除了险、怪、生、涩的诗,也杜绝了刻意雕琢的习气,使诗"清远""冲淡""自然""圆润",富有韵致。其失则为,诗写得朦胧含蓄,令人捉摸不透,这样势必使诗远离民众,成为士大夫的专利品。日益壮大的市民阶层对此越来越不感兴趣,诗一旦脱离了人民大众,也就加速了它的消亡。

钱锺书在《谈艺录》中对王士祯的"神韵说"有一段很尖锐的批评,但由于钱锺书只在"天赋""才力"方面计较,而归结"渔洋诗病在误解沧浪"。其实王士祯并没有"误解沧浪",只是为了迎合统治者需要有一种平和的调子来歌颂"盛世",汉族士子也需要有一种既能显示才华,又能在文网严密的康雍乾统治下避灾远祸的诗。因此"神韵说"应运而生,而且风靡一时。

王士祯倡导"神韵说",不仅仅停留在理论上,他在自己的诗作中竭力贯彻,做到身体力行。他最早的"神韵"诗应该是顺治十四年(1657)在济南大明湖畔写的四首《秋柳》诗,今录其一于下:"秋来何处最销魂?残照西风白下门。他日差池春燕影,只今憔悴晚烟痕。愁生陌上黄骢曲,梦远江南乌夜村。莫听临风三弄笛,玉关哀怨总难论。"

《秋柳》四首是完全按照王士祯在酝酿中的"神韵"理论创作的诗,可以说是牛刀小试,又或者是投石问路,哪知不仅初战告捷,而且大获全胜,使他声名大振。据说当时的诗人、学士争相唱和,闺中名媛也不甘落后,以至和者"数百家",和作"几千首"。平心而论,这组诗除了使事用典贴切、语言圆润流畅外,并无其他特别值得称赞之处,为什么会产生如此大的影响?其原因是当时文网日渐严密,人们不敢直接抒发心中的不满,但又需要发泄,《秋柳》便提供了一个样板,既可发泄,又可免于惹祸。

明亡之时,王士禛尚在少年,因此他日后仕清,不必像他的前辈钱谦益、吴伟业那样背上"失节"的沉重包袱。但清代统治者在当时人的心目中毕竟是"夷族",在儒家学说中,有严格的华夷之辨。何况,他的祖先中有不少是明朝的显宦,其祖父王象晋历官浙江右布政使,明亡不仕,是一个守节操的人,王士禛不得不在"夷族"统治下求取功名。因此他的出仕并非一件十分光彩的事,而且有的清朝统治者不把汉人当自己人看待,处处压制,时时防备,而在这样的情况下出仕,常战战兢兢,如履薄冰。要表达这样复杂的心情,当然把诗写得越朦胧越好,一定不能留下把柄。当时像王士禛这样心理的人当然不在少数,因此他的《秋柳》诗很受欢迎,他的"神韵说"影响很大,也就不难理解了。可以这样说,《秋柳》诗为人赞赏,并不是这几首诗写得多么好,而纯粹是时代的需要。而"神韵说"的作用,主要是拉开了诗与现实的距离,打破了千百年来"诗言志"的教导,再不必拘泥于"文章合为时而著,歌诗合为事而作"的观念,可避免弄不好触怒皇帝,招来杀身之祸,尽可躲进虚无缥缈的境界中悠哉游哉。

在"神韵说"指导下写诗,可以少一分责任感,多一分安全感,因此一时趋之若鹜。这种谜一样的诗,既然缺乏社会责任感,在群众中也就丧失了亲和力,这样的诗没有社会基础,除了供王公贵族把玩外,毫无社会效益,也就失去了存在的价值,长此以往,也就只有消亡。中国旧体诗在清代晚期逐渐衰亡,是有其内在必然原因的。李、杜之诗为茅屋中之诗,在民众中有无限亲和力;王、韦之诗为贵族沙龙里的诗,是象牙塔中之诗,对普通民众来说如雾里看花,总隔一层。其实王士禛不是误解沧浪,而是有意这样做,把诗引入空中楼阁。如果说王士禛写《秋柳》只是为倡导"神韵说"投石问路,那么后来他又有意识地写了不少合乎"神韵"的诗,有的迫于当时的现实形势,为避灾远祸,不得不写得极为朦胧,也有为了不落俗套,别出心裁。如以下两首诗:

第一首诗为《秦淮杂诗》(其一):"年来肠断秣陵舟,梦绕秦淮水上楼。十日雨丝风片里,浓春艳景似残秋。"

第二首诗为《再过露筋祠》:"翠羽明珰尚俨然,湖云祠树碧于烟。行人系缆月初堕,门外野风开白莲。"

第一首是一首怀古诗,南京是个敏感的地方,不仅是六朝古都,也是南明小王朝的都城,王士禛这首诗明显是凭吊已亡的南明,借怀古抒写故国之思和亡国之痛,末句尤觉沉痛。整首诗扑朔迷离,吞吐不尽,令人难以捉摸,这正是"神韵"的妙用。第二首讲述的是一个儒家迂腐的故事。露筋祠位于江苏扬州与高邮之间,据说古代有姑嫂过此地时,天色已晚,其嫂借宿田家,小姑怕有失节之嫌,宁可露宿草丛,竟至被蚊子叮死,筋露于外,当地人敬其品格,为之建祠立祀。历来写诗颂扬的人不少,如果直接从正面歌颂,容易落入俗套,而且迂腐不堪。这首诗从对外景描写入手,创造一个凄迷的氛围,末句更有好几层意义。据说高邮一带普遍种植白莲,诗意切合当地实际情况,还可使人想起晚唐著名诗人陆龟蒙的名篇《白莲》,"此花端合在瑶池",这是一株仙草,王士禛在《渔洋诗话》中对此诗颇为赞赏。另外,据说这个女子姓萧名荷花,这首诗如此写来真可谓"一石三鸟"。在"神韵"理论指导下的写景诗,景色绮丽,语言清秀,风格温婉,具有自然入妙、韵味无穷之意境。如下面两首诗:

第一首诗为《初春济南作》:"山郡逢春复乍晴,陂塘分出几泉清?郭边万户皆临水,雪后千峰半入城。"

第二首诗为《真州绝句》:"江干多是钓人居,柳陌菱塘一带疏。好是日斜风定后,半江红树卖鲈鱼。"

前一首写出了济南"一城山色半城湖"的景色,抓住湖光山色与泉水来写,突出了济南的特点。后一首写江苏仪征的景色,突出其在长江边上,风光旖旎,沿江多打鱼人家,鲈鱼更是吴中名菜,其味鲜美,为别处所无。

二、赵执信与现实主义诗风

与缥缈的"神韵说"相对立的是现实主义诗论,据此,产生了一批反映现实的诗。

赵执信的诗论集中于《谈龙录》一书,其提出"诗之为道也,非徒以风流相尚而已"。他赞赏吴乔的《围炉诗话》,针对其"诗之中须有人在"的提法,说:"余服膺,以为名言。"他强调"诗以言志",认为大抵神韵派的诗,内容都是虚无缥缈而语言华美,"工于外而拙于内"。他不满阮亭"酷不喜少陵……又薄乐天",

因此其诗也颇能继承少陵、乐天的现实主义,不像神韵派诗人那样遮遮掩掩、吞吞吐吐,而是无所顾忌,有话明说。例如以下几首诗:

第一首为《后纪蝗》:"蝗去还复来,飞飞十日不得息。青天无风亦簸扬,赤地有土皆涌溢。山间晓夕相招呼,白发黄头缀行出。拼将妇子死前身,夺取螣螟口中食。长竿缚衣五色新,蝗落如山不畏人。但觉齿牙挟急雨,空悲禾稼失连云。东家田多西家少,打扑不如东家早。岂知灾至两难凭,高原且尽油油草。传闻北飞将入海,形势苍皇那可待?又闻吴楚沴气同,常恐东道由此通。蝗乎蝗乎且莫殚我谷!告尔善地栖尔族:一为催科大吏堂,一为长安贵人屋!"

第二首为《畎入城行》:"村畎终岁不入城,入城怕逢县令行。行逢县令犹自可,莫见当衙据案坐。但闻坐处已惊魂,何事喧轰来向村?铟铛杻械从青盖,狼顾狐嗥怖杀人。鞭笞榜掠惨不止,老幼家家血相视。官私计尽生路无,不如却就城中死。一呼万应齐挥拳,胥隶奔散如飞烟。可怜县令窜何处?眼望高城不敢前。城中大官临广堂,颇知县令出赈荒。门外畎声忽鼎沸,急传温语无张皇。城中酒浓馎饦好,人人给钱买醉饱。醉饱争趋县令衙,撤扉毁阁如风扫。县令深宵匍匐归,奴颜囚首销凶威。诘朝畎去城中定,大官咨嗟顾县令。"

第三首为《道傍碑》:"道傍碑石何累累,十里五里行相追。细观文字未磨灭,其词如出一手为。盛称长吏有惠政,遗爱想象千秋垂。就中文字极琐细,龃龉不顾识者嗤。征输早毕盗终获,黉宫既葺城堞随。先圣且为要名具,下此黎庶吁可悲!居人过者聊借问,姓名恍惚云不知。往者于我本无恩,去后遣我如何思?去者不思来者怨,后车恐蹈前车危。深山凿石秋雨滑,耕时牛力劳挽推。里社合钱乞作记,兔园老叟颐指挥。请看碑石俱砖甓,身及妻子无完衣。但愿太行山上石,化为滹沱水中泥。不然道傍隙地正无限,那得年年常立碑!"

以上三首诗,还真有些杜甫、白居易的风格。第一首记一次蝗灾的情况,最后指出蝗虫不该吃农民的庄稼,告诉它们应该去的地方,"一为催科大吏堂,一为长安贵人屋",表明作者对这些达官贵人的深恶痛绝。第二首更为大胆,写一次苏州郊区的农民暴动,写出了"官逼民反"的情况,作者大胆地站在农民一边,替农民说话。该诗作于康熙六十年(1721),康熙累兴文字狱,像作者这样蔑视"王法"、敢于歌颂民众暴动,在当时的社会背景下是极为罕见的。第三首揭露地方官离任后建立"颂德碑"的虚伪性。那些对老百姓"本无恩"的离任官员,却强迫里社向"身及妻子无完衣"的民众收钱立碑。这些地方官平时作威作福、剥削百姓,离任时还强迫当地立碑"颂德",作者对时弊的批判锋芒十分犀利。赵秋谷在当时也有不小影响,凡不满神韵派者,不少入秋谷之门,形成"饴山诗派"。

三、查慎行与宗宋诗风

查慎行,字悔余,别字悔庵,初名嗣琏,字夏重,后改今名,号他山,又号初白,浙江海宁人。康熙十八年(1679)入同乡杨雍建幕,参与平定吴三桂叛乱。后游学四方,行程数万里,又北上入京,就读于太学。康熙二十八年(1689)牵连进洪昇《长生殿》于"国恤"期间演出的"大不敬"一案,遭开革学籍,幸亏赵执信承担全部责任,他也及时"悔改",更名改字为"慎行""悔余"。康熙四十一年(1702),在山东德州受康熙召见,始获"睿赏",入值南书房。次年特赐进士出身,授翰林院编修。此后曾多次跟随康熙帝出巡,得御赐"敬业堂"匾额。为官十年后,辞官归里,纵情山水。雍正四年(1726),受其弟查嗣庭"文字狱"牵连,被关押五个月,于次年放归。回家三个月后,病逝,有《敬业堂诗集》。其诗与钱谦益有相似之处,反对明七子与竟陵派,主张"写诗应唐宋互参";强调学力,提出"静观",主张白描,崇尚恬淡,标举"豪健"为最高境界,反对辞采艳丽,开启了清代宗宋之风。其时虽神韵派垄断诗坛,但其诗受神韵派影响不深。他曾遍历大江南北,行程数万里,到过湘黔等地,因此有不少写景诗,不仅描山摹水,也写了当地的风土民情。他的诗风在当官前后有很大变化,大体上当官前"发言悲壮",当官后"叙述温雅"。其有价值的诗多数作于当官之前。其诗如以下几首:

第一首诗为《赈饥谣》:"官仓征去粒粒珠,两斛米充一斛输。官仓发来半秕谷,一石才舂五斗粟。然糠杂秕煮淖糜,役胥自饱民自饥。吁嗟乎,眼前岂无乐国与乐土,不如成群去作仓中鼠。"

第二首诗为《初入黔境,土人皆居悬崖峭壁间,缘梯上下,与猿猱无异,睹之心恻,而作是诗》:"巢居风俗故依然,石穴高当万木颠。几地流移还有伴,旧时井灶断无烟。余生兵革逃难稳,绝塞田畴瘠可怜。为报长官宽赋敛,猕猿家息久如悬。"

第三首诗为《秦邮道中即目》："不知淫潦啮城根，但看泥沙记水痕。去郭几家犹傍柳？边淮一带已无村。长堤冻裂功难就，浊浪侵南势易奔。贱买河鱼还废箸，此中多少未招魂？"

第四首诗为《鱼苗船》："几片红旗报贩鲜，鱼苗百斛楚人船。怜他性命如针细，也与官家办税钱。"

第五首诗为《晓过鸳湖》："晓风催我挂帆行，绿涨春芜岸欲平。长水塘南三日雨，菜花香过秀州城。"

第六首诗为《桂江舟行口号》："漓江江色绿于油，百折千回到海休。多事天公三日雨，一条罗带变黄流。"

前四首都反映现实。第一首紧紧抓住官家征收粮食的情况与发放赈灾做对比，揭露统治者对老百姓的残酷剥削，而所谓赈灾其实为假仁假义的骗人把戏。第二首写入黔时所见当地百姓的悲惨生活，即便如此，政府的赋税却不曾减免。第三首写江苏高邮的一次水灾，这既是天灾，也是人祸，是因为没有修好防洪堤才招致如此惨重的损失。第四首诗紧紧抓住"如针细"的鱼苗"也与官家办税钱"这一细节来写，深刻揭露了当时剥削之严酷。后两首是写景诗，第五首写浙江嘉兴南湖的风光，最后一首写广西桂林一带的景物。这两首诗都具有以白描为主、流畅清新、工于比喻、善于形容等特点。

第四节　清代诗歌的历史文化价值

历史发展到清代，古典诗歌已步入黄昏阶段。但是，这一最为悠久的文体却并未走向消亡，相反，在300年左右的时间里，又爆发出令人惊异的潜能，为后世留下一笔丰厚的遗产。这个事实，值得深思。

谈到诗歌，人们的第一反应就是唐诗以及唐代以前的诗歌，对于唐代以后的诗歌，基本上都不会太在意。在很长一段时间内，人们普遍以为唐朝之后就没有出现过著名的诗人和优秀的诗篇，相当一部分文学评论家对于清诗采取了贬损和轻视的态度。这种现象的产生是有其历史原因的。众所周知，元代以后，中国的市民经济逐步繁荣，体现在文学领域就是戏曲、小说等新兴的文学样式占据了主导地位，深受普通民众的欢迎，传统的诗文反而走向了没落。另一方面，唐宋以前，诗歌这种体裁正处于上升阶段，文人学子都以创作优秀的诗歌作为荣耀，纷纷投身诗歌领域，不断创新诗歌的艺术形式，而其他文学形式尚未达到这种境遇，因此唐宋以前的诗歌受到人们的高度关注也是可以理解的。人们纵向比较、横向权衡，低估了元代以后的诗歌，也是有相当理由的。

随着人们对诗歌史研究的日益深入，特别是不断增多的文献资料，人们对于清代诗歌有了更加准确的认识和评价。清代的戏曲和小说在继承元代戏曲和明代小说的基础上取得了巨大的成就，进而成为清代文学的代表，这是不容辩驳的事实，但是这并不是说清代的诗歌在文学史上没有任何建树。戏曲和小说的辉煌也无法抹杀诗歌的成就，这是一个非常重要的事实。过去人们对于清代诗歌采取的是忽略和轻视的态度，特别是在清代焦循提出"一代有一代之所胜"的观点后，人们一方面意识到文学和其他事物一样要遵循盛衰更替的规律，另一方面又走入了各个朝代的文学只注重一种形式的误区。事实上，我们知道，文学的样式多种多样，不管是在哪个朝代，文学样式都在朝着多元化发展，在某一个朝代，某一种文体涵盖所有文学样式的情况是不存在的。文学能够兴盛发展的前提就在于不同文体之间的相互补充和彼此借鉴。清代文学的繁荣也在于不同文体间的相互融合。

从数量上来看，清代诗人创作的诗歌总量要远远超出前代。根据有关数据统计，清人自编诗集的数量就在2万种以上。另外，还有部分诗人的诗篇散落在各种选集、族谱、地方志中，如果汇集这些诗人和作品，可知清代诗人的数量达到了10万家以上。这个数字是唐朝诗人的10余倍，是宋朝诗人的3~4倍，是现在已知的明代诗人的6~7倍。此外，清朝诗人还有个体创作数量极多的特点，有关研究表明，有些诗人一生创作的诗歌数量有时可达数千首。虽然目前学术界对于清代诗歌的总量没有一个确切的统计，但是目前已知的清诗数量已经超过了任何一个朝代。

数量只是衡量某个朝代诗歌成就的一项标准，却并不是最重要的标准。但是它可以从侧面证明，清代高度繁荣的小说和戏曲并没有让文人们放弃创作诗歌，人们对于诗歌依然保持着高度的热情,甚至较之前代,这股热情有增无减,这种现象是很耐人寻味的。

事实上,清人对待诗歌的态度是非常真诚且投入的。纵观清代诗歌史,我们可以发现,有清一代,人们几乎一刻也没有离开过诗。清人都以诗歌作为传达自身生存感受,确认自我价值的载体。清人甚至提出了"以诗为性命"的主张。这种观点的提出并不是清人故作夸张,而是反映了实际情况。

以清朝初年为例,面对清军的猛烈攻击,崇祯皇帝自缢于煤山,渴望恢复明朝统治的遗民自发地结成了诗社,他们在抗击清兵的同时,用诗这种形式来抒发内心对于明朝灭亡的悲愤之情,也借助诗来坚定人生的信条。清初,大量遗民感叹朝代更迭而进行的创作可以说是清初诗歌兴盛的重要原因。需要特别强调的是,不少参与反抗清朝统治的仁人志士在抗清活动失败后,被捕入狱,他们即使面临刑场,依然不改其志,常常赋诗笑对生死。可以说,诗对他们的意义就像生命对他们的意义一样。清代初期的诗歌不仅具有提升诗人精神境界的功能,同时还具有打动同时代读者的作用。

在清代,诗歌也曾像戏曲、小说那样产生过轰动的效应。最典型的例子就是顺治时期王士祯的《秋柳》诗在大江南北被人们广泛传播和唱和。在号称"太平盛世"的乾隆时期,也曾经出现过好诗歌如性命的例子。比如性灵派领袖袁枚就提出了"诗是陶冶人真性情的一件大事"的诗学观点。同时期的黄景仁也将自己的诗篇当作人间唯一的生命慰藉。清朝末期,面对内外交困的艰难处境,诗歌成了唤醒国人的武器,知识分子利用诗歌来呼吁人们加入救亡图存的活动中。这种创作态度确然算得上是"以诗为性命"了。回顾清代诗歌史,我们可以发现,清代的诗歌具有这样的特点:诗与人的生存以及社会境况十分紧密地结合在一起;诗歌的题材越发广泛,不管是国家兴亡、社稷存亡的大事,还是诗人身边那些习以为常的小事,都成为诗人创作的素材,被诗人巧妙地运用到诗歌中。"诗为心声"这句话用来形容清代诗人与诗歌创作间的关系是非常切合的。诗歌跟随着清代的诗人,共同经历了磨难,也展示了清人丰富而复杂的灵魂。正如当代学者所指出的,诗歌是了解清代历史事实和人文状况的最佳途径,离开了诗歌,就不可能全面准确地了解清朝的历史和文化,更不可能深刻和真切。

那么，与戏曲和小说相比，诗歌究竟有哪些优势呢？对这个问题有必要进行一番探讨。戏曲是一种舞台艺术，演员通过优雅的形体动作、婉转的唱腔为观众带来艺术的享受。戏曲所具备的表演性或者说是观赏性是诗歌所难以企及的。小说以引人入胜的情节和通俗易懂的语言吸引读者，引发读者的阅读欲望。这一点也是诗歌所不具备的。同时戏曲和诗歌植根于人民生活当中，能够根据时代的发展和人民的需求，及时地调整内容和表现形式。正因为戏曲和小说拥有贴近生活的天然优势，所以成为明清文学的典范。但这并不是说诗歌在清代文学史上是可有可无的，事实上，诗歌也具有戏曲和小说所无法取代的优势。

首先，诗在创作上具有随机性和便捷性。戏曲和小说都具备一定的规模和长度。这就意味着作者需要花费一定的时间来构思，进而创作出戏曲和小说。戏曲作为一门舞台艺术，尤其需要演员的配合，如果舞台布置的效果不佳，演员的表演不够精彩，那么戏曲的审美效果就会大打折扣。而诗歌就没有这方面的顾虑，诗人在任何环境中都可以创作诗歌，且不需要其他的物质条件，即使诗人身处牢狱之中，只要有了创作诗歌的灵感，就可以创作出诗歌，而且创作诗歌所用的时间也远远少于创作戏曲和小说的时间。从这个意义上来说，诗歌跟生活之间的关系更加紧密。与之相对应的是，诗歌的创作数量也远远超过了戏曲和小说。

其次，戏曲和小说创作的目的是满足观众的精神需求，因此它必须从观众的角度出发，照顾不同层次观众的审美趣味和欣赏习惯。在大多数情况下，戏曲和小说的作者都充当了公众代言人的身份，承担着表达公众喜怒哀乐和思想感情的责任。这样一来，作者在创作时势必不自觉地倾向传达公众的需求，而作者本人的主观意志和情感将退居到次要地位。纵观明、清两代的戏曲和小说，都可以发现这种现象，只有一部分作品是例外。而诗歌创作属于一种个人行为。诗人创作诗歌的目的完全在于表达自身的情感和主观意志，诗人不需要考虑其他人的审美趣味，因此诗歌更加私人化，也更贴近作者本人的心志。诗歌作品的社会实现并不是一件简单的事，需要读者展开丰富的联想和想象，透过观照诗人内心世界的意象来理解诗人的感情。相比于戏曲和小说，诗歌的受众面更窄，一般集中在知识阶层。从社会对文学创作的需要来看，戏曲、小说和诗歌各具优势，因此无法彼此替代。

最后，戏曲和小说无法取代诗歌的最本质原因在于中华民族的文化性格和审美心理。从艺术形式上来看，诗歌是抒情的艺术，侧重表现人内心的感受；戏曲和小说是叙事的艺术，强调事件的描述与再现。生长于中华大地上的中华民族是一个感情细腻的民族，在艺术创作上抒情是第一要务。因此诗歌这种长于抒情的体裁在文学史上延续的时间最长，发展得也最为充分。

第七章 中国古代诗歌当代传承研究

本章主要内容为中国古代诗歌当代传承研究，其中共分为五节进行论述，分别是中国当代诗歌发展脉络、中国诗歌审美传承研究、中国诗歌格律传承研究、中国诗歌思想文化传承研究、新文学教育环境下的诗歌传承研究。

第一节　中国当代诗歌发展脉络

在中国悠久而丰富的诗歌发展史上，中国当代诗歌留下了弥足珍贵的一页。根据不同历史时期诗歌的内容与艺术形态的变化，中国的诗歌发展大致可划分为几个阶段。

一、颂歌与战歌

中华人民共和国成立前夕召开的第一次文代会上，重申了毛泽东《在延安文艺座谈会上的讲话》提出的文艺为工农兵服务、为无产阶级政治服务的方针，也就为当代新诗确立了诗学规范。在此后连续不断的针对知识分子的思想改造运动中，不同经历的诗人，不管是郭沫若、艾青、臧克家、田间、冯至、何其芳、胡风这些早在中华人民共和国成立前就已经成名的诗人，还是像郭小川、贺敬之、李季、闻捷等在中华人民共和国成立前虽已开始诗歌写作但中华人民共和国成立后才成为诗坛主力的诗人，甚或像李瑛、未央、公刘、顾工、邵燕祥等更为年轻的诗人，或主动、或被动地加入集体性的合唱当中。这一时期的诗歌，诗人的个人主体性被消弭，表现的情感领域趋向单一，颂歌与战歌成为主流。

二、启蒙与五四精神的复归

20世纪70年代末至80年代前期,以启蒙和五四精神的复归为主要特色。

随着对内改革、对外开放政策的不断落实,思想解放的春风为文艺界带来了生机与活力,以思想的启蒙和现实主义精神的回归为代表的新诗在五四的辉煌后,迎来了金色的季节。1976年后,人们迫切希望寻找能够宣泄自身情感的媒介,诗歌则成为人们表达情绪与愿望的最便捷的渠道,成为这一时期情感倾泻的主要方式。与此同时,诗歌创作队伍开始重新集结,主要包含三个群体。

第一,归来诗人群。这些归来的诗人以其饱经沧桑的经历、百折不回的人生信念,给诗歌带来了一种沉静落寞、百转回肠的情味,这也是中华人民共和国成立以来的以颂歌、战歌为主流的诗歌现象中所难以见到的。

第二,开放的现实主义诗群。这一批诗人,年龄介于归来诗人与朦胧诗人之间,这是一些以激情、思想或才智见长的诗人,一般很难把他们纳入某一具体的诗派。这些诗人年富力强,思想敏锐,情感充沛,正处于人生与事业的巅峰阶段,对现实中的不利于社会建设的现象敢于揭露与批判。同时,这些诗人也借助诗歌传达自身对未来美好生活的向往,期盼祖国强盛,希望早日实现现代化。其中,骆耕野的《不满》、张学梦的《现代化和我们自己》等,都是引起强烈反响的作品。

第三,朦胧诗群。在朦胧诗人看来,诗歌不应该受到世俗的诱惑,诗人在创作诗歌时不应计较功名利禄。他们提倡诗人心灵的纯洁性,创作诗歌的目的也应回归到诗歌本身上来。在这种观念的影响下,一批青年诗人在诗坛崛起,后人将这些青年诗人的作品称为"朦胧诗"。他们的诗一反过去的直白议论与抒情,而是着意以模糊的意象来表达内心世界。暗示与象征是这些诗作中最常见的表现手法,诗人想要表达的情感是隐晦的,承载诗人情感的意象也是经过变形和改造的。读者要想领悟诗人的情感流向,就必须充分发挥想象力,从诗人的角度出发对这些意象重新进行逻辑排列。朦胧派诗人对整个新时期诗坛的影响是极大的,特别是对于青年诗歌的创作产生了深远的影响。刊物《今天》是当时朦胧派诗人的主阵地,以北岛、林莽、多多、顾城、舒婷等为代表的白洋淀群落是创作朦胧派诗歌的主要作家。还有部分青年诗人虽然不属于白洋淀群落,也没有在《今天》上发表过诗歌，但是他们却有着与朦胧派诗人相近的生活经历，由此他们的价值取向也与朦胧派诗人相似，梁小斌、王小妮是这些诗人中的典型代表。这些之前籍籍无名的诗坛新人，以其与传统的颂歌、战歌截然不同的作品，在评论界引起了巨大反响。1979年10月公刘发表《新的课题——从顾城同志的几首诗谈起》，围绕朦胧诗的论争长达五六年之久，这里既有不同艺术观念的交锋，又有对新诗发展道路及新诗审美特征的探讨。以谢冕为代表的较为新潮的批评家，以对新生事物的敏感，以理论家的良知，对朦胧诗这一刚刚出世的丑小鸭予以热情的肯定与扶植，为它争取了较大的生存空间。这场争论当然不可能就诸多的理论问题达成共识，但客观上却起到了把刚刚崭露头角的朦胧诗人推向诗坛前沿的作用。这些诗人没有因为指责与批判而销声匿迹，反而因论争而扩大了影响。

三、诗坛的喧哗与躁动

20世纪80年代中后期，这一时期的诗坛充满了喧哗与躁动。朦胧诗在20世纪70年代末80年代初形成了一个颇有声势的文学运动，到了20世纪80年代中期便明显地退潮了。当年的朦胧诗人似乎功成名就，出国的出国，搁笔的搁笔，还在辛勤笔耕的也陷入散兵作战，不复当年的阵势了。与此同时，在他们披荆斩棘开拓出的道路上，一批批更年轻的诗人嘈杂着、呼啸着涌现了。应当说，20世纪80年代前期，是朦胧诗派最辉煌的时期，大量的朦胧诗作在这一时期被创作出来。部分更为年轻的诗人虽然接受了朦胧诗人的启蒙，但是又不甘心只创作朦胧诗这一种类型，他们渴望在诗坛上发出自己的声音，创作出独具自身特色的作品，于是他们不断开辟着属于自己的道路。尽管初期的新生代诗人竭力发出自己稚嫩的声音，但是和朦胧诗人相比，他们的声音是微小的，难以突破朦胧诗人的光圈。纵观新生代诗人的作品，可以发现如下特点：传统诗人侧重集体意识，他们则更强调个体意识；传统诗人的作品中洋溢着英雄主义的色彩，他们的诗作中更多的是凸显平民意识；传统诗人着意表达自身的审美意识，他们却刻意传达审"丑"意识。这些新生代诗人有的写"生活流"，诗作的语言讲究口语化，有的进行"超语义"的试验。后人将这些诗人引发的诗坛浪潮称为"新生代""第三代""后新诗潮"。这些诗人在初入诗坛时虽然受到了朦胧诗人的影响，但是他们不再像朦胧诗人那样以强烈的使命感和忧患意识来创作诗歌，也不再像朦胧诗人那样通过诗歌来构筑想象中的美好王国。对于新生代诗人而言，诗歌创作的目的就是表达自身的内心世界，包括掩埋于心底深处的潜意识，甚至是不符合传统道德规范的心理隐秘。他们或用虚幻玄妙的意象来构筑内心世界，或用淡泊平和的语言来叙述。他们的作品进一步荡涤着那些功利的、教条的泥沙，同时也是对朦胧诗人的挑战。

这一阶段涌现的主要诗歌群体有"他们""非非""莽汉"等，代表诗人有海子、韩东、李亚伟、西川、骆一禾、于坚、欧阳江河、翟永明、杨黎等。这些诗群与诗人所提出的艺术主张是对当时诗坛的探索、试验，甚至带有一定的破坏性。对于新生代诗人而言，诗歌不应是规范的、标准的，而应是任意的、多样的、流动的。这一时期的诗歌理论在表面的热闹、丰富、充满自信的背后，也隐藏着理论上的混乱、贫瘠与盲从。想把这一阶段各家诗观统一在一种理论体系下表述出来，是不可能的。但是如若把各家主张综合起来考察，还是可以发现其中具有的共性以及有较大覆盖面的某些倾向。

第一，从群体的社会意识转向个体生命意识的倾向。朦胧诗人的作品强调集体意识和历史使命感，侧重于通过诗歌来表达自己普度众生的宏大愿望。后新诗潮的诗群和诗人则将目光由群体转向了个体，侧重于在作品中表达个体的生命价值。立足于后新潮诗人的角度，诗只不过是生命的一种形式，优秀的诗人善于发现生活中的闪光点，能够将普通人无法直接感知到的内在生命力以一定的语言形态展示出来，并借此去激发并唤醒读者的内在生命。

他们所推崇的生命意识，代表了存在于自然世界中的每一个生命所蕴含的潜能，以及他们渴望实现潜能的愿望，传达了个体对于生命所拥有的朴素且真实的自觉意识。对于新生代诗人来说，诗源于生命并表现生命，这是他们进行诗歌创作时必须遵守的首要原则。在他们看来，自己的信念是至高无上的，不管是传统的习俗，还是社会角色的面具都必须让位于自己的追求。回顾朦胧诗和新生代诗的发展史，我们可以发现，从朦胧诗到新生代，诗歌的内容和形式都发生了变化，具体体现在以下方面：从崇高走向平凡，从英雄走向平民，从理性走向荒诞，从悲剧色彩走向喜剧甚至闹剧色彩。

第二，回归语言的倾向。20世纪上半叶，文学批评界掀起了"语言论转向"的浪潮，即文学应该是文本的集合，评论家在研究文学时应该侧重于研究文学自身，探究其自身之所以成为文学的真正原因和内在特征。俄国形式主义者及英美新批评家是该观点的坚定拥护者，部分结构主义和符号学领域的专家也赞成这种观点。在他们看来，文学活动的本质是一种语言活动，语言不仅仅是人类用来沟通交流的工具，而且是人存在的一种方式。语言是文化的载体，人类通过语言来认识和理解世界，世界则通过语言这个工具展露在人类的面前，语言几乎可以涵盖文学活动的所有方面。这种文学研究的"语言论转向"，对新生代诗人造成了深刻影响。尽管不同的新生代诗人回归语言的着眼点和操作手段不尽相同，但他们对传统诗歌观念的冲击确确实实都是从语言开始的。他们打破了诗的表层语言与深层内涵相统一的传统看法，认为诗既然回到语言本身，语言就不仅仅是承载某种情感和意义的工具，还是一种流动的语感。读者在阅读诗作时虽然无法准确地解释语感，但是却能感知到语感的存在，就像读者能够真切地体验到生命的存在一般。

四、向传统与现实回归的诗坛

20世纪90年代，这一时期的诗坛呈现了一定程度的向传统和现实回归的倾向。

20世纪90年代，随着商品经济的不断发展，以通俗易懂为优势的大众文化在人民群众中广受好评。有些诗人为了迎合大众的需求，或暂时、或永久地放弃了创作诗歌，转而去创作更受民众欢迎的小说、散文。但是还有部分诗人坚守在诗歌的领地，心甘情愿地充当寂寞诗坛的守望者，不改初心地在诗坛默默耕耘。他们恪守自己的审美理想与做人的原则，在心灵中保持了一块净土，他们的诗作褪去了20世纪80年代诗歌的浪漫激情和狂欢色彩，在寂寞的心态中，坚持个人化写作，以自己的辛勤劳作为20世纪90年代的诗坛播撒了一片新绿。

历史的发展有着自身的内在逻辑性，不管人类是极力抗拒还是热烈欢迎，历史总是按照自己的规则运行，不以人的主观意志为转移。同样，中国诗坛的发展也有着自身的规律。20世纪90年代，我国与世界的联系日益紧密、频繁，西方的现代诗歌流派随之传入中国，中国诗坛在接受西方诗歌思想的基础上出现了向传统回归的趋势，这是有其自身的根源的。早在20世纪80年代中期，我国部分青年诗人就意识到传统诗歌的优势，出现了一定程度上向传统回归的倾向。进入20世纪90年代以后，在诗歌创作时借鉴传统诗歌精髓的做法更加普遍。20世界90年代的诗坛具有如下特点：由青春期的躁动和张扬，进入成年期的冷静与沉思；由向西方现代派的咿呀学语，转向从中国传统文化中汲取营养；由集群式的不同流派的合唱，转向超越代际的个人歌吟。与此相对应，在诗歌创作上也出现了不同于20世纪80年代的新景观，诸如，个人化写作的涨潮、平民化倾向的出现、先锋情结的淡化、与传统的对接，以及在艺术手法上的某些变化，像叙事因素的强化、戏剧性因素的介入等。表现在总体风貌上，思绪由浮泛转为深沉，情感由激烈转为平和，风格由张扬转为内敛，从而使当代诗歌写作出现了新的转型。这些均有待于诗人和评论家做进一步的观察与研究。

第二节　中国诗歌审美传承研究

一般认为，审美作为一门独立的艺术，是从德国唯心主义美学始祖鲍姆嘉通于1750年出版的《美学》一书算起的。鲍姆嘉通以感性、感觉来表明审美是研究感性认识，以区别逻辑学，运用概念推理进行抽象思维。从鸦片战争以后，西方美学审美观点陆续被介绍到中国，而真正标明以"审美"思想来研究诗歌的历史则更短。今天看来，诗歌审美当具有审美知觉及其特征，包括认识美的心理过程、审美理想及诗歌创作和鉴赏之审美经验等内容。

诗歌是一种艺术形态，但又不像一般意识形态那样简单。诗歌区别于音乐、舞蹈、美术等学科，关键在于其独特的审美性。诗人在创作诗歌时，同时体现了诗人的审美理想。在诗歌里，诗人通过他所创造的艺术形式，以审美思想连接起共性与个性之美，给人以美的愉悦。故而，诗歌的本质在于审美，审美是诗歌存在的根源所在。

中国古代本没有诗歌审美一词，但诗歌审美思想却有着相当长的发展历史。我国古人在长期的历史发展过程中，不仅创造了辉煌灿烂的文化遗产，留下浩如烟海的诗歌，而且积累了丰赡精湛的诗歌审美思想。其范畴也与西方审美学内容不大相同，大致有"神""韵""气""味""自然""淡泊""兴会""意向""虚静""温柔敦厚"等概念。关于这些概念的认识，伴随着3000多年的文明史和中国古代诗歌的发生、发展、成熟，进而渐渐形成自己独特的民族风格和传统的诗歌审美观，同时反映出中华民族特有的审美心理和审美倾向。其思想和观点星罗棋布般地散见于古代诗歌、文论、诗话、词话、笔记、批注、杂录、评点、史传书札等品评诗歌的著作里，这种灿若繁星映天、凝聚交汇的珍奇现象，与西方审美理论的存在形式也不尽相同。

众所周知，新诗重典型，旧诗重意境。我国自唐以来，历代诗人都把意境作为诗学的重要课题，加以探索和阐发，并不断扩充新的内涵。到了近代和现代，则更有新枝竞发。自王国维后，这一诗学领域的疆界就不断被现代学者推进和拓展，成就也蔚为大观。

新的历史时期是一个开放的时代，要求人们解放思想，将封闭式的思维模式转变为开放性的思维模式，将单一的、纵向的思维结构向辐射型的开阔思维空间转变。这就意味着，传统的艺术思维和审美方式已经不再适用于现代社会，发现并展示现代生活之美成为了当代艺术家所追求的创作目标。具体到诗歌领域就要求诗人具有多元化的审美情趣：诗人在创作诗歌时，既可以从现实世界中选取题材，描绘多姿多彩的生活画面，又可以挖掘内心世界的隐秘；既可以从社会现象中获取灵感，又可从自身的生活经验和感情经历中择取恰当的素材。在风格上，既可以如黄钟大吕般豪迈奔放，又可以如月下细流般婉转舒缓；既可以如"小荷才露尖尖角"般清新自然，又可以如夏季夜晚烟花绽放般绚丽多彩。在艺术形式上，诗人既可以选择普遍适用的格律体、半格律体，又可以根据自身情感宣泄的需要，自由创作；既可以追求节奏感，让读者读起来朗朗上口，实现诗歌韵律的和谐，又可以追求自由，不在乎诗歌的韵律是否和谐；既可以有标点，又可以没有标点。在表现手法上，既可以选择写"实"，详细描绘生活的场景，又可以比较"虚"地将意象融入诗歌中，实现以情动人；既可以语言质朴，内容通俗，让"老少皆知"，又可以语言精深，蕴含深刻的哲理，让读者反复揣摩方能理解诗歌的深意；既可以从古典诗词和民歌中汲取艺术养分，又可以借鉴外国诗歌的艺术表现手法。诗人创作的目的是表达自身的情感，期盼能够引发读者的共鸣和思考。就像钟子期是伯牙的知音一样，诗人也期待着理解自己的读者和知音。我国幅员辽阔，西北的草原和荒漠，江南的小桥流水，不同的地理环境孕育出了不同的文化，由此引发了文化上的多元化需求，对于诗歌的审美观念，也呈现出了多元化的趋势。不同地区、不同民族对于诗歌的内容和形式有着不同的审美情趣。诗歌的多元化审美既是由我国当代的现实生活决定的，又是历史发展的必然。对于这种现象，诗坛用"各还命脉各精神"进行了概括和总结。需要注意的是，诗的多样美是相存并容的，不能人为地拔高某一种题材、某一种风格、某一种表现手法的地位，认为该题材、风格、表现手法是最为高尚的，其他的题材、风格、表现手法是次要的，这种观念是片面且肤浅的。

审美观念不是凝固不变的，而是随着社会的发展而不断调整变化的。诗人在创作诗歌时总是遵循着自身固有的审美观念，同时又在艺术实践中发现自身审美观念的不足而不断进行调整。诗人在艺术实践的过程中形成具有自身特质的思想个性和艺术个性。诗人的个性是对自己的选择，伴随着艺术实践的开展，这种选择和调整在不断进行中。

这种选择和调整是审美过程所必经的心理轨迹，表明诗人的思维和创作初步进入自由状态。这种自由状态的未来发展必然是审美的多元化趋向，同时，必然要表现出诗歌审美特征的变异，出现审美观点的发展。

其一，复杂多变的现实生活决定了当代人思想感情的复杂性。诗歌领域的复杂性表现为如下几点：诗歌的情绪结构由单一化走向了复合式；诗歌的主题由指定式走向了自由式；思想内涵由单一性走向了多义性；感情因素由单调性走向了丰富性。邵燕祥就是这样一位具有敏锐的洞察力、感情丰富且紧跟时代脚步前进的诗人。20世纪50年代，邵燕祥作品的主题为歌颂新中国，歌颂青春，具有立意明确、格调昂扬的特点，代表作品有《我们爱我们的土地》《到远方去》《我们架设了这条高压送电线》等。经过时间的推移和长期不懈的艺术实践，邵燕祥的审美观念有了发展，不仅他的作品题材更加广泛，思想和立意也更加成熟、深刻。仔细研读邵燕祥的作品就可以有这样的发现：他的诗是对人生际遇的一种回忆，也是对生活态度的一种评说；诗的色调不是单一的，而是复杂的，既有阴郁，也有明丽。

其二，成熟的时代，更需要思辨精神和理性色彩。诗人在向读者传达他们对于生活的热忱和独特的哲理体验时，通常不会采用直抒胸臆的呐喊和直截了当的诉说，而是采用间接的表达方式，将自身的感情蕴藏在诗的情绪和意象之间。在诗人眼中，审美主体和审美客体是相互交融的，读者只有透过疏散的意象才能准确把握诗人的创作意图。直述的表达方式适用于具有火热激情和明朗见解的作品，读者在阅读这类作品时，内心会产生激情澎湃的感觉，从而引发读者的情感共鸣。20世纪五六十年代的杰出诗人郭小川和贺敬之就是能在读者心中引起强烈反响的代表。他们的作品着重表达豪迈的气势和激越的感情，如《致青年公民》中那些充满热情的格言和警句，就像鼓号一样吹奏出了时代的最强音。这些作品都是有着极高艺术价值和美学价值的，是文学史上璀璨的明珠。但是生活在互联网时代的人们已经不满足于格言和警句式的概括，他们更欣赏体现生活本质精神、对生活提炼后具有理性思考的作品。

其三，在艺术表现和艺术鉴赏上，当代人更加追求表达方式上的跳跃和空灵。对于当代人来说，忽略具体描绘而采取冷隽的暗示与象征的诗歌，不仅扩大了诗的思想容量和感情容量，而且表现了诗人的思维建构从感觉的物质性向着抽象的普遍性发展。

第三节　中国诗歌格律传承研究

一、格律和格律诗的来源

目前人们对白话格律诗尚存在不少的误解。我国实行的是九年制义务教育，在语文课本中就有古典格律诗，教育目标也要求学生掌握古典格律诗的相关知识，因此大部分人对于古典格律诗的篇幅、体例都有着一定的了解，当看到一首古典格律诗时，基本都能分辨出这首格律诗到底是绝句还是律诗，到底是五言还是七言。学过英国文学的人对于西方格律有一定的了解，知道外国格律诗是什么样子，可是很多人对于白话格律诗的知识却知道得不多，当看到一首现代诗时往往无法分辨这个到底是不是白话格律诗。造成这种情况的主要原因是当前大家公认的白话格律体的作品并不多,人们无法想象出白话格律体的正确样式。为了能够得到关于白话格律体的正确知识,就必须明确格律和格律诗的来源,了解它们形成的历史过程。

有的学者认为诗歌的源头是自由诗,格律诗是在自由诗发展到一定阶段后才产生的。回溯诗歌的发展历史,发现这种说法是站不住脚的,历史研究表明,世界上最早出现的诗歌是格律诗。语言学家王力先生认为,人们对格律诗存在着一定的误解,很多人以为格律诗就是受到一定规则限制的诗歌,是"不自由"的,束缚格律诗的种种规则都是诗人主观制定的东西。如果按照这个假设的论点进行推理,就可以得到这样的结论,即自由诗是原始的诗体,格律诗是在自由诗的基础上发展而来的,是一种不自然的诗体。但是,纵观诗歌的发展历程和现代各民族诗歌的历史事实就可以发现,这种见解是错误的。

美学家朱光潜的《诗论》中阐述了这样的观点:从历史上看,音乐、舞蹈、诗歌三者本来结合在一起,之后才随着时间的推移和时代的进步而走向了分化。在历史上,诗歌与音乐之间有着很深的渊源,追溯它们的起源可以发现,诗歌、音乐与舞蹈在远古时代是三位一体的混合艺术。文化渐近,三种艺术才分离开来,成为独立的学科。音乐以声音为载体,重视和谐;舞蹈以肢体形式为媒介,侧重姿态;诗歌以语言为媒介,强调意义的表达。

尽管诗歌从三位一体的艺术中分离出来,成为独立的艺术门类,但是在诗歌中还可以发现过去的特色,即歌唱性和强烈的节奏感。这就是早期诗歌具有格律性的最根本的原因。后来随着诗歌的发展,知识分子开始独自创作诗歌,由此产生了诗人,形成了不同的诗歌体例和不同的格律规定。诗人为诗歌制定规则的目的是加强诗歌的声音美,呈现更加完美的艺术效果。

一直以来,诗歌创作都有着"戴着镣铐跳舞"的说法。应该说,在这种"戴镣之舞"的思想指导下进行创作的人,中外诗歌史上都有,但只能代表诗歌创作中的一极。将它作为整个格律诗创作的指导思想,就是另一回事了。这种极端观点夸大了格律诗创作的难度,使人们对格律诗望而生畏。从中国新诗的历史事实来看,这种片面的口号并没有起到正面作用,反而给格律诗的研究和实践增添了阻力。

白话格律诗究竟有些什么要求呢？我们可以简单概括为以下几点：第一，知道什么是韵，怎样押韵；第二，知道节奏怎样才会流畅；第三，诗歌结构自由，也就是说，任你去创造。这就是对白话格律诗的基本要求。

自由诗发展多年，诗人不愿让奔放的诗情受诗歌形式的束缚，是可以理解的。为什么还要研究白话格律呢？这是因为格律能够加强诗歌声音的美，而这是更多与歌唱相联系的一种声音美，和自由诗有着更多联系的散文朗诵的声音美不同。在应该百花齐放的诗坛，只有自由诗这一朵花总是单调的，何况目前诗歌出现了过"散"的现象，正需要发展格律诗来匡正诗歌的弊病。

实事求是地说，束缚当然会有一些。需要研究的是束缚有多大，以及有没有必要受这种束缚。

以押韵为例，押韵当然是一种束缚，如果诗人创作诗歌时韵律押得不对，那么这首诗歌就算是一件失败的作品。探究诗歌讲究押韵的原因，可以发现，有韵的诗能带来另一种声音的美感。

应该承认，押韵并不是多大的束缚。有些论者干脆把这类作品归入自由诗，正好说明这类形式束缚不大。

由此可知，格律诗所包含的范围是相当广的。如果某种诗歌体例的要求并不严格，但是却能形成强烈的声音美感，那么诗人在创作诗歌时就会有很大概率选择这种体例。创作诗歌是诗人传达自身感情的个体活动，诗人在创作时选择哪种形式完全是诗人自己的事情。由于诗人都渴望自己的作品受到读者的欢迎，且有钻研本行业务的愿望，如果我们将白话格律诗的来源、作用清清楚楚地阐述出来，那么有志于诗歌创作的人一定会对它产生兴趣的。

诗歌的形式从本质上来说就是诗歌的语音问题，格律自然就和语音研究有着密切的关系。诗歌在文字上的各种排列，也只有在与语音相联系的时候，才有格律方面的意义。一些特殊的排列可能会起到一定的愉悦视觉感官的作用，但那对于诗歌是次要的，而且和格律无关。其中有些特殊排列，比如"楼梯"，其实还是语音因素在起作用。

严格说来，"格"和"律"也有不同的偏重。中国古典诗律中并没有关于"格"

的清晰且明确的解释，直到外国诗歌传入中国进行翻译时，才借用了"格"这个字作为外国诗歌术语的译名，表达的是节奏单位的含义。印欧语系中对于"格"的解释是：格律诗中"音步"的不同形式称为不同的"格"。参考这些观点，中国白话诗歌中的"格"，可以说是指节奏单位的安排，即指格律诗的节奏感。所谓的"律"，指的是格律诗的旋律感。

由于格律是人为的规定，是客观存在的诗歌韵律被人的头脑加工之后的产物，所以具体作品的韵律，总是比格律的一般规定要生动得多，不是后者所能囊括的。

二、格律的不同研究方法

节奏（狭义的节奏，即节奏单位的安排）、韵、结构，都是形成格律诗韵律的要素。三者特点不同，研究方法也不同。

节奏单位和韵部（哪些字彼此押韵）是有规范的，没有规范就会乱套。可是诗歌结构（包括韵式，即哪句用韵、哪句不用韵）却应该百花齐放。我们的研究方法也应与此相适应：对前者着力于制定规范，使诗人有所遵循，对后者却刚好相反，应尽量收集各种不同形式以供诗人参考。原因就在于前者要有科学规范，不符合规范就会对诗歌产生不利影响，后者却应由诗人创新，格律论者不应对诗人加以限制。

拿盖房子打比方，节奏单位是诗歌建筑的砖头，韵是把诗行墙壁联系起来的梁柱，结构就是房子的整体设计。

砖头和梁柱总是要有一定标准的，即使可能有不同规格，种类也不会多。可是房子的设计蓝图却应该花样翻新，由建筑物的设计师去创造。诗歌建筑物的设计师是谁呢？是诗人，而不是别的什么人。格律论者不要以为自己是他们的老师，而要去做他们的朋友、参谋和助手。其中有些蓝图设计得好，根据它盖过许多有名的建筑物，自然会有人模仿，渐渐就形成某种固定的诗歌结构形式。像古体诗、近体诗等的结构形式，就是这样产生的。诗人乐于采用这些结构形式，因为这些形式是他们熟悉的、喜闻乐见的，也因为这些形式使他们想起使用这些形式的著名作品。

白话的格律诗已经有了韵部的规范，韵式可以放到结构中去谈，不必特地研究。剩下的，就是节奏和结构这两件事了。我们的研究是由节奏入手呢，还是由结构入手呢？

有些论者以为节奏问题已经解决，现在该着力的是整体结构。他们总在考虑唐诗、宋词那样的多少句、多少字，觉得白话格律诗也需要具有这样的外形，结果把一个本该分成许多问题来研究的课题变成了某种综合性的规划。

首先，应该看到，节奏的问题并没有解决。不仅没有解决，问题还相当大。其次，"一揽子"提出某种综合性的规划，并不是一个妥善的办法。

这里涉及对"诗体"一词的不同理解，必须先作一番讨论。

中国过去没有自由诗，因此也无所谓格律诗、自由诗的区别。"诗体"这个名词，就用得比较随意。除"古体"和"近体"外，一些不同的风格、流派也可以称为"体"。翻译西洋诗歌的名词术语，也有"十四行体"之类的说法。有的论者只把近体诗和词曲称为格律诗，比我们现在理解的概念要小。

西方过去实际上也是这样。但自从自由诗出现，世界各国就都开始注重格律诗、自由诗的区别，而将其他结构形式置于这两大类别之下。不过仅从术语看，也还是分得不太清楚。如果这两大类别称为"诗体"，那么其他的结构形式就应该使用别的术语。因此本书对后者用了"诗歌体例"这个名词。

所谓诗体，是指自由诗和格律诗两大类别。

诗歌体例指的是按照不同的标准所形成的具体类别。如古典诗歌中的古风、律诗、绝句等，每一类都可以成为中国古典诗歌的一种体例。

现在新诗界的许多人认为自由诗和格律诗之间的区别并没有那么大，因此他们将白话格律诗当成某种体例甚至是某种风格流派，由此引发了诗体问题研究范围的缩减。

格律是一系列问题的总和，包括节奏、韵律等问题。当前的研究重点应放在白话格律诗的发展方向上。如果不探讨白话格律诗的发展问题，而是具体研究某种体例，必然会忽略许多需要讨论的细节，将丰富的诗歌形式纳入狭窄的轨道，从而限制了诗歌的发展。

三、新诗格律的建构问题

在近一个世纪的摸索过程中，关于新诗格律的建构问题，不同学者从不同的研究角度出发进行了不同程度的探究，如有的学者从中国传统文化入手寻找依据，有的学者借鉴西方格律的发展规律探求新诗格律的前景。不管采取哪种途径，只有植根于中国文化，立足于中国现实，找到适合中国新诗实际状况的观点，才会被越来越多的诗人所采纳，也才会被诗歌理论批评所认可。

在诗行规则方面，有些学者倾向于从古代典型诗行的变化规律中来推测新诗典型诗行的发展趋势。这种观点从继承传统的角度来说，有一定的可行性。但是现代汉语和古代汉语还是有很大差别的，而以古代汉语为载体的传统诗歌和以现代汉语为载体的新诗之间的差别肯定也是巨大的，因此依据传统诗歌语言来探索新诗语言有一定风险。林庚可以说是开创了新诗格律构建的先河，在研究古今诗句词语组成方式异同的基础上，提出了节奏音组的概念，已触及新诗所运用的现代汉语语言的规律。可惜林庚并未深入挖掘这个问题，反而退守到古典诗歌的"几言"建行的模式中，之后他又提出了"节奏自由诗"的观点。纵观林庚的研究成果，我们不难发现他的思路要么囿于古代的格律范畴，要么放弃对新格律的探索而转向自由诗。林庚之所以在新诗格律的构建中出现种种困惑，是因为他忽视了作为新诗行的重要组成单位——节奏音组（顿）对于新诗行韵律所起的关键作用。一方面新诗行并不是单纯地在古典五言、七言诗歌的基础上进行的字数扩展，新诗格律建行也不是对古典"几言"诗歌规律的简单继承，而是由"几顿"建行的问题。另一方面，新诗行具有几行顿数相等而长度不一定相等的特点，自由诗同样具有诗行长短不一的特点，但是新诗和自由诗两者在概念上是完全不同的。虽然从表面上看，新诗和自由诗的诗行都是不等齐的，但是新诗在一首诗范围内每一诗行的顿数相等，而自由诗可能在一首诗范围内诗行大体整齐，而每行顿数不相等。也就是说，新诗在格律上已经不可能达到古典诗行那样整齐划一的程度。凡是顿数相等的诗行都可以划入新格律诗的范畴。林庚却认为字数不等齐就是自由诗，即使有节奏，也是"节奏自由诗"。这是他没有转换新旧诗体节奏计量单位，仍沿用古典格律的尺度衡量新诗的缘故。

关于诗篇规则的问题，有的学者在参考近体诗字、句、篇相互关联的基础上，在遵循现代汉语新诗节奏律动规则的条件下，就顿与行的关系及规律进行了探究，得到了新格律诗每行顿数相等的规律，至于新格律诗中顿、行与篇的关系还需要进一步探讨。从篇幅上来看，近体诗分为绝句和律诗，那新格律诗的篇制该怎样确定呢？学术界普遍认同的观点是，如果一首现代诗能够完整且凝练地表达出思想感情，且在结构上存在起承转合，那么就可以认定该诗为新格律诗。按照这个原则，西方十四行诗进入新诗领域，它与中国传统律诗既相似又对应，既有中国律诗的严整特点，又涵盖了现代汉语诗行顿数相等而长短不固定的情况。因此可以参考十四行诗的规则，将其作为新格律诗的一种篇制标准，也恰好填补新诗篇制规定的空白。

格律作为有意味的形式，对于诗歌文学价值的呈现具有如下优势：首先，格律使诗歌的外形更加整齐、均衡，从而使文字具有建筑美；其次，格律使诗歌的节奏和韵律更加明确、和谐，具有音乐美；最后，格律使诗歌的内容更加凝练，进而促进诗意的升华。从新诗格律与古典诗歌格律的关系上来说，新诗格律的构建不是孤立的、仅存在自身的问题，而是与古典诗歌的规则存在内在的相通性，即新诗必须贯彻古典诗歌格律的"内在精神—节奏"。综合现阶段的研究成果发现，新诗格律建构一方面需要回头"从五、七言诗借鉴的主要是它们的顿数和押韵的规律化"，另一方面必须顺应现代汉语的发展趋势，以开放的眼光来看待新诗的格律问题。新诗格律的建构需要从古典诗歌中汲取营养，但并不意味着新诗格律要完全遵从近体诗固定化、单一化的格律规律，而是说新诗格律要从现代汉语的特点出发，形成多元化的规律。具体地说，如果新诗有典型诗行，由诗人根据自己的创作需要自主地选择诗行，每一行诗诗人是选择三顿、四顿还是五顿，都没有问题，只要一首诗内每行的顿数都相等就可以了。如果说新诗有篇制的规定，那么这种规定也只应用在一首诗的范围内，以诗行顿数为依据来计量和进行总体控制，旨在促使内容之凝练和结构之圆整。

第四节 中国诗歌思想文化传承研究

中国文化是一种以"仁"为核心的人文主义文化,重视礼仪,重视道德,也重视情感。诗歌作为一种表达感情的艺术,在中国文化中占据了重要地位。诗歌不仅参与了中国文化的生成与发展,同时还补充、修正着中国文化的重要内容。

中国古典诗歌追求排偶,即字数相等、词性相对、平仄相对。诗人经过长时间的阅读和创作,其思考问题的方式也在朝着讲求对称、整齐的方向发展。中国古典诗歌在结构上讲究起承转合,即从诗歌的开头到结尾必须是一个自我封闭的整体,结尾要呼应开头。诗歌的创作模式对于其他的文体也产生了潜移默化的影响,如散文的评价标准是形散神聚、首尾绾合;小说和戏曲的创作要按照开端、发展、高潮、结尾的结构形式进行。《诗经》、乐府等重章叠咏的方式形成了思维和语言表达的套语,如"参差荇菜,左右流之""参差荇菜,左右采之""参差荇菜,左右芼之"。套语往往采用固定短语,其作用一是方便记忆;二是一唱三叹,增加语言的节奏美;三是反复强调,突出主题。在中国人的语言表达中,积极套语有如誓言,能起到凝结团聚的作用,但也有不少消极套语,成为一种毫无新意的集体无意识。

中国古代诗歌是中国文化的重要组成部分。生成、发展于中华民族悠久而丰厚的文化土壤上的中国古代诗歌,其文化精神集中地体现了中华民族的文化精神,反过来又极大地影响着中国文化,使中国传统文化带有音乐文化、诗文化的特征。

第五节 新文学教育环境下的诗歌传承研究

一、新文学教育环境下的古代诗歌品德传承

接受中华诗歌文化的熏陶,拓展知识面,培养对文学的兴趣,激发当代大学生爱国主义情怀,陶冶情操的同时能培养当代大学生的文学素养。通过学习古典诗歌以及古典诗歌的表现手法,有利于弘扬中华优秀传统文化,进一步依托"读书明理""读书做人"强化素质教育。孔子学院的兴办,也为我们在国际上传播

古典诗词、传播传统文化提供了很好的渠道。

朗朗上口易于传播的古典诗歌是弘扬中华传统美德的最佳载体，也是营造社会正能量的有效途径。"慈母手中线，游子身上衣"表达了亲情，"恩化及乎四海兮，嘉物阜而民康"说的是社会的和谐，"人生自古谁无死，留取丹心照汗青"体现人的高尚品格。

二、表现手法的继承和发扬

在中华诗歌文化中蕴藏着丰富的表现手法，并且随着社会的发展进行新的创造，在运用上也变得更为灵活多变，如复沓、夸张、跳跃等形式。但不管是何种表现手法都离不开作者丰富的想象力。想象是古典诗歌与现当代诗歌当中的重要表达方式，也是诗歌创作中非常重要的一种表现手法，除此之外还有象征。在现代诗歌中，塑造形象的关键手法主要有三种。

（一）比拟

在比拟表现手法中最为常用的就是拟人，将物比拟成人或者是将人比拟成物，例如《白雪歌送武判官归京》："忽如一夜春风来，千树万树梨花开。"

（二）夸张

作者将自己所描绘、所创作的事物无限放大，在夸张的描写中引发读者的无限遐想，激发读者的阅读兴趣。如李白的"桃花潭水深千尺，不及汪伦送我情"，虽然不符合真实的形象景观，但是李白所塑造出来的语言文字，生动形象地表达出了作者心里的所思所想。在这种夸张的描写手法下，读者不仅能够接受这一手法，同时还有惊喜蕴藏其中。需要注意的是，夸张的手法是艺术的而不是荒诞的，在使用时需要谨慎斟酌。

（三）借代

借代就是借此事物代替彼事物。它与比拟的表现手法有一定的相似之处，但是也有自己的不同之处。与比拟所不同的是：在比拟中所描述的景物都是具体的、可视的、形象化的，但是借代一方面是可视的、具体的，而另一方面是不可视、抽象化的，在抽象化的描述当中不断引发读者的无限遐想。

无论是古典诗歌还是现当代的诗歌，在进行创作时都需要作者对所描绘的事物进行细致、敏锐的观察，然后自然而然地将自身的真实情感融入其中，同时使用恰当的表现手法，把握其灵魂所在，让读者在挖掘的过程当中体会作者感情。

三、古典诗歌的创作传承

传承古典诗歌要进行创作。要想创作出优美的诗歌，诗人应从关心民众生活的角度出发，以大众关注的热点问题为素材，语言要优美，言简意赅，给人以美的享受。另外，诗人要与时俱进，积极参与书画展览会，加强与书法家和画家的合作；充分利用新媒体，定期在网络中发布新创作的诗篇，让更多的读者欣赏；利用自身优势帮助诗歌爱好者提高创作水平。

在文化传承的过程中，应当将现当代诗歌的教育功能充分展现出来，不仅要做到授人以知识同时还应当教人以德，对当代大学生进行智力、人格、审美、道德、行为习惯等方面的教育，促进现当代大学生身心健康发展，从而形成健全完善的人格。现当代诗歌的文化传承不能仅仅局限于优美的语言，还应该通过现当代诗歌认识社会、了解社会、体验人生。积累优美文学语言的同时，还需培养自身的文学素养与文学思维，提倡创新精神的运用。人的核心素养就是道德，在现当代诗歌继承发扬的过程中应当结合当代大学生的生活特点，采用审视的眼光看待传统古典文化与现当代诗歌，吸纳其永久人性光辉与传统美德。

四、当代大学生应积极发扬、继承我国传统文化内涵

对于传统文化，有些人可能觉得枯燥乏味，没有更多的耐心去阅读，针对这种情况，应用创新的思路来教导他们，当然不能改变文化的实质。比如，可以参加一些现当代诗人的讲座、茶会等，吸取诗歌创作的精华所在，直观化的讲述能够不断激发当代大学生的创作灵感，起到较好的效果。对于当代大学生而言，时间不能耗费在手机与电脑上。要做好诗歌文化的传承，就要依据现代社会发展的特点，以一种合时合宜的方式引导当代人去接触传统文化，让读者在品味赏读中获得无穷的艺术享受。

第七章 中国古代诗歌当代传承研究

诗歌作为中华传统文化的重要载体之一,其所体现的进步的思想性和卓越的艺术性,是民族文化的精髓和人文精神的灵魂。诗歌正如陈年老酒愈陈愈香,虽经时代风雨的侵蚀,却愈加香气四溢,灿烂照人。

参考文献

[1] 聂艳华.中国古典诗歌分类研究[J].文学教育(上),2020(10):116-117.

[2] 刘佳."比兴"手法在中国古代诗歌中的表现[J].青年文学家,2020(24):61-62.

[3] 姚元林.中国古代诗歌中的意象[J].百科知识,2019(12):4-5.

[4] 李乃刚.中国古代诗歌的图像化表达[J].池州学院学报,2019,33(02):80-82.

[5] 李乃刚.中国古代诗歌的空间形态[J].皖西学院学报,2019,35(01):59-62.

[6] 张林.谈中国古代诗歌艺术的哲学智慧[J].文学教育(下),2019(01):20-21.

[7] 张英.自我言说与自我救赎——中国古代诗歌的情感慰藉功用[J].武陵学刊,2019,44(01):105-110.

[8] 申一诺.试论中国古代诗歌的本质特征[J].兰州教育学院学报,2018,34(07):25-26.

[9] 翟忠民.中国古代诗歌体式流变探讨[J].中华辞赋,2018(04):142.

[10] 宋念慈.刍议中国古代诗歌体式特点[J].中华辞赋,2018(04):144.

[11] 刘桂华.中国古代诗歌抒情"范式"论[J].湖北师范大学学报(哲学社会科学版),2017,37(05):12-16.

[12] 冯广建.江流天地外,山色有中无——中国古代诗歌思想情感探究[J].语

文知识，2017（15）：29-32.

[13] 刘伟安. 论诗歌创作在明清时代衰落的原因——从人类情感变迁的角度考察［J］. 海南大学学报（人文社会科学版），2017，35（04）：128-134.

[14] 曾永成. 赋比兴：中国古代诗歌审美特性的总体概括［J］. 中华文化论坛，2016（01）：132-140，192.

[15] 马志伦. 中国古代诗歌鉴赏应考策略［J］. 文教资料，2015（27）：41-44.

[16] 邓程. 古代诗歌研究中的现实主义视角［J］. 华北电力大学学报（社会科学版），2015（03）：102-107.

[17] 徐宏. 中国古代诗歌理论对现代诗歌的影响［J］. 芒种，2015（05）：85-86.

[18] 黄璜. 中国古代诗歌鉴赏教学问题及对策研究［J］. 中学语文，2015（06）：52-54.

[19] 向兰青. 浅析中国古代诗歌的情景交融［J］. 青年文学家，2014（33）：31.

[20] 马庆洲. "缘情"与"言志"——中国古代诗歌中的情与理［J］. 古典文学知识，2014（03）：91-101.

[21] 张雯. 佛教传入对中国古代诗歌创作的影响［J］. 华北水利水电学院学报（社科版），2013，29（05）：153-155.

[22] 张潭秋. 古代诗歌含蓄艺术的不同境界探讨［J］. 湖南工业职业技术学院学报，2013，13（04）：79-80.

[23] 郭峰. 如何分析中国古代诗歌［J］. 课外语文，2013（14）：8.

[24] 张弋. 中国古典诗歌常用艺术手法分析［J］. 文学教育（下），2012（10）：18-19.

[25] 杨鹏飞. 浅谈中国古代诗歌的含蓄美［J］. 神州，2012（21）：1.

[26] 唐跃清. 谈中国古代诗歌语言的含蓄美［J］. 当代教育论坛（教学研究），2011（06）：49-50.

[27] 李艇. "思与境偕"是中国古代诗歌形象理论成熟的标志［J］. 沧州师范专科学校学报，2010，26（04）：14-16.

[28] 肖振宇. 中国古代诗歌注解鉴赏刍议 [J]. 名作欣赏, 2010 (23): 4-6.

[29] 唐燕飞. 无言之美：中国古代诗歌的意境 [J]. 考试周刊, 2010 (20): 24-25.

[30] 李鹏飞. 中古诗歌用典美学研究 [M]. 武汉：武汉大学出版社, 2016.